雑藻録
進駐軍が街にやって来た

弁護士 堤 淳一

創英社／三省堂書店

目次

目　次

「有事法制」を超えるもの

解題

まえがき

私が弁護士登録をしたのは昭和四十二（一九六七）年であるから、今年（二〇一六年）で、算えで五十年を迎えた。

今まで仕事の合い間に書き溜めてきた文章を一冊にまとめてみようかという想いはかなり前からありながら多忙を理由に延びのびにしてきたところ、折柄、今年六月を以って年齢も七十五と、丁度区切りの良い年まわりを迎えるとあってみれば、いつまでも原稿のままにしておくわけにもゆかず、何とか形にしてみようと決心した。

副題を「雑藻録」としたことからお判りの通り、本書の大部分は随筆である。随筆に「註」を施してもそれは一つには興味を持った読み手の方々が他を渉猟しようとする際の道しるべ程度のもので、「註」がついてるからといって論文になるわけのものではない。全体として、よくある古稀や喜寿の記念随筆集と同じ類のものである。

＊

収録した随筆の初出を夫々の見出しの脇に付けた。

〝LITS〟と言うのは当事務所の所報であり、〝Legal Information Tips〟が正式名称である。盆暮れに発行しており平成三年に第一号を出し、現在（平成二十八年夏）、通巻で五十三号を算える（ただし、平成十四年に事務所を統合した際に、号数を一号に戻した経緯から、本随筆集では統合前のものを「旧LITS○○号」、統合後のものを「LITS○○号」と表記させていただいた）。

〝BAAB〟と言うのは当事務所のうち第一ディビジョン（旧塚本・堤法律事務所）にご縁のある異業種交流会の会誌である。この会の名は正式には「塚本企業法実務研究会」と言い、私の恩師である故塚本重頼先生に会長をお願いしたことに因む。この会は〝優れた力は企業の力〟〝Bright Ability is the Arm of Business〟をモットーとして掲げ、頭文字をとって会誌の名称としている。今年で会は創立三十周年を迎え、〝BAAB〟誌は現在六十号が発行されている。

文中に時々出てくる「二一会」とは、東京弁護士会に所属している弁護士で組織する、「実務の研鑽」、「会員相互の親睦」等を目的とする任意団体である。大正八年二月二十一日創立。平成二十八年四月現在、約四百八十名の会員がいる。平成十二年に創立八十周年記念誌を、平成二十三年に創立九十年記念誌を発行した。

本随筆集に載せたものの殆どが上掲の両誌紙及び記念誌に収録されたものであり、執筆の期間が長期にわたるので、これを初出の日付順に並べれば日記か自分史（「精神史」に類する）のようなものになる。

しかしそれでは些《いささ》か芸がないので、関連するもの同士を寄せてみた。従って収録の配列は執筆の年代には順《したが》っておらず、ジャンルが似かよったものを近いところに寄せてみたつもりであるが、それとても分類は厳格ではない。

＊

文章は、気付いた点や記憶違いの箇所は加筆訂正し、補注を施し、表現と図版を一部改めたが、大部分は旧稿のままとした。従って文中に出てくる方々（物故者も沢山おられる）の地位・肩書、国や地方公共団体の中の組織名称等の表記も執筆当時のままである。

本書に集めた文章が書かれた時期の最も古いものは平成六年であり、回顧してみると二十二年、今昔の念に堪えない。と同時に私の興味が多岐にわたっており、結局、全体としてまとまりのない雑文集になった。これではまるで雑誌ではないかと、我がことながら驚いている。

時が移って、時事に関するものは書かれた内容が旧聞に属するようになったものがほとんどである。題名の傍らに添えた初出を参考に、時代背景を念頭に置いてお読みいただければ幸甚である。

＊

終わりに「進駐軍が街にやって来た」をお読み下さり、貴重な体験文を寄稿して下さった苅住昇先生、遅々として進まないとりまとめの作業に辛抱強くおつきあいいただいた創英社／三省堂書店編集部の森雅夫氏、関谷純氏、水野浩志氏、それにワープロの打ち込み、原稿の整理と、挿絵・地図の作成等、こまごまとした作業のお手伝いをいただいた当事務所の事務職員米和彰宏氏、高橋亜希子氏に、いずれも深く感謝申し上げる次第である。

平成二十八年八月

弁護士　堤　淳一

横浜大空襲と飢餓

横浜大空襲と飢餓

（平成十二年二月十五日「旧ＬＩＴＳ」17号）

今年は折しも西暦二〇〇〇年ということで、どこもかしこもミレニアム一色。正月の新聞には二十世紀を振り返る記事がいっぱいであった。私もガラにもなく正月休みに少しばかり感傷的になって昔を振り返ってみたが、懐旧の思いが昔へ昔へと遡るにつれ、しまいには私の最も古い記憶へとたどりついて、どうしても書いておきたくなった。その記憶とは当時幼児として住んでいた横浜に対するＢ29による空襲の記憶と、戦中戦後の飢餓へと連なる敗戦のそれである。

アメリカの日本本土空襲作戦

日本本土が米軍機の空襲にはじめて晒されたのは昭和十七（一九四二）年四月十八日のことであり、ドウリットル中佐指揮によるものであった。このときの使用機はＢ24で、この陸軍機を空母ホーネットに艦載して京浜地区を爆撃した。

B29[注1]による日本本土に対する初空襲は昭和十九（一九四四）年六月十五日深夜、中国の成都から進発して行われた北九州爆撃であるが、サイパン島が同年七月六日を以て組織的抵抗をやめて陥落すると、米軍はここに飛行場を建設し、同年十一月二十四日にここからB29、百十一機による日本本土への初空襲を行った。十月十二日にはサイパン島に第二十一爆撃機集団司令部（長：ハンセル准将）を設け、麾下の第七十三爆撃航空団（Air Wing）が進出した。日本本土に対する爆撃は当初日本の製鉄業、ついで航空機工業に目標を移していた（そのため名古屋、東京（武蔵野）が狙われた）が、その方法は高度一万メートルからの精密爆撃であった。横浜にも十二月二十四日に空襲があった。B29は連日のように本土に飛来したものの、航空機工場に対する昼間爆撃が予期したほどの効果を得ることができないと判断され、上級司令部であるワシントンの第二十航空軍は日本の都市を焼夷弾[注2]により無差別に爆撃する方向へと戦術の転換を図り、サイパンと同じ頃陥落したテニアン島に第五十八および三百十三航空団を、グアム島には三百十四航空団を集結させた。ハンセン准将は更迭され、後任として米陸軍最年少（三十七歳）のカーチス・ルメイ少将[注3]が昭和二十年一月末にテニアン島に着任した。このルメイ少将こそ、日本の主要都市に対する

〔第１図〕 サイパンから東京へのＢ29往復進路

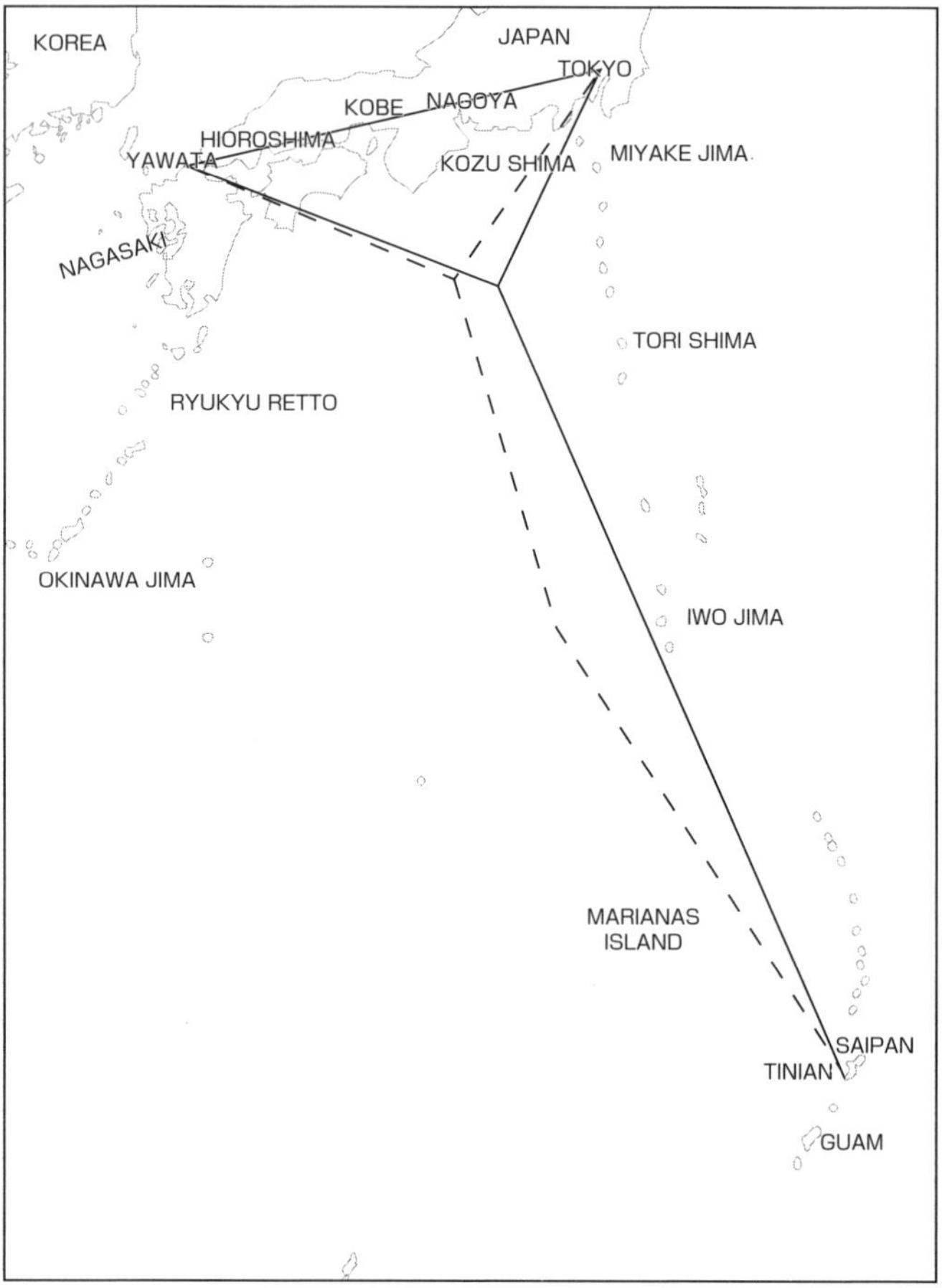

チェスター・マーシャル「Ｂ29日本爆撃30回の実録」
（ネコ・パブリッシング2001）より

「大放火魔」となる人物である。

こうしてルメイ少将指揮のもとに昭和二十（一九四五）年三月二十日未明の東京大空襲が行われた。この空襲により、浅草、本所、深川付近における焼死者は実に十万人に達したのであるが、そのことは本稿の目的を外れる。この空襲により横浜市の北部にも被害が生じた。

横浜に対する本格的空襲

横浜市に対する本格的な空襲は四月三日、四日にかけて深夜に行われた。立川の航空機工場地帯を目標にしたＢ29が、第一目標の発見に失敗したため二次目標として横浜を攻撃したと言われている。次いで四月十五日、東京南部と川崎、横浜（鶴見）にも空襲が行われた。

最も被害が大きかったのは五月二十九日の空襲で、テニアンにあったルメイ少将は麾下の四箇航空団に出撃命令を下した。使用されたＢ29はあわせて五百十七機、硫黄島（昭和二十年三月十七日陥落）にあったＰ51戦闘機百一機を護衛につけ進発した。東京大空襲とは異なり、昼間、高高度（命令によれば一万八千フィート、約五千五百メートル）からする編隊爆撃の方式をとった。

B29は日本時間二十九日午前一時四十分から三時二十四分までの間にマリアナ三島から離陸し、硫黄島を経て御前崎で本土に進入し、ここにおいて縦列で飛行する航空群毎に時間調整を行い、富士山腹の宝永山上空で東へ転針し、横浜から見てやや西南西もしくは西北西からまっすぐに横浜へ進入した。あらかじめ各群毎に割り当てられた目標に向い個別に爆撃を行い、東京湾を横切り千葉県の勝浦上空を経てマリアナ基地へ帰投したのである。

神奈川県下の防衛態勢

話は遡るが、昭和二十年一月、大本営が本土決戦を唱えたことに応じ、「軍民一體的國内態勢ノ確立」を目指すため、新たに本土決戦に専念する方面軍が設けられた。関東甲信越の東部軍管区には第十二方面軍（長：田中静壹大将。司令部：日比谷の第一生命ビル）が配置され、東京・横浜防衛のためには警備歩兵第一、第二、第三の各旅団が編成され、横浜には同第三旅団が配置された。この旅団は港北区に司令部を設け、指揮下に三箇大隊を置き、そのうちの一箇大隊（広島師団管区の兵から成る第十四大隊）が神奈川区に置かれ、中隊が西区、鶴見区に分駐していた。また連隊区（昭和十六年以降一府県一区となる）毎に地区司令部を設け、そのもとに地区特設警備隊が置かれ、横浜地方警備司令部は中区開港記念会館に置かれた。各地域毎に中隊が作られ、国民学校（いまの小学校）に配備され、ついで老幼者を除く、国民義勇兵の編成が始められた。横浜憲兵隊（本部は中区宮川町）も三倍に増強された。

防空のため、昭和十九年末以来、横浜には高射第一師団隷下の高射砲第百十七連隊が置かれ、大隊が磯子から本牧にかけての地区と、保土ヶ谷から野毛山にかけての丘、それに東横線沿線沿いの丘に配置され、十二センチ高射砲六門、八センチ高射砲十二門を備え、これらは当時の日本としては最も有力な高射火砲だったといわれている。(注4)

なお第十二方面軍は第一総軍司令部（長：杉山元大将）の統帥下に置かれ、その隷下の野戦軍は第三十六軍（浦和）、第五十一軍（水戸）、第五十二軍（佐倉）、そして神奈川県には厚木に第五十三軍が置かれた。第五十三軍（長：赤柴八重蔵中将）は相模湾防衛を任務とし、第八十四師団（大阪で編成）と第百四十師団（東京で編成）を隷下に置き、昭和二十年六月には第三百十四師団（京都で編成）が増派された。

米軍が九十九里浜、および相模湾の二正面に上陸作戦を企図していると判断されたため（後に米軍はコロネット作戦と称して上陸作戦を発起していたことが判明している）、上記三箇師団は海軍とともに茅ヶ崎を中心とした海岸に水際陣地を構築するなど防衛線を構えていた。

海軍についていえば三浦半島は要塞地区に指定され、その中心である横須賀には鎮守府が置かれており、また厚木には海軍航空隊（第三百二航空隊）があった。

防空対策は神奈川県警察部が指揮し、警備課（消防、警備、防空の三課）と防空隊が置かれ、また県が直轄する特設消防隊（七大隊）が、横浜にも置かれていた。こうした防空対策は町内の小ブロック毎に組織された隣組によって下支えされた。

吉野橋の爆撃

ルメイの「放火使節航空団」は第三百十四（在グアム）、第五十八（在テニアン）爆撃航空団を第一波とし、第三百十三航空団（テニアン）を第二波、第七十三航空団（在サイパン）を第三波として押し寄せた。五月二十九日、横浜の天候は晴、無風であった。

米軍の作戦計画によると五個所の平均弾着点を定め、（注5）これに各航空団が爆撃する方法をとり、第一波の初弾は九時二十五分に平沼橋地区に投下され、第三波による最後の爆撃は九時三十分（吉野橋区域）とされている。B29は高度三千～五千メートルの上空から雨あ

〔第２図〕 横浜の戦災状況図

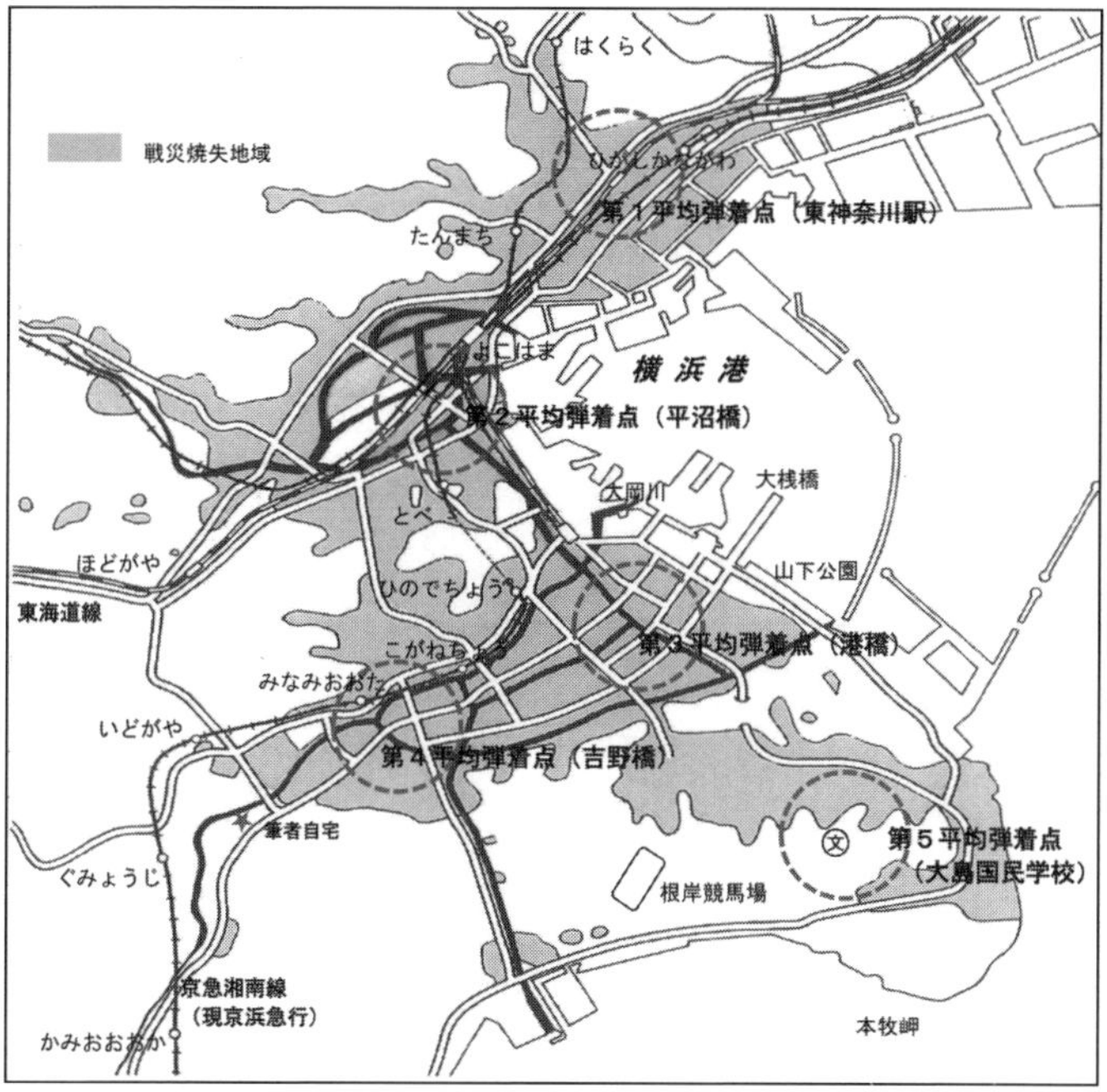

今井清一「新版大空襲５月29日―第二次大戦と横浜」
（有隣堂　平７）140頁の図を改作

られのように工場や民家の上に焼夷弾を投下した。

当時、私は、横浜市南区の京浜急行（当時は湘南電鉄）井土ヶ谷駅と弘明寺駅の中間あたりに住んでいたが、その北東約一・二キロにある吉野町（お三の宮）が米空軍の第四平均弾着点に指定されていた。そのあたりは大岡川が、桜木町方面へ流れる本流と磯子方面へ流れる派《は》大岡川の二つに分かれるあたりで、そこに軍需工場があったため目標とされたものと思われる。この区域と第五弾着点（大鳥国民学校）には第七十三航空団が割当てられた。この航空団は第五弾着点へ九時二十九分に初弾を投下し、すべてのＢ29が一分以内に投弾を終えた。

私は、もうすぐ満四歳になろうかという年頃（当時は数え年で五歳）で、後に聞いたところでは、空襲警報（注6）が発令されるとすぐに防空頭巾を着け、母に手を引かれて京急弘明寺駅のすぐ西側の崖地に掘られた横穴式防空壕へ逃げた。私の記憶では逃げる途中は暗く、夜であったような気がしていたが、事実は昼間の爆撃であった。暗かったという記憶は誤りであったか火災による煙が空を覆って日を遮ったためであろうか。

逃げる途中、杉丸太にコールタールを塗った電柱が、焼夷弾で燃え上がり、トランス（変電器）が電線を髪の毛のようにひきながら燃え落ちていったことを覚えており、避難先の京急弘明寺トンネルの中に電車が避難して止まっている様子と共に、私の最も古い記憶となっている。壕内の記憶はない。

父親は、大腸カタルの病み上がりで「ここで死ぬんだ」と強情をはり避難を嫌がって母と口論となり、グズグズして母と私が逃げ遅れたとかいうことを後に聞いたのであるが、それでも家に居残った父は外に出て上空を見たらしく、翼を連ねて飛行するＢ29の編隊と火災による黒煙で空が蓋をされたような感じがしたと後に述懐した。轟音と焼夷弾の落下音、爆発音とで生きた心地がしなかったであろう。

防空壕といえば私の家だけでなく近所中にこれが設けられていた。政府や地方公共団体の資金を得た形跡はなく、私の家の場合は猫の額のような庭に地下一メートル程の竪穴を穿ち、丸太の支柱を立て、板で囲いをし、一部を地上に盛り上げ、蓋をして土で覆った簡単なもので父が作ったものであった。僅かであるが、水が湧き出て、アルバムや衣類を濡らしてしまったと後々嘆きの種となった。道路にもこうしたものが作られていた記憶がある。

吉野橋平均弾着域は今の町名でいうと

南太田、前里、日枝、南吉田、山王、吉野、新川、二葉、高砂、睦、東蒔田、榎、

共進、宮元、宿、花ノ木の各町であるが、米軍が精密爆撃の戦術を捨てたうえでの爆撃であるから、ここのみに着弾させる意図であったわけではない。周辺地にも焼夷弾は広範囲に落ちた。私の家はこの区域から六百メートル位離れていたから焼けはしなかったが、ザーザーと雨が降るような音と共に弾が落ちてきたという。ほんの二十メートル先の家には焼夷弾が落ちて、その家は闇の石炭を貯蔵していたとか噂されており、一昼夜、火が消えなかったという。この空襲で井土ヶ谷下町も着弾区域に隣接していたため叔母の家は焼け落ちた。

敵機が去った後には(十時三十七分半、東部軍管区情報「敵最後ノ編隊ハ十時三十六分頃佐倉附近ヲ東南進シツツアリ」とある)、火災と死傷者の群と大混乱が残った。(注7) 後になってからの記憶だと思うが、京急黄金町から久保山(後にA級戦犯がここにある墓地に葬られた)に至る道路には焼死体が横たわっていたり、軍が火葬のために集めた死体が堆《うずたか》く積み上げられていたという話を父から聞いた。顔面に火傷を負った主婦がこれを慚じて失踪したという無惨な話も囁かれた。

日本軍による邀撃

Ｂ29による本土空襲に対し、日本軍が手も足も出なかったというのは一部正しいが、一部は無責任としか言いようがない。すなわち、昭和十九年頃までの本土空襲は一万メートル以上の超高度から工場を目標として爆弾を投下する戦術であり、これに対しては日本軍の邀撃機も対空火砲も不十分にしか対処できなかったけれども、昭和二十年以降に転換された無差別爆撃は、前記のように四～五千メートルの高高度から専ら焼夷弾をもって民家を含めて建物を焼き払うものであったから、陸海軍機による邀撃は果敢に行われ、対空砲火の効果も一定の効果をあげた。(注8)

ルメイ司令部の報告によれば、日本軍戦闘機は零戦（海軍機）、雷電（同）、鍾馗（陸軍機）など、百四十～二百五十機が邀撃したが、Ｐ51によって阻まれ、Ｂ29に肉迫したのは五十五～六十機であった。屠龍（陸軍機）一機は体当たりでＢ29一機を撃墜した。対空砲火は当初正確であったものの、後には精度を落としたが、これによるＢ29の破損は百六十八機であるとされている。

五月二十九日の横浜空襲においては陸海軍あわせて八十五機が邀撃し、Ｂ29は五機が撃墜された。

〔第3図〕 B29と邀撃参加機の一機種である「屠龍」

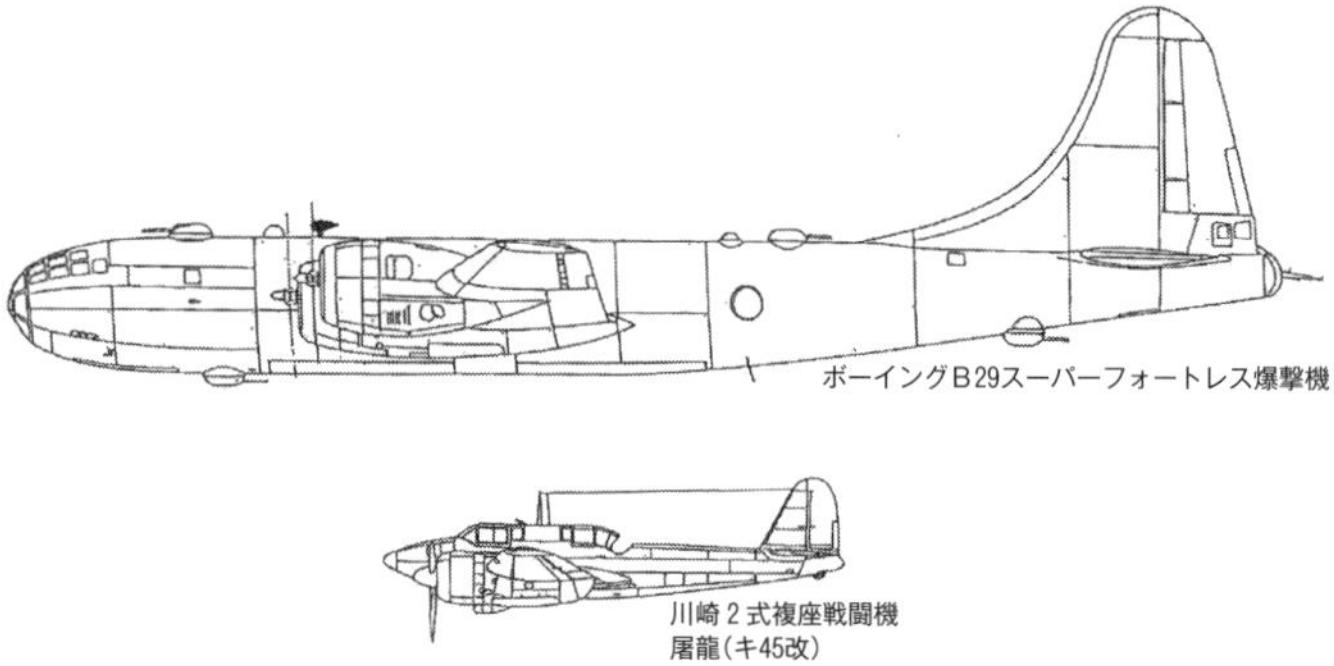

木村秀政「世界の軍用機―第二次世界大戦編」（平凡社カラー新書68）より

ただ高射砲の破片には困らされた。砲弾破片が落下し、火災を起こし、また屋根をつき破って雨漏りの原因となった。私の家も例外ではなく、戦後何年かは洗面器などを雨漏りの受け皿にしたものである。

話を聞いたのが戦中であったか、戦後すぐのことであったかは確かではないが、南太田の丘（近くに京急南太田の駅がある）に、撃墜されたB29からパラシュートで離脱した搭乗員を住民が鳶口や棍棒や石などで殴殺したという話が、母を含む婦人達の間で密やかに、おぞましい話でもするように囁かれていた。これは四月十五日に撃墜された十三機のうちの一機のことであったらしい。

食糧の不足

昭和二十年頃の食糧事情は極端に悪く、七月以降主食糧の配給基準は一人一日あたり米二・一合（二百九十五グラム）が配給されるにとどまり、多くの食事は雑穀による代用食をもって賄われた。すなわち、小麦ならば良い方で馬鈴薯、甘藷、満州産の挽割トウモロコシ、大麦、高粱、大豆、甘粕などが配給されるようになり、これをほんの少しの米と混ぜ、野菜の葉っぱなどとともに食べるのである。雑穀の中に米の混じる割合が四分を下回ったら粘りがなく、まず箸にひっかからない。そこで有り合せの食材をごったまぜにして雑炊に煮るのである。

ひどい食物を二つ。米を精米して出る残滓を糠《ぬか》という。麦について同じものを「麬《ふすま》」といった。食糧事情が改善された後、これはにわとりの餌になった。これをどのように調理したのかは知らないが、団子やパンのようなものを母が調理して食べさせてくれた。当時、鉄兜は各家庭に備えられていたもので（余談であるがゴムで出来た『防毒面（マスクのこと）』も備えられていた）、これと交換に（その斡旋は隣組がやってくれた）、鋳物製のドーナツ状のパン焼き器（果たしてパン焼き器といえた代物かどうか。形はしゃぶしゃぶの鍋のような形だったと思うが不確かである）を手に入れ、これを使って作ったようである。ふくらまし粉(重曹であったろうか)を用いてパンの形にするのだが、今では到底食えたものではなかろう。

その二は、「海藻麺」という奇怪な食べ物。大体ネーミングからして矛盾している。海藻が麺であるわけがない。ひじきのようでひじきでなく、得体の知れない海藻を麺状にのばしたものであった。どんな味だが忘れてしまったが、真っ黒なぬらぬらしたもので気持ち悪がって食べなかったが故に、味までは覚えていないのかもしれない。

今では小料理屋などで、献立の一つに時々のっているが、「すいとん」というものがある。戦後の話になるが、食糧事情が改善されて、小麦が手にはいるようになって作られるようになった。具に蕪が入っていれば御馳走で、普通は醤油汁の中に団子にした「すいとん」のかたまりが浮いているだけである。

戦争が終わってしばらくするまで私には砂糖の記憶がない。甘味といえば、甘藷か、そうでなければ柿の皮を包丁で螺旋状に途切れないように剥き、これを糸で軒先につるして乾燥させたものが甘味料であった。これを菓子の代わりに食った。今から考えると泣けてくる。戦後砂糖が細々と手に入るようになってから母は、「戦争中は二度と甘いものをお前に食わせてやることはできないのではないかと思っていた」と言った。そのほかには戦後に密柑の皮の粉やバナナの乾燥したものもあった。

＊

今、若い人達の中には、日本とアメリカが戦争をしたことを知らない人も増え、戦争したことがあると言うと「それでどっちが勝ったの」と言う者が大勢いると聞く。戦いが終わって五十五年を経て、暖衣飽食の時代に至ったことは今昔の感にたえない。

本稿は事柄の性質上、若干ローカルな話題が多い点をご海容願いたい。と同時に、同地域にあって、同じような体験を経た方々のご投稿をお待ちしたい。米軍による横浜占領下における話はまた次回にでも。

（注1）B29　一九四〇年に陸軍からの要求に基づき開発を始め一九四三年九月にはすでに量産を開始。終戦までに四千二百二十一機が生産された。

最大速度　五百七十四キロメートル／時、総重量　六万千二百三十六キログラム、発動機　二千二百hp×四、武装　十二・七ミリメートル機銃×十二、二十ミリメートル機関砲×一、爆弾　九・〇七二トン、搭乗員　十二

（注2）焼夷弾　日本式の住宅に適するものとして開発された爆薬でM69といわれ、ナパームを装填した六ポンド型の小型のものが大量に投下された。六角型の筒に入っており、この三十八発を集束し、

投下後（横浜空襲の場合は三十メートルから十五メートルの上空で）ばらばらになって、着地すると尾部からナパームを噴射し、周囲の壁や床に粘着して着火する。他には大型で破壊力の強いM47（七十ポンド）があり、まずM47を目印となる建物に投下し、爾後M69を投下して焼き払う方法が、横浜空襲では採用された。

（注3）カーティス・ルメイは、戦争中から構想され、戦後公式に設立されるアメリカの戦略研究所「ランドコーポレーション」の設立に深く関与し、また昭和三十九年、日本政府から勲一等旭日大綬章を授けられている。航空自衛隊の育成に協力したというのがその理由である。

（注4）この高射砲は㈱日本製鋼が製造した三式十二糎高射砲であり、高射第一師団高射砲第百十七連隊（本部：横浜市野毛山）第二大隊第六中隊が子安台に六門を展開し、B29を十数機撃墜したとされている。また東京の話であるが、終戦までに二門の五式十二糎高射砲が杉並区久我山に配備され、一撃で二機のB29を撃墜したとされている（新聞「朝雲」平成二十年六月十九日による）。

（注5）平均弾着点とは、ある一点を中心とする半数必中界――例えば川崎の爆撃の場合――横浜でも大差ないと思われるが――、直径四千フィート（一・二キロ）の円の中に焼夷弾・爆弾の少なくとも半数以上を集中させ、この地域を消滅させる計画にもとづく、目標点のことを言う。横浜空襲の場合、平均弾着点は五箇所設定され、その①は東神奈川駅（神奈川区）、②は平沼橋（西区）、③は港橋（中区）、④は吉野橋（南区）、⑤は大鳥国民学校（中区）であった。

（注6）空襲警報　当時米軍機の侵攻の状況は刻々とラジオ放送を以て伝えられ、五月二十九日は八時十二分に空襲警報が発令された。警報の一例を次に挙げる。

九：二〇　京浜西南及ビ西北方ニ侵入中ノＢ29及ビＰ51編隊ハ入リ乱レテ攻撃シツツアルヲ以テ特ニ十分ナル警戒ヲ要ス。

冒頭にいちいち「東部軍管区情報」の前置きがあったようである。

（注7）この日横浜地域に投下された焼夷弾は三十五万千九百十六個、地上密度で言うと一平方マイル（二・五九平方キロ）あたり二百〜二百二十五トンに及ぶというルメイ司令部の大ざっぱな計算結果がある。第④弾着点（吉野橋）にはＭ69が四百トン程度投下された。

被害の状況（昭和二十年六月四日六時現在、神奈川県警察部）は次の通りであった。

死者　三千六百四十九、重軽傷　一万百九十七、行方不明　三百八

罹災者　三十一万千二百十八

建物の全焼　七万九千四百三十七、半焼　百三十五、全半焼　四十八

（注8）Ｂ29の日本本土への出撃数はのべ三万三千四十一機、作戦間の被撃墜数は四八五機、被損傷機二千七百七機、搭乗員の戦死者三千四十一名という記録がある。

〈参考文献〉

・今井清一『新版・大空襲5月29日——第二次大戦と横浜』有隣堂発行〈有隣新書十九〉
・服部一馬・斉藤秀夫『占領の傷跡——第二次大戦と横浜』同〈有隣新書二十〉
・大西比呂志外『相模湾上陸作戦——第二次大戦終結への道』同〈有隣新書五十二〉
・児島襄『太平洋戦争』（下）中央公論社〈中公新書九十〉

横浜大空襲と飢餓

・岡本好古『東京大空襲』〈徳間文庫〉

・渡辺洋二『死闘の本土上空――B29対日本空軍』〈文春文庫〉

進駐軍が街にやって来た

（平成二十七年八月一日「ＬＩＴＳ」27号

ただしⅢ以降は当事務所ホームページ

http://www.mclaw.jp/column/tsutsumi/column036.html）

本誌第十七号（平成十二（二〇〇〇）年二月十五日号）に、「横浜大空襲と飢餓」と題する一文を載せた。その末尾に「米軍による横浜占領下における話はまた次回にでも」と書いたが、早いものであれから十五年が経過した。

そんなに長く経って続編もないものだが、今年は終戦から七十年。改めて横浜の占領のことを書いてみようと思う。

I　翻える星条旗

日本占領をめぐるパワーポリティクス

□　昭和二十（一九四五）年夏、連合国軍と戦いを継続しているのは日本一国のみとなっていた。アメリカは、日本がドイツ降伏（二十年五月）の後も十数ヶ月は戦い続けるであろう、という予測にたって「オリンピック作戦」（昭和二十年十二月一日発起予定。宮崎海岸を指向）、「コロネット作戦」（昭和二十一年四月一日発起予定。関東平野を指向）という日本本土進攻計画（全体をダウンフォール作戦と称し、全兵力見積百七万四千六百）を立案していた。

しかしかかる作戦を待つまでもなく日本が降伏する可能性が高くなってくると、太平洋陸軍総司令部が準備していた「ブラックリスト作戦」が進駐計画として現実味を帯びてくる。この計画は、日本本土を十四、朝鮮を三ないし六の地域に分かち、太平洋陸軍の総兵力（第八軍二十五万二千、第六軍三十万九千）を三段階で各地に展開させて、日本の軍事、政治、経済の全般を制圧しようとする直接軍政案で、七月十六日には第一次案が完成し、おそくとも八月十一日には統合参謀本部（Joint Chiefs of Staff＝ＪＣＳ）によって承認された。この間、海軍太平洋艦隊司令部は海軍主体の「キャンパス計画」を立案するが、ＪＣＳは、陸軍を占領軍の主体とし、海軍が支援するという形での同時上陸案で妥協させた。陸海軍の対抗意識は何れの国でも同じとみえる。

□　天皇による終戦の詔勅は八月十五日に渙発《かんぱつ》されるが、詔書は八月十四日付で作られ、次の文章で始まる。この冒頭部分が詔書の本旨（主文）である。

朕深ク世界ノ大勢ト帝國ノ現状トニ鑑ミ非常ノ措置ヲ以テ時局ヲ収拾セムト欲シ茲ニ忠良ナル爾臣民ニ告ク

朕ハ帝國政府ヲシテ米英支蘇四國ニ對シ其ノ共同宣言ヲ受諾スル旨通告セシメタリ

（以下略）

こうして八月十四日午後十一時過ぎ、日本政府（総理大臣：鈴木貫太郎）からスイス政府を経由してアメリカ及び英華ソ各政府に対し、日本がポツダム宣言（注1）を受諾する旨が伝えられ、駐スウェーデン公使にも参考に電送された。アメリカ政府は既にその前の八月十三日、統合参謀本部指令をもって連合国最高司令官司令部（Office of the Supreme

Commander for the Allied Powers）の設置を決めていた。そして翌八月十四日、トルーマン大統領は、「停戦実施方に関する日本政府宛通報」をもって、降伏の受理及びその実施のため、当時マニラにおいて「ブラックリスト作戦」を準備中であったマッカーサー元帥を正式に連合国最高司令官に任命し、同時にその任務に関する指令を与えたことを日本政府に通知し、マッカーサーは八月十五日、上述した「ブラックリスト作戦」に基づく命令を麾下の部隊に示達した。

□日本の占領の準備をアメリカが他の連合国軍に先だって行うというのは、ある意味妙な話ではある。今次の大戦は「連合国」が共同して戦ったものであり、終戦の半月後には降伏文書が米英華ソその他五箇国との間に取りかわされたのであるから、複数の国が占領に関わってもよさそうに思える。しかし、現実にはそうはならなかった。

□アメリカ政府は、当初は四大国（米英華ソ）によって日本を占領することもやむをえないとしていたが、独力で日本に勝利したという実績を背景に、やがて他の連合国の発言権を排除した単独占領を実施する。（注2）

これに対し他の諸国はどうであったかというと、イギリスと中華民国は今次の大戦によって疲弊し、とても日本占領管理に加わる余力は持ち合わせず、それゆえアメリカの単独占領に異を唱えようとする力はなかったと言ってよい。ドイツとの戦争により本国が崩壊に瀕したフランスとオランダは言うまでもない（もっともイギリスは英連邦軍を米極東軍の指揮下に入れたけれども、占領を管理するつもりはなかった。また、カナダ、オーストラリア、ニュージーランドも一部地域に進駐したが、同様である）。

□　しかしソ連は抵抗を示す。八月八日に対日参戦をしたばかりだというのに、モロトフソ連外相は八月十一日、ハリマン駐ソアメリカ大使に対して、ソ連極東軍総司令官ワシレフスキー元帥とマッカーサーの二人の最高司令官による二頭支配を提案したが、ハリマンによって厚かましいとばかりに拒否された。八月十六日、今度はスターリンがトルーマン大統領宛に書信を送り、日本軍によるシベリア出兵（大正七年）の例をもち出して、ソ連軍による北海道の北半分（釧路と留萌を結ぶ線の北側）の占領を要求した。しかしトルーマンは十八日にこれを拒否しているが、この間のやりとりに米ソ冷戦の芽ばえを看取することができる。

□　ソ連はなおアメリカの一人勝ちを許さずとばかり、連合国最高司令官司令部を牽制するため、管理機構の頂点に置くこととされた極東委員会の権限と参加国をめぐって十二月のモスクワ会議に至るまでアメリカ及びイギリスとの間に激しい鍔競合いを演じた。

〔第１図〕 日本占領管理機構

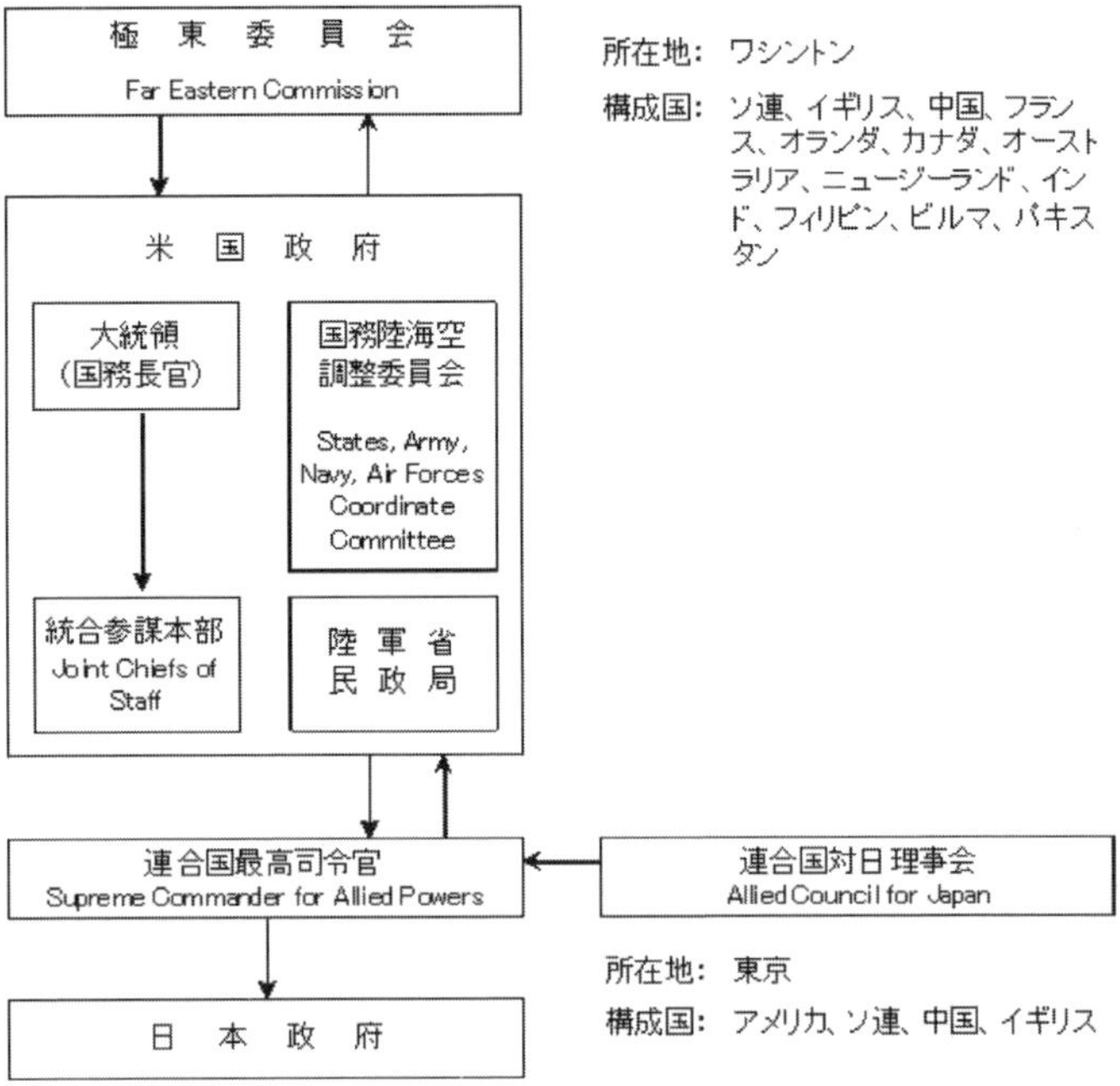

出典：『占領史録』（上）江藤淳、講談社P452の図を一部改作

なお四大国から成る対日理事会が東京に置かれ、連合国最高司令官に助言を行った。日本占領の中央機構は〔**第1図**〕の通りである。

米極東軍

□　ところでマッカーサーは連合国最高司令官であると同時に、実施部隊としての極東軍（Far East Command）の司令官でもあった。この極東軍（戦時中から終戦直後においては太平洋軍（Pacific Command）と汎称されたものが昭和二十二年一月一日から組織改編により「極東軍」と改称）が実質的に占領を担当し、麾下の第八軍（8th Army）と第六軍（6th Army）及び極東海軍のうち駐日海軍、極東空軍のうち駐日空軍（第五空軍）と英国連邦軍が日本へ進駐した。なお英連邦軍は中国、四国へ進駐したが、その後米第八軍の指揮下に入った。

第八軍（司令官アイケルバーガー中将）は横浜に司令部を置き、関東及び甲信越から北海道にいたる東日本の占領を分担し、第六軍（司令官クルーガー中将）は京都に司令部を置き西日本を分担することを予定し、駐日海軍は横須賀に、駐日空軍は名古屋にそれぞれ司令部を設置することを予定していた。

日本の「間接統治」

□　ところでアメリカが当初直接軍政を企図していたことは上述の通りであるが、日本政府の機関が予想以上に強靱であることに鑑み、ワシントンはやがて占領政策の基本を間接統治方式（日本政府を連合国のエージェントとして統治する方式と言って妨げがないであろう）へと大きく転換した。現場司令官であるマッカーサーとしては、直接軍政に要する軍事的・経済的負担は憂慮すべきものであったから、間接支配態勢を好ましいものとして受け入れたであろう。しかしそれが徹底するまでＧＨＱは万能者であるが如く振舞い、末端には混乱も生じた。

□　進駐軍の任務は、「最高司令官による指令の遵守を監視する機能として、また必要があれば最高司令官が遵守を確実にするために用いる機関として」行動することであった（昭和二十年十二月十九日付マッカーサー元帥の麾下の部隊に対する訓令）。

　このうち「指令遵守監視機関」としての位置付けがいわゆる軍政機構である。結局アメリカは日本の占領政策として、形式上日本政府を通じて行う間接統治を採用したので、米極東軍は軍組織を利用しながらも、軍の編制とは建制上別組織として軍政機構を形作り、日本政府によって行われる政策の実施を監視してゆく態勢をとったのである。

訓令後段の、「遵守を確実にするために用いる機関として」とは、指令が守られない場合には軍の実力を行使することを含意していることは言うまでもない。

占領の下準備――マニラ使節

□　八月十七日、東久邇宮稔彦王《ひがしくにのみやなるひこ》を首班とする内閣が成立した。同日、ポツダム宣言受諾を前提に、停戦を実施するためアメリカ政府から日本政府に宛て、連合国最高司令官が作成する降伏文書を受理することに関し、十分な権限を有する使者（複数）を連合国最高司令官の許へ派遣することを命ずる通告文が伝達された（来電一号）。
次いで同日、連合国最高司令官発「来電二号」をもって日本軍の戦闘の即時停止が命ぜられ、日本政府からの使者は、フィリピンのマニラ市にある連合国最高司令部へ派遣せられたい旨を命じた。

日本側から同日午後四時、大陸令千三百八十二号、大海令四十八号をもって陸海軍全部隊に対し「即時戦闘行動ヲ停止スヘシ」との命令が発せられた（奉勅伝宣）。(注3)(注4)

□　日本政府はマニラへの使節派遣が、降伏文書への調印を含むかどうかの点につき八月十六日に米国側に照会を行った。これに対し、連合国最高司令官発大本営宛電報（八月十七日午後接受）「来電四号」を以って、マニラ使節の派遣は降伏文書への署名調印を目的とするものではない旨を答えた。

□　使節の代表者は陸軍中将で陸軍参謀本部次長である河辺虎四郎に決まり、八月十八日、「聯合軍最高指揮官ノ指定スル地點ニ出張スヘシ」とする命令が大本営から下される（大陸令千三百八十四号　大海令五十号）。

それに伴い、人選はすこぶる難航したが、随員として、外務省から岡崎勝男（調査局長）外一名、陸軍から天野正一（少将、参謀本部作戦課長）外六名、海軍から横山一郎（少将、軍令部出仕）外六名が命ぜられた（八月十八日奉勅伝宣）。

先遣隊の受入

□　マニラ使節を乗せた一式陸上攻撃機二機（無武装にして、白塗にした胴体と両翼に日の丸を塗りつぶして緑十字のマークを描く）は、厚木海軍航空基地（第三〇二航空隊）には反乱の動きがあり不穏のため、八月十九日午前七時十八分に木更津飛行場を離陸し、沖縄の伊江島で米陸軍の輸送機に乗り換えて、同日午後五時五十四分（マニラ時間）にマニラに到着、午後八時三十分マニラ市庁にあったマッカーサー司令部に出頭し、サザーランド参謀長と会議を行った。

使節団は深夜から未明にかけて日本側の要求、質疑事項をまとめたが、二十日の午前九時過ぎに連合国最高司令部から、降伏調印にかかる三文書（日本国天皇布告（詔書）（案）、降伏文書[注5]（案）、陸海軍一般命令第一号[注6]、及び日本本土に上陸する先遣部隊の安全を確保するため及び占領後の進駐に関する浩瀚《こうかん》な「要求事項（第一～四号）」が手渡された。そのため日本側が準備した要求書は結局連合軍側に手渡されなかった。

□使節は二十日夕刻マニラを出発し帰途に着いたが、乗機の不具合もあって（浜名湖付近に不時着）二十一日午前八時に調布飛行場に到着、午後一時過ぎ上奏復命を行った。
連合軍側からの要求事項は関係諸機関に伝達され、一斉に受入準備が開始された。

大本営陸海軍部は、二十一日付を以って、

「大本營ノ企圖ハ右聯合國軍ノ進駐ヲ圓滑ニ實施セシムルト共ニ進駐地域附近ノ治安維持ニ遺憾ナカラシメ以テ我カ信義ヲ中外ニ宣明スルニ在リ」（大陸令千三百八十七号、大海令五十二号）とする命令を内地の各軍司令官（及び司令長官）に伝達し、所要の部隊移動を命じた。

□連合軍の先遣隊は、厚木、横須賀、鹿屋の三地域に進駐することとされ、日本側の受入準備機関として地域ごとに連絡委員会が設置されることになり、二十三日から翌日にかけて政府よりこれが発令された。

厚木連絡委員会（委員長　陸軍中将　有末精三）

横須賀連絡委員会（委員長　横須賀鎮守府司令長官　海軍中将　戸塚道太郎）

鹿屋連絡委員会（委員長　第五航空艦隊司令長官　海軍中将　草鹿龍之介）

□　以下厚木について記述する。

八月二十八日午前八時二十分、連合軍先遣隊（長：テンチ大佐）の一番機が厚木に到着、十一時半頃までに先遣隊総員百四十六名（内三十名は士官）が十一機のC46、C47輸送機に分乗して到着した。マッカーサーは八月三十日厚木到着（台風のため当初の予定より二日延期されていた）、飛行場内のテントにて記者会見を行い小憩の後、横浜へ向かう予定である旨が告げられた。

マッカーサー到着

□　八月三十日、厚木連絡委員会は午前六時に飛行場と全車輌（乗用車二百輌、貨物車四百五十輌のほかバス等）を先遣隊長に引き渡し、委員会の任務は終了した。

午前七時、第十一空挺師団長スウィング少将が先着し、続いて第八軍司令官アイケルバーガー中将が到着した。有末中将はスウィング少将と横浜進駐の行路、行事予定などを打ち合わせたのち、連絡委員会副委員長の鎌田銓一中将と共に横浜に向かった。横浜には大本営横浜連絡委員会が三十日付で設置され、外務省を主体とした横浜終戦連絡委員会と連携しつつ連絡業務にあたることになっていた（このことについては後述する）。

午後二時過ぎマッカーサーの乗機（C54輸送機「バターン号」）が東の上空に飛来し、二時五分、機は中央滑走路を北から南に着陸した。やがて連合国最高司令官にして米極東軍司令官マッカーサー元帥が、上着なしのカーキー服にサングラス、コーンパイプをくわえて飛行場の夏草の上に降り立った。マッカーサーは幕僚に囲まれ、記者団に対して、「メルボルンからの道は遠かった」で始まる短い声明を発表した。

日本側が準備した河辺中将らマニラ使節団による出迎行事は拒否された。司令官たる者、ようやく日本に来たのに、ここで一服盛られたのではたまらない。出されたジュースにすら口をつけなかった。

□横浜の部分占領

小憩の後、連合国最高司令官の隊列が横浜へ向かって進発した。消防車が先頭に立ち、サイレンを吹鳴して神奈川県警の車を先導した。

次いで、日本の武装警察、憲兵など六十名が第八軍司令官アイケルバーガー中将の率いる進駐部隊千二百名を先導した。進駐部隊は日本側が用意した貨物車十台、乗用車二十五台に分乗し日本警察及び憲兵の厳重な沿道警備のもと、二十四キロの道を進んだ。マッカーサーと幕僚の乗った車の前後は米軍の護衛隊が固めた。

一行は厚木→長後《ちょうご》（藤沢）→戸塚→保土ヶ谷→桜木町を経由して、夕刻までには横浜市の中心である中区の一部（関内地区）に進駐し、概ね大岡川より東の関内地域を部分占領した。

連合軍総司令部を税関ビルに、第八軍司令部を郵船ビルに置き、マッカーサーとその幕僚はホテルニューグランドに宿泊した。アメリカ空軍は横浜の中心部一帯を焼き払いゴーストタウンにしたが、戦後を見通し、必要とする建物はぬかりなく爆撃の対象から外していたのである。

その後九月十七日、総司令部（General Headquarters＝GHQ）は東京赤坂の米大使館

〔第２図〕　焼き払われた横浜の中心部

右上に見えるのがホテルニューグランド、左上が大桟橋。その下に税関が見える。外人墓地からでも撮影したのであろうか。（「日本帝国の最期」37頁より）

へ移り、十月二日以降日比谷の第一相互ビル（現在の第一生命館）において執務を開始する。

終戦連絡事務局

□　マニラ使節に手渡された第三号文書は、日本に進駐する連合国への情報提供、設営事務の執行、取次などにあたる中央機構及び主要占領地における下部機構の設置を要求していたが、これが八月二十六日に設立されて（勅令四百九十六号）、終戦連絡事務局と称し、「終戦連絡中央事務局」及び「終戦連絡地方事務局」から成るものとされた（以下終連という）。

中央事務局は岡崎勝男（後に外務大臣）をはじめ、全員がキャリアの外交官によって占められた。なおそれに先だって八月二十二日に終戦処理会議（首相、外相、陸・海相ら）とその下部機構である終戦事務連絡委員会が設置され混乱するが、次第にこの終戦中央事務局へと収斂されて行く。

その後組織の重大性に鑑み、終連を外務省に設置することの妥当性をめぐって論争が起き、十月一日新官制が公布され、児玉謙次（元横浜正金銀行頭）、吉田茂（後に首相）、芦田均（同）らが総裁（複数）に任命され、組織は大幅に改組された。

降伏文書への調印

□　降伏文書への調印は九月二日午前九時に始まり九時二十分に終わった。調印式が行われた戦艦ミズーリ（ハルゼー大将麾下の第三艦隊旗艦。排水量四万五千トン）は十六インチの主砲に最大角の仰角をかけ、数十隻の艦船を従えて待機した。ミズーリには砲塔からマストにまで水兵たちが鈴生《すずな》りになって調印式を見守った。

降伏文書（草案はさきに連合軍側によって用意されマニラ使節に手交済）には、天皇・政府を代表し外務大臣重光葵、大本営を代表して参謀総長・陸軍大将梅津美治郎が署名し、対するに連合国最高司令官マッカーサー元帥、米全権ニミッツ元帥、そして英華ソの代表の他、日本国と戦争状態にある諸国（オーストラリア、カナダ、フランス、オランダ、ニュージーランド）の代表が署名した。

戦艦ミズーリの檣頭には星条旗が翻り、主砲近くの壁には幕末に来航したペリーの乗艦に掲揚されたものだという、三十六個の星と十三条のストライプの星条旗が掲示された。

降伏文書への調印が終わるや大小数百の戦闘機などの作戦機と、テニアン基地から飛来した九機のＢ29とからなる、雲霞の如き編隊が轟々と上空を通過し、その後東京上空を飛行した。降伏したと詐って、日本の特攻機が突っ込んでくるかもしれないではないか。

降伏調印が行われた時点における日本の陸海軍現有兵力は、陸軍百五十四箇師団、百三十六箇旅団、主要海軍部隊二十箇、合計六百九十八万三千人であり、このうち日本本土だけでも五十七箇師団、四十五箇連隊、計二百五十七万六千人の兵力が存在していた。

□降伏調印が終わると、さきにマニラ使節に手交されていた陸海軍一般命令がサザーランド参謀長名による「指令一号」として発出された。

本格占領

□八月三十日午前九時半頃、横須賀では既に米第三十一機動部隊から、星条旗を掲げた上陸用舟艇が次々に発進し、完全武装の海兵隊員約一万七千名が上陸し、次いで、同日十一時過ぎバッジャー少将が上陸し、鎮守府長官から施設の引渡しを受けている。
横浜関内地区及び厚木飛行場に進駐した先遣部隊の一部が、九月一日から、鶴見・神奈川・磯子・高津（川崎）などの軍施設や工場へ移駐しはじめていたが、その動きは、降伏調印式以後、著しく活発化した。

□降伏文書調印後、本格占領が始まる。
九月二日午前十一時半頃から、愈々横浜港の大桟橋等に、米第八軍麾下の騎兵第一師団四〜五千名が上陸を開始し、引続き同日午後から翌三日にかけて、第八軍の主力部隊が相次いで上陸した。厚木への空輸も益々頻繁になった。そして三日中に部隊は散開して県下各地の軍施設へと進駐した。九月四日以降中旬までの間に、県内における進駐区域は、さらに平塚・小田原・秦野等へも広がった。

□ これを受け入れる神奈川県側の対応も大童であった。横浜には、横浜地区連合軍受入委員会が八月二十四日に設置された。三十日にはこれが鈴木九萬《ただかつ》公使を委員長とする横浜終戦連絡委員会に改編され、九月二十五日、横浜終戦連絡委員会は名称を横浜終戦連絡事務局と変更した。

□ マッカーサーの司令部は既述の通り東京へ移ったが、米第八軍司令部は横浜に残った。そして西日本の占領を担任していた第六軍司令部は、昭和二十年十二月三十一日に解散し、所属部隊の指揮及び占領行政は翌二十一年一月一日から第八軍に承継された。

したがって、日本全域の占領は以後第八軍によって行われることになり、その司令部が置かれた横浜は日本全土（沖縄を除く）にわたる占領の本拠地となった。

進駐軍の展開

□ 進駐軍による日本全国への兵力展開は極めて迅速に行われ、九月末にはほぼ内地進駐を終え、十月には北海道の進駐（旭川・十月六日）を完了した。最も遅いのは松山で、十月二十二日である。展開が迅速に成し遂げられたのは日本の官憲の協力に一部を負う

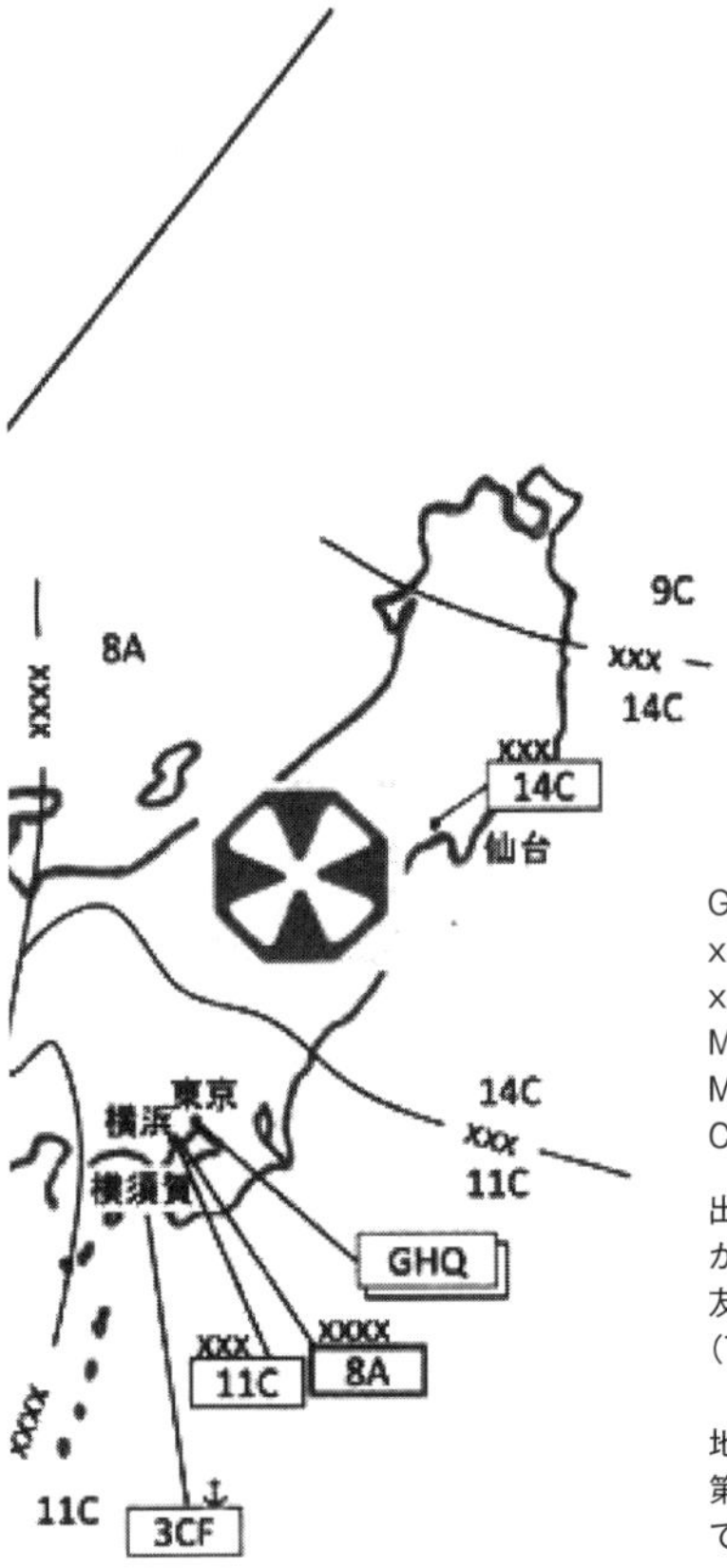

GHQ（総司令部）
xxxx　Army（A）軍
xxx　Corps（C）軍団
MC　海兵軍団
MD　海兵師団
CF　艦隊

出典：毎日新聞社「日本がいちばん苦しかったとき—21世紀への伝言」（暮らしの友本部）2001、42-43頁及び「占領史録」（下）432-433頁

＊

地図に表示したマークの六角形のものは第6軍の、八角形のものは第8軍の徽章である。

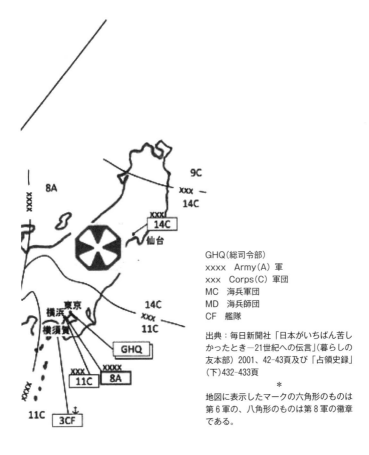

〔第３図〕　進駐部隊の配置
（昭和20年10月15日頃の状況を示す）

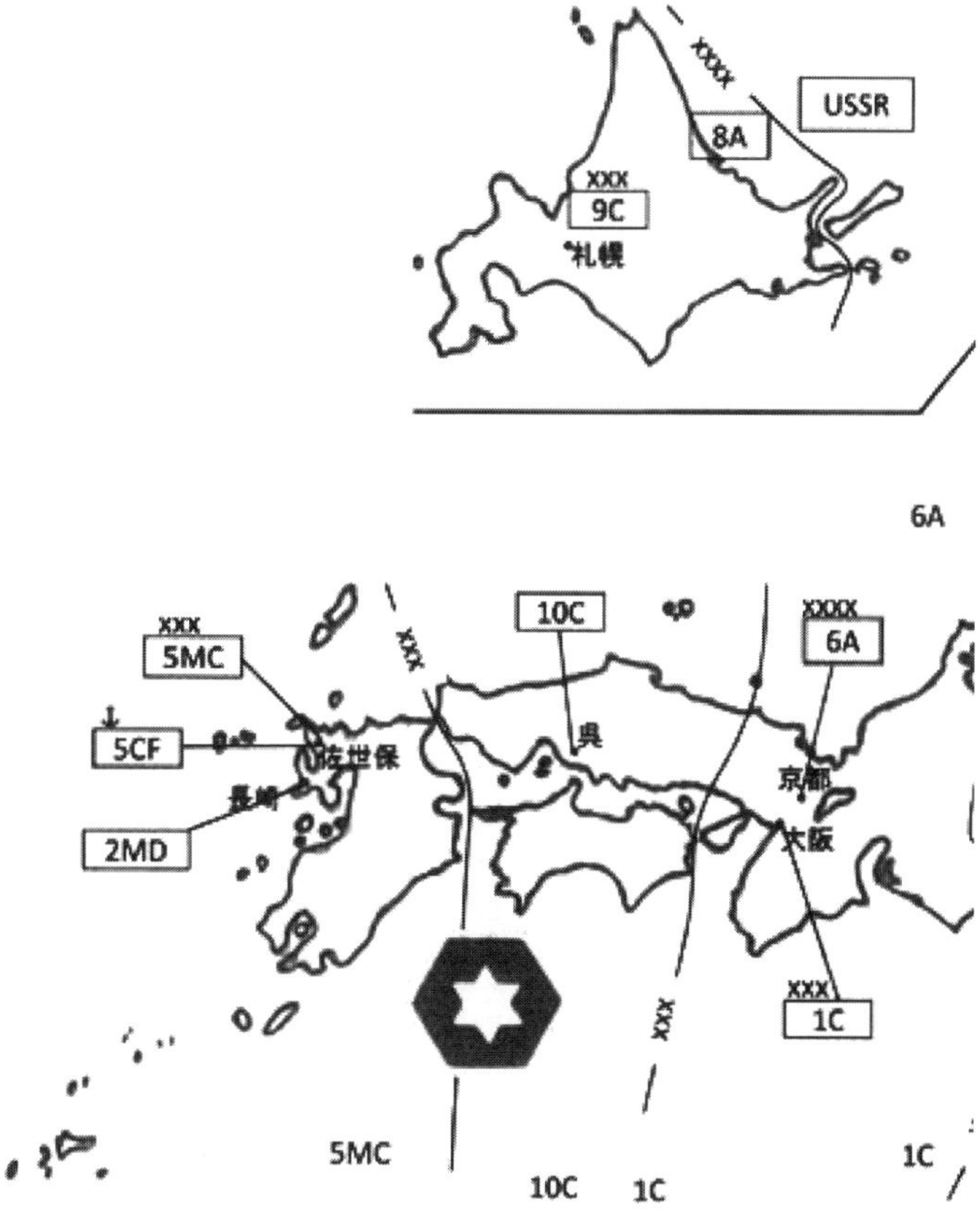

としても、戦争中に上空から写真を撮影し、これに基づいて飛行場や日本全土の道路地図を整備したアメリカ陸海軍の空軍情報部隊による情報活動に負うところが大きい。日本各地への進駐兵力は、展開がほぼ終わった十月末には総員三十万人、十一月末に四十三万人、十二月中旬に四十五万人を超えてピークに達している。

こうしてアメリカは、圧倒的な力を日本人にも、そしてソ連にも見せつけることに成功した。

□　占領の本拠地となった横浜には、当然、圧倒的多数の進駐軍将兵が進駐し、昭和二十年十二月末で九万四千九十四人を数えた。すなわち、当時全国に進駐していた米軍将兵のおよそ四分の一が横浜に集中していたことになる。そしてこの数字は二十年十一月一日現在の横浜市総人口六十二万四千九百九十四人の約十五％に相当する。

□　横浜市内における土地・建物・施設の接収も急増の一途をたどり、昭和二十一年九月末、土地の接収面積は二百七十八万五千六百六十二で、市総面積の二・三％に達し、建物（住宅・事務所・ビル・学校・工場・倉庫等）の接収は、合計三百六十三件、延床面積二十八万七千七百八十四坪に及び、中区においてとりわけ著しく、土地は区域面積の三十四・六％が接収された。接収地の大半は空襲の焼け跡であった。そのほかに、横浜港も占領の対象で、当然軍艦や輸送船も接岸した。山下公園・横浜公園なども接収地に含まれていた。

Ⅱ　焼け跡にジープ

関内・伊勢佐木町への進駐

□　こうして横浜への進駐が本格化するが、占領軍はまず焼け跡の整地を始めた。広大な焼け跡はブルドーザーで均《なら》され、関内などに何百というカマボコ兵舎（進駐軍の下士官、兵のための兵舎）や軍の施設がたちまちのうちに整然と建築され、広大な敷地の周囲は有刺鉄線で囲われた。

カマボコ兵舎は文字通り蒲鉾形の外壁を持ち、粗末なものであったが、空襲によって住居を失った一般市民にとってはうらやましい限りであった。

土地建物の接収が最も多かったのは中区、ついで神奈川区である。中区は横浜の中心であり、昔も今も官庁や商店街が集中している。伊勢佐木町も当然接収の対象となった。伊勢佐木町にはさまざまな店舗があるが、焼け残った多くが接収された。横浜で最も有名なデパートであった野澤屋はPX(注7)として、松屋は病院として、また不二家は第八軍サービスクラブ（ヨコハマクラブ）として接収された。オデヲン座（映画館）も接収され「オクタゴンシアター」となった（因みにオクタゴンとは八角形を意味する。第八軍の八である）。接収された建物で日本人オフリミットのキャバレーにされた店はいくつもあった。横浜公園野球場はルー・ゲーリック球場と改名され、後に平和球場と名前が変わった。現在の横浜スタジアムである。

□ 伊勢佐木町には星条旗が翻ってアメリカ主体の街となった。因みに日の丸の掲揚は、日本全域にわたって、新年とわずかな祝日だけに制限され、昭和二十四年一月一日までは自由に掲揚することはできなかった。

□ 伊勢佐木町の西側から大岡川に接するまでの焼け跡の一帯（もとは繁華な街並みがあった若葉町、末吉町あたりであったろうか）に飛行場が設けられた。セスナ機のような単発機や小さなヘリコプターが発着していたのを憶えている。滑走路は敷き詰められた鉄板から成っており、その物量及び工兵部隊の実力に、大人達が、日本軍のモッコによる飛行場建設工事とは桁が違うと感心していたのを憶えている。

□ 上述の通り横浜には一時十万人弱の占領軍将兵が進駐していたから、占領地及び接収した施設にはアメリカ兵が溢れかえっていた。
第一騎兵師団の、黄色地に黒で馬の頭を象《かたど》ったマークは、私にとっては懐かしい気がする。今次の大戦の頃からは馬に代わって戦車や装甲車が装備されたが、シンボルとして馬の絵をそのまま使い続けたのであろう。

〔第４図〕　米第１騎兵師団徽章

〔第５図〕　ギャリソン・キャップを被った士官
（「第２次大戦米軍軍装ガイド」より）

大戦末期の軍装を扮装したイメージ写真である。下襟にあるマスケット銃を交差させた徽章は歩兵科であることを示し、上襟につけたU.S.のマークとギャリソン・キャップにつけられた徽章が中尉を表わす（同書P17）

前掲第3図（地図）に挿入した第八軍のマーク（こちらは赤地に十字マークを白抜きにしている）もMPのヘルメットなどに着けられて馴染みになった。

□兵隊たちは体格も顔色も良く、若者のこととて元気で、そして陽気であった。顔色が良かったのは栄養が行き届いていたせいもある。カーキ色の軍服にギャリソン・キャップ（略帽のこと。子供たちはこの帽子を〝ハローの帽子〟と言った）をやや斜めにしてかぶった若者が群れをなして闊歩した。ハローの帽子を被った米兵はジープを運転し、颯爽と市内を走りまわり、たちまち町の風俗の一部を成すようになった。

横浜市民たちは焼け出された者も夥しく、着るものとてボロに毛が生えたようなものであったので、行き交うアメリカ将兵の体格の良さ、そして美々しさに圧倒されたのである。

米兵による不法行為ないし犯罪

□市民の対米感情は概ね良好であったと言えるが（米戦略爆撃調査団の調査による）、そうだからといって進駐が全く平穏に行われたわけではない。

進駐軍が横浜及び横須賀へ進駐した直後から、警察官や一般市民に対する米軍兵士の不法行為が頻発した。戦場から敵国へ直行してきた兵士たちが抱いていた緊張感と警戒感から生ずる不法行為もあったが、やがて日本側に進駐軍に対する抵抗の動きがないことが明らかになると、勝者としての思い上がりから、勝手気ままな行動に走るものが現われ、そのために数多くの不法事件を生じることになった。

□内務省警備局が作成した報告書によると昭和二十年八月末から九月十日までの間、神奈川県下では、強姦七件(他に未遂四件。但しこの種の犯罪被害は届けられないことの方が多いのでこの数字を鵜呑みにはできない)、警察官に対する不法行為六十一件、一般人に対する不法行為二百四十六件が発生しており、そのうち横浜での発生件数はそれぞれ二件(未遂三件)、四十三件、百八十八件となっている。

一般人に対する不法行為は、いわばおもしろ半分の悪ふざけに類するものから、犯意の明白な窃盗・強盗にいたるまで、さまざまであった。女性用衣類(和服)や布地、ラジオ受信機やカメラ、それにビール・ウィスキー・酒などを奪った事例が多かったと言う。

警察官の被害は日本刀、サーベル等の武器類である。米兵の目的は、それを実際に使うことではなく、日本進駐の戦利品ないしは記念品として持ち帰ることにあったと言われる。第八軍麾下の各軍団では、帰国する兵士に戦利品として分配するために、日本軍の兵器類を組織的に収集し、昭和二十年十二月末までに、銃剣十五万挺・ライフル銃三十万挺・カービン銃一万六千十五挺・拳銃一万六千五百三十四挺・刀剣七万八百六十二振りを分配したという。また、第八軍司令部も、日本軍の戦車や臼砲などを戦勝記念のために収集していた（『占領の傷跡』（四八頁以下））。

□米兵にゾッキ本を買ってもらう

小学校に入ってからのことだったと思うが、母親に連れられて伊勢佐木町通りを歩いたことがある。この通りに面した建物は殆どが接収はされていても、土地が接収されていたわけではないので日本人も大勢歩いており、通りはごった返していた。赤い灯台が屋上にあるデパートがあったが（その建物を「赤トーダイ」と言っていた。松喜屋デパートであったろうか）、あれは接収されなかったのだろうか。

伊勢佐木町通りには、うさん臭いものも含め露天商が既にたくさん出ており、道傍に本を商っている露天商がいた。立ちかかって見ていたら、アメリカ兵が二人ほど通りかかった。母親が言うには「ハローって言ってごらんと言ったら、お前がハローと言ったんだ。」そうしたらアメリカ兵がポケットから金を出してその本を買ってくれたというのである。頭の一つも撫でてくれたかもしれない。その本というのは、いわゆるゾッキ本であったろう、再生紙を用いたもので、それを何冊かを束にして縄で束ね、一山幾らという風情で売っていた。それを米兵が買ってくれたらしいのである。(注8)

□二、三冊にはとどまらず、かなりの分量のゾッキ本を抱えて喜んで家に帰った。いまでも思い出すのであるが、その中に長谷川町子の描いた漫画本があった。これだけは長くとっておいたので憶えているが、「姉妹社」(本稿を書くため調べてみたら昭和二十二年の設立)と、発行元が書いてあった。長谷川姉妹は自前で出版していたというからその頃の本であろうか。「サザエさん」ではないが、その原型のような若い女性が活躍するマンガであった。

□野毛(大岡川を隔てて伊勢佐木町の近くであり、いまでは飲食店が六百店も軒を連ねている)は、伊勢佐木町がアメリカ人の街であったのと対照的に日本人の街であった。闇市が立っており、焼鳥、するめ、飴、ふかし芋、天ぷら、ドーナッツ、南京豆、すいとん、代用品、それに衣類等。何でもござれ……(だったという)。

靴も売っており、一年生のとき、父に連れられて編上靴を買ってもらった。育ち盛りということで大きめのものを買ってくれた（というか、ぴったりとしたサイズのものがなかった？）のでブカブカであった。この靴は三年生くらいになって、ちょうどよい寸法になった。

復員兵と虱

□私の家は南区中島町二丁目というところにあり、昭和の初めに建てられたサラリーマン向けの3Kの小さな家であり、風呂場が附設され、猫の額と言っては猫が可哀想なくらいの狭い庭がついていた。運よく焼夷弾が当たらなかったため、焼け出されはしなかったが、対空砲弾の破片が屋根に幾つか突き刺さって、雨が降ると桶や金盥《かなだらい》に雑巾を敷いて雨漏りを受けた。

水道は断水もしたが、それほど事情は悪くなかった。しかし当分の間、電力事情は悪く、関東配電という東京電力の前身の会社（だったか公社だったか）が電力を供給していたが、発電力の不足から屢々停電した。都市ガスが引いてあり、これは戦後暫くして供給されるようになった。

□私の父は古河電気工業㈱横浜電線製造所（西区西平沼にあった）に勤めていたが、軍需工場とあって五月二十九日の空襲でB29の狙い撃ちにあって壊滅〔第二平均弾着点に当たっていた。「横浜大空襲と飢餓」〔第2図〕参照〕。戦後従業員はレイオフとなっていた。今と違ってまだ労働基準法がない時代なので、給与はどうなっていたか知らないが、父が太い束線（長さ三十センチ位に切り揃えてあった）を持ち帰ったことがある。現物支給として給与代わりに与えられたものであろうか、被覆を剥ぐと（これが子供の役目で大変な手間なのである）純度の高い銅線が何本も出てきてこれを屑鉄業者に売ると結構な実入りになった。

□ 戦争中職場から応召し、南方へ出征していた父の部下が復員してきて、その二、三人が我が家に居候していた時期がある。彼らの実家が空襲で焼け、帰るところがなかったからである。母が煮沸消毒するのであるが、軍服の縫い目にみっしりとたかっている虱は家中に繁殖して大弱りであった。やがて彼らが帰郷した後も虱は残った。

彼らは若く、レイオフの解除の目途が立たないことに退屈して、敬礼や担《にな》え銃《つつ》（ついでに立て銃）や捧げ銃の仕方、それにゲートル（巻脚絆）の巻き方などを大真面目で私に教えてくれたりした。

オンリーさん

□私の家のあたり一帯は皆同じような造りの小住宅が軒を連ねていたが、色々な事情から、住宅を貸す家があった。建物一棟を丸ごと賃貸する貸家だけでなく、一部に家主が居住し一部を他人に貸す、いわゆる「間貸し」も行われた。私の家の裏手にもその手の間貸しがあって、オンリーさんに二間《ふたま》ほどを貸していた。

　当時は多くの占領地域に、街娼が多く生まれた。彼女たちのうちにはアメリカ兵の腕にぶら下がって得意そうに歩く者もいて、町のおばさんたちの顰蹙《ひんしゅく》を買った。これらの女性は「パンパン」と呼ばれ、性病予防法違反の容疑で米軍や日本の警察の取り締まりの対象となった（『占領の傷跡』一三八～一三九頁）。これとは少し違って、特定のアメリカ兵の相手をしたのが〝オンリー〟であり（〝Only You〟というわけである）、彼女らは自前で部屋を用意しなければならなかった。

□私の家の裏手のオンリーさんは、名前は覚えていないが、きっと二十代であったろう、気さくな女性で、私や近所の子供たちにも声をかけたり、私の家に「おばちゃんお醤油貸して」と言いながら小皿片手に裏口からやってきては話し込んでいった。

　相手になったアメリカ兵が士官であったか下士官であったかはわからないが、ジープ（注9）

〔第6図〕 ジープ（JEEP）

（作画：高橋亜希子）

で時々通ってきた。オンリーさんの間借り住宅は私の家の裏手にあったので、ジープはいつも私どもの家の前に置き放しにされる。定番のカーキ色に塗ってあったと思う。強いガソリンの匂いがした。そんなわけで一度ジープに乗せて貰ったことがある。オンリーさんの彼がオンリーさんを野澤屋のＰＸへ買い物に連れて行くついでに、彼が運転するジープに文字通り便乗したわけである。やがて両手にいっぱいの品物を抱えて出てくる二人のお伴で横浜公園あたりへ乗せて行ってもらった。

□ 横浜公園は菜園として「開墾」されていた。何かの催しでもあったのだろうか、テントが張られた風景を憶えている。そこらあたりを一周して家に戻ったという、ただそれだけのことであるが、焼け跡少年にとってみるとドライブは夢のような話であった。近所の友だちに大いにやっかまれたのは言うまでもない。

帰り際に蝋引きの紙で作られた袋に入った食パンを一斤ほど貰った。あるいはチューインガムも入っていたかもしれない。それを持って帰ったときの母親の一言。「淳や、よくやった。」（まさか）これが当日の夕食になった。

□あるとき、オンリーさんの悲鳴が聞こえたので裏手のガラス戸を開けてみると、彼女が彼に髪を掴まれて畳の上を引き摺り回されているのが垣間見えた。後で聞くのには、何でもオンリーさんが他の兵隊と浮気したことに原因があるとかないとか言うのだが、怖いもの見たさで見ていたら、母は「見るんじゃない」とばかり、ピシャリとガラス戸を閉めた。オンリーさんのひどくはだけた裾のシーンが、罪悪感を伴って記憶に残った。

ギブミー・チョコレート

□〝Give me chocolate.〟と言うと米兵がチョコレートやガムをくれたというのは本当である。しかし我等がオンリーさんの彼は、ジープから降り、子供たちが寄っていくと〝Give　me〟などと言わなくてもくれた（言おうにも子供にとっては難しい。ただし

“Hello”位は言わなければならない。当たり前である）。節分の豆撒きのように撒いたというのは、話としては聞いたけれども私は見たことがない。

ガムはとっても良い香りがして甘かったが、チョコレートはとても苦かった。銀紙をはがして皆で分けて食う。ただし、むしゃむしゃ食べる程沢山はないので前歯で「食い欠く」。ガムはリグレー、チョコレートはハーシー(注10)というのだそうで、上の学校に行っている誰かが教えてくれた。

食べ物の話のついでにチーズのことについて。今考えるとナチュラルチーズだったのであろうが、蝋紙で包装がしてあり、とても固く、黄色味が強かった。軍用のものだったからかもしれず、においと塩味がややきつかった。味は今もかすかに覚えているが、あれ以来実際には味わう機会がない。

□ このように書くと進駐軍の兵隊たちはいかにも日本人に対し丁寧であるかのようにみえるが、吉村昭『東京の戦争』（一六二頁）によれば、吉村の進駐軍に対する感想は苦々しいものだったようである。

ある日の午後、足立区梅田町の家を自転車で出た私は、西新井橋に通じる土手の上り傾斜の道で自転車から降りた。多くの人が足をとめていた。米軍の軍用トラックの列がとまっていて、通行不能になっていたのである。

私の左側に軍用トラックがとまっていて、幌つきの荷台に若い兵たちが笑い声を上げたりして乗っていた。

二十歳にもならぬような兵の眼と私の眼があった。金髪の青い眼をした小柄な兵だった。兵は笑っていたが、不意にその体が動き、手にした鉄兜が私の頭に打ちおろされた。兵たちのはじけるような笑い顔を耳にしながら、私は自転車とともに土手の傾斜をころがり落ちた。

後になって知ったことだが米兵の鉄兜は鉄製ではなく軽金属の上を布と樹脂でかためたもので、そのため痛さはあったものの傷つくこともなく、土手の下でしばらく休んでからトラックの去った土手の道に自転車をひきずってもどった。敗戦国民の悲哀が胸にひろがっていた。と、吉村は書いている。方々にそのような屈辱的な話があったであろうことは想像に難くない。私がそのような目にあっていないのはまだ年端が行っていなかったせいであろう。

□ 昭和二十五年六月二十五日、朝鮮動乱が始まった。進駐アメリカ第八軍は速やかに反応し、一部の空軍部隊はその翌日に、地上部隊はその月の三十日に朝鮮半島へ出動した。

その頃のことであったろうか、オンリーさんがやって来て、彼と別れなくてはならないというようなことを言いながら、母の許で「えんえん」泣いていったという。「多分朝鮮へ持って行かれたんだ」と母は近所のおばさん連中に話をしていた。

それから暫くしてオンリーさんがお別れにやって来た。予ねて撮ってあった自分のポートレートを持ってきて、「おばちゃんに」と言って置いていった。そうして彼にも贈ったのかもしれない。そのポートレートは今も私の手許にある。長身ではないがややふとり肉《じし》の、化粧のせいか一寸きついが、眼の大きな魅力的な女性が写っている。

間もなく裏の「貸間」には別の人が入居してきた。オンリーさんは国許へ帰ったらしい。ただそれが何処かは母も知らなかったようだ。そのうち大家さんも引越していった。

衣類について

□ 進駐してきた米軍の将兵に比べて、我等横浜市民の衣類はボロに毛が生えたようなものであることは上に書いた。
衣類の払底は甚だしく、たいていは戦前のものを仕立て直すか、そのまま着ていた。女物の着物はモンペ（ズボンとたっつけ袴の折衷されたもの）に仕立て直されるか、買い出しの交換用に使われた。父の一張羅のオーバーコートももちろん戦前のもので、替えの外套は外被《がいひ》と呼ばれる軍用のものであった。

多くの子供たちが着ていた衣類も同様で、焼け残った布を母親（家庭によっては姉）が縫製して仕立てたものであった。「洋裁」が流行《はやり》となり、「主婦の友」、「婦人倶楽部」など戦前からの雑誌や戦後の「暮らしの手帖」といった雑誌に編み物の仕方の特集や型紙の綴じ込み附録がついており、これを用いて子供のセーターや「簡単服」などという服を仕立てた。ミシンを買える家庭は極く少なく、「月賦販売」でようやくミシンを購入できた家庭ではこれを使って内職で収入を上げた。「ドレスメーカー」というハイカラな名の仕事も生まれた。

□ 子供たちの衣服は継《つ》ぎが当たっているのは当たり前で、上衣であれば肘、ズボンであれば膝に多かった。半ズボンの尻の部分には後ろからみるとキャッチャーミットのように円形に継ぎが当たっていた。

□ 毛糸が払底していたから大人のセーターをほぐして編み直しをする。父が勤め先から切断した電線を持ち帰ってきて、銅線を剥き出したことは上に書いた。当時の電線はゴムで被覆されていたが、銅線とゴムの間は何重にも木綿の糸で覆われているのである。

長さ三十糎位に切り揃えてある電線をほぐして得られる木綿糸を結んで長い糸にし、糸玉に巻いて編物の材料にした。当然のことだが木綿であるから「毛糸」ではない。今ならさしずめサマーニットのようなものになる。秋口ならともかく、冬にはこのセーターを重ね着しても寒くてならなかった。

□食糧事情

食糧事情はきわめて悪く、既に昭和十六年に採用されていた配給制の下においては、一人一日あたり主食糧である米二合三勺の配給基準が、昭和二十年七月のはじめには二合一勺に切り下げられた。この基準ではとうてい市民の空腹を満たすには足らなかった。おまけに昭和二十年には枕崎台風が来襲したため（九月十七―十八日）、稲作は壊滅し、敗戦の痛手を負っている国民をひどく苦しめ、「米よこせデモ」が皇居に押し寄せた。

□日本の飢餓状態はアメリカにとっても座視することは許されなかった。けだしそのまま放っておけば、やがて軍国主義に逆戻り（後にこのことを「逆コース」と言った）するか、共産主義がはびこるか、アメリカとしてはそのいずれの状況をも危惧せざるをえなかったからである。そこでアメリカはアジア救済委員会（ＬＡＲＡ）[注11]を設立し、主として日本への救済の手を差し延べた。

「代用食」

□米は貴重であり配給制度のもとに置かれていた。市民は「米穀通帳」を保持することが義務づけられ、それなしには米の配給を受けられなかった。多分、営団（食糧営団といったか）指定の米屋でこれを呈示して配給を受けた。米穀通帳は住民登録の代用としても用いられた。

配給される米は七分搗きというのもあったが、精米されていない玄米も多く、米搗きをしなければならない。精米機（器）などという気の利いたものはないから一升壜に米を入れ竹の棒でざくざくと搗く。これも子供の仕事で、退屈でならなかった。何百回も米を搗いた竹の棒の先端（節の真下で切る）は丸くなっていた。米にゴミが入っているのは屢々であった。平盆に薄く敷き並べ丹念にゴミをとる。穀象虫《こくぞうむし》の死骸や藁屑なら発見しやすいが、極めて小さなガラス片や白っぽい石の粒などが混じっており、これを選別しそこねて炊き込んでしまい、歯がこれをガリッと噛んだときの不快さを伴う痛さは飛び上がるようであった。

白米百%の飯（銀シャリと言った）はなかなか食べられなかった。たいていは何かを一緒に炊き込むか雑炊にしてそれに入れた。小麦を五分でも六分でも混ぜて炊くことができればご馳走であるが、小麦を入手するのも困難であったから、大麦とか粟、とうもろこしなども混ぜた。穀物以外では芋が最も多かった。それに大根等の野菜の葉やさつまいもの茎をきざんで混ぜることもあったが、これら何かを混ぜたものを「代用食」と総称した。

恥ずかしい話だが、私が初めて銀シャリを食べたのはサンフランシスコ講和条約が締結された昭和二十六年頃のことであった。その頃だったか、母の実家（農家である）で催された法事で五目飯をはじめて食べたとき、「代用食じゃないか」と私が言ったので（たしかに五目飯は混ぜ飯である）、伯母だったと思うが聞き咎めて「ハナちゃん（母の名）のところでは何を食わせてる？」と言われ、母は肩身の狭い思いをしたろう、私の小さな（母にとっては大きな）舌禍を叱った。

さつまいもとカボチャ

□　甘藷（さつまいも）とカボチャの話。

甘藷には黄色味が強いものと白っぽいものと二種類があった。「農林一号」という名の芋があって、そのどちらが「ノーリン一号」だったかは覚えていないが（黄色っぽいのがそれだという友人がいる）、黄色いものは筋っぽく、白い物は水っぽく、いずれも肝心の甘みに欠けていた。

□　黄色といえばカボチャの花を思い出す。配給されたのかどうか、カボチャの種子が、物置代わりに使われていた縁側の隅に置いてあった。父が家の脇の路地にこれを蒔いた。やがて芽を出して花がいくつも咲いたのだが、やたらと大きな花で、派手な割には実は小さく、水っぽくて味もなかった。花が大きいのは実を太らせるほどの栄養が土にないせいであり（なんといっても道路である）、何だか次世代への準備をするためだけに咲いているようで痛々しかった。花粉は大量で、学童服の肩につくとポンポンと叩いたくらいでは落ちなかった。

買い出しと「担ぎ屋」

□　そのようなわけで食糧の買い出しが行われた。都市に住まう人々は食糧を生産することができないので、近郊の農家へ米・麦を買いに行くのである。この点、都市というものは実にひ弱である。ひどいインフレのため現金の価値がアテにならないので、父や母の着物や反物を持って行って物々交換するのである。もっとも私には長後《ちょうご》の方まで母についていって行ったわずかな記憶しかない。

□買い出しとは逆に、「担ぎ屋」という商売があった。多くは復員兵だったようであるが、統制の眼をかいくぐって米をどこかから仕入れ、五〜六十キロ位を入れたリュックサックを背負って行商する、闇米の運び屋のことをそう言った。私の家に「弁当使いたいので茶を振る舞ってほしい」などと言いながら立ち寄ったのがきっかけで馴染みになり、数年通ってきた担ぎ屋サンは三十代後半のガッシリした体格の老兵で、憲兵下士官であったと自称し、「憲兵の襟章は黒なんだよ」とか言いながら（ついでに言うと歩兵は赤、砲兵は山吹色である由）、軍隊内の犯罪を取り締まったことなどを、茶を啜りながら母や私を相手に縁側で話し込んでいった。

□また少し世の中が落ち着いてからの話であるが、「引き売り」がやってきた。近郊の農家の主婦やおやじさんが、リヤカーを引いて野菜を売りに来るのである。丁度「買い出し」の逆である。

マーケットと公設市場

□　私が住んでいた中島町に隣接する通町一丁目の角に「タケダマーケット」という、露店をまとめた一区画があった。食べ物を主にしている「店」が多く、あたりを仕切っているのが「タケダ」さんという名前であったかどうか確かでないが、「予科練帰り」であると噂され、革の半長靴を履いて、成程、海軍から復員してきたと言われればそうかと思わせる風情で、昭和三十年頃まで近所をノシ歩いていた。

□　それとは別に通町二丁目には公設市場があって、倉庫仕様の建物に何軒もの店（ブース）が並んでいた。この「市場」の最悪の記憶は「雑炊」である。これは「外食券」を持って行かないと食べられないのであるが、赤ん坊なら行水をつかえる程の大きな鉄鍋に得体の知れない物が混ぜこぜにぐらぐら煮られており、それを若い衆が杓子でお椀に掬ってくれる。その悪臭さは胸をつくようで表現できない程気持ちが悪かった。それを食うのである！　夜盗虫《よとうむし》が入っていたという話にも真実味があった。そんなものを食って腹を壊した者が続々……という話は聞かなかったから（それとも当り前過ぎてニュースにもならなかったのか）、不思議といえば不思議な時代、みんな命をつなぐのに必死だったのである。

Ⅲ　巷に旭日は滔々として

□大岡小学校

私の入学した小学校は横浜市立大岡小学校といい、明治五年の創立というから、全国で最も古い学校の一つである。昭和三年に関東大震災復興小学校の一つとして南区大橋町に鉄筋コンクリート造三階建の校舎が建築され、（他の復興小学校として横浜小、吉田小、本町小、蒔田小があり、皆同じようなコの字形をしていた）昭和十三年にはプールが建設されるなど、いずれも市内では珍しい立派な学校であった（但しこの校舎は老朽化にともない昭和五十七年に取り壊され改築された）。

校歌も昭和九年に制定された、今でも唱われている立派なものである（作詞：加藤末吉、作曲：井上武士）。

旭日滔々《とうとう》　輝やう巷
春は川辺に　花さきみだれ
秋は木の間に　錦をかざる
あゝ心地よや　自然の姿

□　大岡小学校は昭和二十年五月二十九日の横浜大空襲時には避難民の収容所となり七千余名を受け入れた。私の家からは一キロ弱の距離にあり、私の場合通学に不便ではなかったが、多くの学校が空襲で焼失したから、焼け残った大岡小学校には遠くからも不便を冒して大勢の子供が通学した。私の同期である昭和二十三年入学組は入学時九クラスで一組六十名。これでは教室に一杯一杯というわけで、一組当たり六名を抽出して翌年第十組が作られた。因みに、後に日本画家として名を成す片岡球子画伯が私どもの学年の九組の担任教諭として奉職しておられたが、私共が卒業した翌年の昭和三十年に退職して東京に移られた。私は三組で、転入転出があり、卒業アルバムには五十八名の同級生が写っている。

なお昭和二十三年入学組に限ってのことだろうと思うが、この学年は全クラス一年から六年まで組替えがなかった。担任の先生はクラスによって変ったが、二組と、私がいた三組は、六年間同じ先生による「持ち上がり学級」であった。「組替えなし」の方針は何かの意味を見つけるため、指定研究として採用されたのであろうか。

〔第７図〕 大岡小学校全景（昭和29年頃）

南側から撮影されており、写真の左側奥が、横浜港の方角。現在ランドマークタワーが見えるあたりである（昭和29年卒業アルバムより）。

二部授業、新教科書、学校給食

□　大岡小学校は当時総生徒数二千五百人位のマンモス校であった。教室の不足から、午前に授業を受けるクラスと午後に受けるクラスを分けるという、二部授業が行われた。従って授業時間は普通の半分というわけなのである。午前と午後を間違えて登校する生徒もいて混乱もあった。

□　昭和二十二年三月、学校教育法が制定、四月から施行された。六三制（小学校六年、中学・高校各三年、大学四年の単線コース。

〔第８図〕 昭和23年に用いられた国語教科書（東京書籍）

出典：滋賀大学附属図書館（編）「近代日本の教科書のあゆみ―明治期から現代まで」（2006）

つまり現在の制度）が始まり、「大岡国民学校」という名称が大岡小学校に改まった。次いで新憲法が五月三日に施行された。

私共小学校一年生の国語の教科書は東京書籍の本で、冒頭は、

おはなを　かざる、みんないいこ。
きれいなことば、みんないいこ。
なかよしこよし、みんないいこ。

というものである。多分その前年までがいわゆる「墨塗り教科書」で、「ススメ　ススメ　ヘイタイ　ススメ」というような軍国主義的な思想を鼓吹する（……とGHQが考えた）箇所はスミで塗り潰された（それも生徒が先生の指示で塗ったと言う）。私どもの用いた教科書は、平仮名で書かれ、平和憲法に基づく新しい教育方針に沿って、戦後初めて出版されたものであった。

□ 初めてといえば、横浜市は最も早く学校給食が実施された地域の一つではなかったろうか。給食費はたしか徴求された。大岡小学校には既に昭和二十二年に学校給食の調理室が設置されている。

三年生か四年生の頃に給食された脱脂粉乳（スキムミルク）は同級生に聞くとすべてが覚えていると言う。不味《まず》かったからである。カップ（これは各自が自宅から持って行く）の底に砂が沈澱するうえ、味が殆どしない。先生から「注いですぐ飲んではいけない」との注意があったが、それは砂を一緒に飲んでしまうからである。どろどろのトマトジュースにも閉口した。トマトケチャップに近いのである。

これらは既述したララ物資によるもので、私どもはこの点でアメリカの世話になっている。

鶏と兎の話

□ 今の人には判らないだろうが、鶏卵は高価であった。百匁（六個位）で一円八十二銭（闇価格二十一円）であり、対するに白米一升が五十三銭（闇価格七十円）であったから（昭和二十年十月現在警視庁調べ。「占領の傷跡」八〇頁）、貴重な食べ物であった。それゆえ、卵一個で飯茶椀二杯分くらいを食うという風に大事にした。

それならばとばかり、鶏の飼育がはやって近所に鶏を飼う家がいくらもあった。当時弘明寺商店街には毎月三のつく日と八のつく日に縁日（サンパチの縁日）が開かれた。お三の宮日枝神社のそれは一と六のつく日（イチロクの縁日）であり、この二つが近所では賑わっていた。

例によってであるが、露天商がヒヨコを売っていた。白色レグホンだと言われて買ってくると何だか茶色っぽく育って名古屋コーチン風の雑種だったり、「雌《めす》だよ」と言われて買ってくると雄《おす》だったりして、そのあたりはいい加減であった。

ともかく、狭い庭に金網張りの囲いを作ってトタン屋根を葺いた鶏舎（？）を作って飼った。やがて成長し卵を産むとそれを飯にかけて食う。朝、巣からとってくる産みたて卵は生温かかった。何羽かいる鶏は鶏同士が何だか家族のようで、離ればなれにするのも忍びないが、雄はやがて近所の焼鳥屋へ売りに出されてしまうのである。

学校帰りに焼鳥屋を覗いて、篭の中によそから売られてきた鶏と一緒にいるのをみると「今日も居た」と安心する。しかし、彼はある日突然にいなくなる。潰されてしまったのである。

□親にねだって兎を一羽買ってもらった。これは金網を張った蜜柑箱に入れて飼った。空襲で、工場だったことを窺わせる煙突が一本立っているだけになってしまった焼野原へ（いまは蒔田公園になっている）、時々箱ごと持って出かけた。どういうわけか（進駐軍が種を蒔いたのであろうか）広場一面にクローバーが繁り、焼け跡を隠していた。カーペットのようになったクローバーに寝ころび、兎は放してやる。青空とクローバーと、もぐもぐとこれを食う兎と。それ以外は、兎が真白で片耳が折れていたことしか思い出せない。今は遙か遠く、こうして書き物にでもしようと思い立ちでもしないと、どこかに行ってしまうような思い出である。

ラジオ

□テレビの本格放映は昭和二十八年であるから、私の小学校時代はラジオの時代であった。ラジオは真空管を使っていた。「球」と言い、五球スーパーというと真空管が五個ついていて「スーパーモデル」であるということ。「四球」というのが普及品であったような気がするが、いずれにせよ時折フィラメントが切れ、音声が聞こえなくなったりした。

アナウンサーが「ＮＨＫ　ＪＯＡＫ、こちらはＮＨＫ（「東京」とコールが入ったか）第一放送です」というコールサインのあとに周波数まで告げる。第二放送はＪＯＢＫで、コールサインは今も同じである。民間放送が始まるのは昭和二十六年であり、それまではＮＨＫの独占であった。

□気象情報は軍事情報とみなされた。そのため戦時中は天気予報の放送は禁止され、新聞にも載っていなかった。戦後、放送されるようになったが、今のように正確ではなく、「神奈川県、晴れ時々曇り、ところにより俄雨」といった具合。一都六県、千葉県が北部と南部に分けて予報が出された。予報が不確かだったのは、気象観測システムが十分でなかったせいである。Ｂ29が気象観測器械を積んで台風の眼へ突っ込んでいったなどの雑誌の記事に、へぇーと驚いた記憶がある。

□「尋ね人の時間」という番組があった。外地で離ればなれになった人などの安否を尋ねるのである。「昭和十九年○月頃、牡丹江（満州の地名）で○○部隊におられた○○○さん、板橋区板橋○○へご連絡下さい。」というように（本当はもっと詳細に）言う。アナウンサーの感情を押し殺した、淡々とした語り口が記憶に残っている。あれは何年頃まで続いたろうか。

□　昭和二十年九月、藤倉修一アナウンサーが全国を中継車で訪ね歩く「街頭録音」（もとは「街頭にて」）が、また昭和二十一年に「のど自慢」が始まった。「紅白歌合戦」が始まったのは昭和二十六年である。

子供向けの放送劇（ラジオドラマ）も、かすかだが憶えている。戦争孤児を扱った「鐘の鳴る丘」、幻想時代劇「笛吹童子」、「新諸国物語」、学校モノの「三太物語」「ジロリンタン物語」、武内つなよしの漫画を放送劇化した「赤胴鈴之助」等々。大人向けの菊田一夫作「君の名は」は女性に大人気で、午後八時頃の放送時間には銭湯の女湯がガラ空きになったというのは多少作り話めいているが余りにも有名な話。

□「ラジオ歌謡」というのがあって、ラジオが歌を教えてくれた。

「麦踏みながら」という題名で、

　山懐《ふところ》の段々畑　麦踏みながらみた雲は

　あれは浮き雲　流れ雲　一畝《うね》踏んで振り向けば

　凩にちぎれて　空ばかり

というのを、お蔭で今も覚えている（昭和二十七年）。アナウンサーが一小節ずつゆっくり読むので歌詞を書き取ることができる。そして、「それでは通して読んでみましょう」と、一番、二番……と読み上げ、次いで歌が入る。朝放送された番組のようで、どういうわけか冬の寒いときに聞いたことのみを憶えている。この番組のことを思い出すと、ついでに家の中の寒さを思い出す。建物は隙間だらけでとにかく冬は寒かった。

「貰い風呂」

□ 家の中の暖房は火鉢と炬燵（置き炬燵と掘り炬燵があった）で、燃料は木炭のほか煉炭、豆炭、「たどん」などがあった。いずれも一酸化炭素中毒の危険と隣りあわせで、煉炭は屋外で、ある程度燃焼させてガス抜きをしたうえ屋内にしまわなければならない。それを怠ったことによる中毒死が一冬に何件か新聞に報じられた。

□ 私の家には風呂場がついていたことは既述した。風呂場といってもいまの団地サイズ位の浴室スペースに焚《た》き口（そこにしゃがんで薪に火をつける場所）が収容され（気の利いた風呂場は屋外の下屋をつけた焚き口から焚くのだが）、余ったところにやっとスノコが敷いてあったから狭いことこの上ない。

そんなようであったが、焼け出された親戚や近所の親しい人が「貰い風呂」に来た。詳しいことは忘れたが、貰い風呂に来る人が持参してくる「お持たせ」の焼き芋、ふかし芋を食べながら皆で一緒に談笑した思い出がある。同じ位の年頃の従弟妹たちも交じっていたから、それは楽しかった。蚊取り線香の匂いと共にある、古い記憶である。そういえば蚊帳《かや》も日常的であった。

そこで思い出に駄句を一つ。

貰ひ風呂芋が馳走の月見かな

お粗末。

読書

□戦時中から終戦後、紙が不足して出版事情が極度に逼迫したことは周知の通りである。言論統制の暗い時代から、言論の自由が新憲法に謳われる時代を迎え、多くの雑誌が雨後の筍のように発行された（これらの雑誌には取材がいい加減なものもあり、こうした雑誌は「カストリ雑誌」と呼ばれた）。私の家にも誰が持ち込んだかそのような雑誌が散らかっていた。いわゆる「真相はこうだ」という手の記事や、風刺マンガがザラ紙もどきの粗悪な紙に印刷された薄っぺらなものであった。

子供向けにも数々の雑誌が刊行された。私が目にしたものを思いつくままに挙げてみる。もっとも、これら全部を私が持っていたということではない。近所の家に上がり込んで見せてもらったものもありで、さまざまである。

「少年」（光文社。手塚治虫「鉄腕アトム」は昭和二十七年この雑誌に連載開始）、「冒険王」及び「漫画王」（秋田書店）、「東光少年」（東光出版社）、「少年画報」（少年画報社）、「譚海」（博文館。これは既に廃刊になっていたか）、「少年倶楽部」（講談社・同）、「おもしろブック」（集英社）、「小学一年生」（〜六年生）（小学館）、「一年生の学習」（〜六年生の学習）（学習研究社）。

これらの雑誌の特徴の一つは付録であった。綴じ込み付録や小冊子をはじめとし、後楽園スタヂアムの模型とか、「十大付録」などという豪華な号もあった。高学年向けには望遠鏡などもあり、やっと組み立てて片眼をつぶって月を見たところ、辛うじて見えることは見えたが、糊が眼にしみて涙目になったことを憶えている。

何といってもこの時期は少年・少女漫画の勃興初期であり、いまでも憶えているのは「いがぐり君」（福井英一、柔道モノ）、「ポスト君」（馬場のぼる、学校モノ）、「赤胴鈴之助」「鉄腕アトム」のほか、（武内つなよし、剣術モノ。後に放送劇化され、子供の頃の吉永小百合が、小百合という名前の鈴之助のガールフレンドとして出演していたと後に聞いたが……）などである。

Ⅳ　グッバイ・ダグラス

北鮮軍の進攻

□　昭和二十五年六月二十五日、朝鮮動乱（後に朝鮮戦争と呼ばれる）が始まったことは既に書いた。北朝鮮軍は北緯三十八度線を突破して雪崩を打って南へと進攻した。この勢いにマッカーサーは開戦二日目、「韓国軍の壊滅が近いものと思われる」旨、統合参謀本部（ＪＣＳ）に打電し、トルーマン大統領は直ちに「貴官の指揮下にある空海の兵力をもって――ただし三十八度線の南において――韓国を援助すること」および「第七艦隊を台湾海峡に派遣すること」をマッカーサーに訓令した。第七艦隊の派遣は毛沢東の共産軍と、蒋介石軍の動きの両方を牽制するためのものであった。米議会の決議なしに行われた大統領命令による軍事行動は、やがて国連軍の警察行動の名において行われるものとされたが、大統領の戦争権限は如何にあるべきかという今日に連なる問題を含んでいた。

□マッカーサーは六月二十九日朝、「バターン号」で朝鮮の前線へ飛んだ。バターン号は無武装であり、ソウルの南三十二キロの水原飛行場でマッカーサーを降ろすと直ちに東京へ戻らなければならなかった。マッカーサー一行は漢江の岸辺に立って炎に包まれるソウルを視察した。マッカーサーは戦況視察を待つまでもなく、バターン号の機上において既に一つの決断をしていた。つまり、トルーマンの訓令を無視して、同乗していたストラトメイヤー空軍司令官に対し、空軍の作戦領域の拡大を命令したのである。ストラトメイヤーからパートリッジへ極秘電として「直ちに北鮮をたたけ。マッカーサーの許可による」旨のメッセージが送られ、二十九日にはB29が平壌その他北鮮の軍事目標を爆撃した。北爆の知らせを聞いたワシントンは激怒したが、結局は北鮮爆撃の権限を六月三十日にマッカーサーに与えた。しかし、現地司令官マッカーサーによる権限踰越をめぐる「抗命」問題（マッカーサーの独断専行とトルーマンの追認のイタチごっこ）はこの北爆をきっかけに始まったのである。

□六月三十日には北朝鮮の戦車が南朝鮮の漢江防衛戦を突破し、南へと進撃した。マッカーサーは地上軍の派遣を欲していた。マッカーサーはトルーマンに対し、地上軍の投入を勧告し、大統領は一個連隊の地上軍兵力の投入を許可した。しかし、マッカーサーはこれに従わず、その内心的欲求は一挙に二個師団に膨らんだ。トルーマンの許可は「マッカーサーの指揮下にある兵力を使用する権限」にとどまっていたところ、既述の通りマッカーサーは日本占領のため、第八軍を指揮下に収め、それは第七、第二十四、第二十五、第一騎兵の四個師団から編成されていた。しかし第八軍はつとに占領管理のための軍隊に変容していたから、もはや実戦部隊としての十分な能力を欠き、編成・装備とともに標準兵力の三分の一以下に縮小していた。マッカーサーはこの部隊を逐次、しかも急速に前線に送り込み陽動作戦によって北鮮軍を牽制したものの、めぼしい戦果は挙がらず、やがてマッカーサーは更なる増派を希望するようになる。

しかし、第八軍を引き抜いて朝鮮半島に投入したことにより、日本には軍事的真空が生ずることは言うまでもない。そこで、その真空を埋めるために日本に警察予備隊（陸上自衛隊の前身）の設立を求めたことはよく知られている事実である。

仁川作戦

□　七月七日付でマッカーサーは国連軍最高司令官に任命された。これは同日の国連安保理事会の決議に基づき、北鮮における軍事作戦の主導権がアメリカに委ねられたことによるものである。その結果、マッカーサーは国連から白紙委任状を受けたが如く振る舞いはじめる。当初マッカーサーは二個師団を与えられれば、北鮮軍を撃破するに足りると豪語していたが、それは完全に北鮮の戦力を下算したことに基づく誤りであることがすぐに判ってくる。マッカーサーは国連軍最高司令官に任命された七月七日には、早くも増援部隊の要請を行なっている。トルーマンはさしあたって少なくとも完全装備の五個師団と三個戦車大隊が必要だというこの進言を拒否したが、マッカーサーは通信を寄越すたびに兵力の増加を要求してくると嘆いている。

□八月初旬現在で、朝鮮に投入された米地上軍は既に六万五千に達していたが、当時、北鮮軍は破竹の勢いで進撃を進め、国連軍は釜山を中心とする狭い地域に追い込まれ、まもなく第二次大戦中のダンケルクにおける英軍の敗北の如く、日本海に追い落とされる虞れに直面していた。

これに対し、マッカーサーは仁川逆上陸作戦を企てた。ソウルの西三十二キロにある仁川港に水陸から二個師団を上陸させ、南方からの第八軍の反撃と合わせて北鮮軍を挟み撃ちするという、日本の戦国時代にその例を求めればいわゆる「中入り」と称された作戦である。敵の戦線が伸びきって補給が不十分となり、かつ戦線に隙間ができたときに楔を打ち込むようにして敵方を二つに分断し、その一を包囲・挟撃しようとするこの種の作戦は、逆に「中入り」を行った側が敵方によって挟撃される危険も孕んでおり、過去における実戦例に照らしても成功例は殆どないとされる。この作戦計画に対しワシントンは激しく反対したが、結局、ＪＣＳは作戦を承認し、マッカーサーは九月十五日にこの作戦を敢行して、大成功を収めた。ソウルは回復され、国連軍の支配下に入り、北鮮軍の捕虜総数は上陸作戦後一ヶ月で十三万人に達した。

□　この作戦による影響は二つの面から観察されうる。一つは逆上陸によって北鮮軍を一挙に壊滅させたということは、単なる警察行動を越えて本格戦争の要素を朝鮮半島の中に持ち込むことになったことである。いま一つは、マッカーサーの戦略の正しさが実証されたことは彼の心中に「われ過まつことなし」いう危険な信念を一層強固に植え付けることになった。しかし、ワシントンは仁川作戦の大勝利の結果にひきずられることになり、国連軍は三十八度線を越えた。戦争の目的は北鮮軍による「侵略の阻止」から「北鮮軍の壊滅」へとコンセプトを変えた。

ウエーキ島会談

□　統合参謀本部は国連決議を待たず、九月二十八日付の指令でマッカーサーに対し北鮮領内における軍事行動を許可した。「貴官の軍事目標は、北鮮軍を壊滅させることにある。この目標を達成するため、貴官が朝鮮の三十八度線以北で軍事行動をとることを許可する」。こう訓令しながら、ＪＣＳの指令は他方で「陸海空部隊は如何なる場合にあっても、満州およびソ連と朝鮮との国境を越えてはならない」、「国境に沿う位置においては、韓国軍以外の部隊を使用してはならない」、「三十八度線の北または南で行う作戦のための支援行動には、満州またはソ連領域に対する空海からの攻撃を含めてはならない」とも命じていた。ワシントンは中共軍の介入を危惧していたのである。しかし、この訓令を遵守することは実に難しいことであった。マッカーサーはこの司令が現地司令官を不当に束縛するものだとし、アメリカは朝鮮で勝つ意思がないのかと訝った。

□　十月十五日、トルーマン大統領の希望により、太平洋上ウエーキ島でトルーマン＝マッカーサー会談が行われた。今日では会談の目的は、大統領（民主党）が翌月の大統領中間選挙を前にして、いまやアメリカ中の英雄であるマッカーサーと親しく会談することによって、野党である共和党からの攻撃をかわし、選挙の結果を有利に導こうと考えたためであったことが通説となっている。

しかしてマッカーサーがこの会談でみせた、人を人とも思わぬ行状はほとんど常軌を逸していたという。マッカーサーはわざとのように大統領を迎えに出ない。漸く現れた現地司令官は大統領に敬礼もせず、やおら大袈裟な身振りで握手を求める有様であり、トルーマンはこの非礼に対しマッカーサーを怒鳴りつける。「君がハリー・トルーマンという男をどんな風に考えているか、そんなことは私の知ったことじゃない。だがね、君の最高司令官を待たせるようなことは二度とするな、わかったか」(注12)

結局、ウエーキ島会談の「成果」は大統領（即ち最高司令官）が現地司令官に対する不信の念をいっそう強め、現地司令官が最高司令官に対して持っていた、もともと少ない尊敬の念を霧散させてしまったということであった。両者の破局は時間の問題となった。

□　この会談で、マッカーサーはトルーマンに対し中共軍の介入はないと言明したが、その時期と同じ頃、朝鮮と満州を隔てる鴨緑江の岸には、中国人民解放軍が続々と結集していた。

十月十四日、マッカーサーは麾下の全軍に対し「全速力を以て」鮮満国境に進撃すべし、と命令した。マッカーサーは彭徳懐指揮下の十八万の中国「義勇」軍が既に北鮮領内で満を持して待ちかまえていることを全く知らなかったのであった。

マッカーサーのさらなる越権行為

□ ワシントンは十月三十一日、中共軍の介入を知った。統合参謀本部の要求にこたえてマッカーサーが十一月四日に提出した「最新の状況判断」は、「いまただちに、北鮮への中共介入の現実性について、正確な判断を下すことは不可能である。……私は性急に結論を出すことに反対する。もう少し軍事上の事実を収集検討した上、最後の判断を下すべきであると思う」と。不意打ちに対する驚きに基づいたのか、中共軍の行動意図に対する誤判断に基づいたのであろうか、かかる判断は不適切であった。それからわずか二日経った十一月六日、マッカーサーは鴨緑江に架かっている新義州―安東を結ぶ橋梁を爆撃することの許可を要請している。

中間選挙の前日に出されたこの要求を拒否することは難しいと判断したトルーマンはこの要請を認めるが、「橋梁のうち北朝鮮側の部分に限る」という履行困難な条件を付けた。

十一月二十四日、マッカーサーは第八軍を以て主攻勢を開始した。しかしマッカーサーが「戦争を終結に導くための全面的攻勢」と呼んだこの作戦は、林彪の率いる中共軍の大兵力の中にむざむざ飛び込むに等しかった。マッカーサーの軍隊がこれまでに経験したことのない、寒さとの戦いが状況をいっそう悪化させた。第八軍はアメリカの陸軍史上最大と言われる敗北を喫し、三十八度線の南へ敗走した。

□しかし、国連軍は中共軍の補給線が伸びるにつれて前線の戦力が低下するところを捉えて押し返し、三月中旬にはソウルを奪還し、三十八度線に達することができ、以後、一進一退の状態となった。

□三月二十日、ＪＣＳは国連軍が中共軍を三十八度線を越えて押し返したので、停戦協議のためのチャンスが生まれたと判断し、マッカーサーに対し、国連は朝鮮における紛争終結の条件を討議する用意がある旨の大統領声明を、国務省において考慮中であると通告した。

解任

□しかるに、マッカーサーはこれを無視して、三月二十四日にそれと全く反対する自分自身の声明を発表した。その声明とは「国連軍が敵の沿岸地域や領土内の軍地基地まで軍事作戦を拡大することを決定したならば、中共は即刻軍事的な崩壊の危機に追い込まれるであろうということを骨身に徹して知らなければならない」とか「私は軍司令官としての権限において、各国の間で意見の対立があり得ない朝鮮における国連の政治的目的を、これ以上の流血を見ることなしに達成する等、軍事的手段を発見するために心からの努力を続けるものであって、戦場において中共軍総司令官と会見する用意がある」、とする声明であった。

参謀本部が停戦の工作を準備しているのを知りながら、マッカーサーが出したこの声明は、アメリカの外交方針が二つに分裂していることを示す以外の何ものでもなかった。

□トルーマンのマッカーサーへの怒りは益々膨らみ、解任の決心は強いものとなったが、ダメ押しのように別の越権行為が表面化した。それは「中共軍との戦いに台湾の国民政府軍を利用したらどうか」との共和党下院議員（院内総務）ジョセフ・マーチンの提案に賛意を表するマッカーサーからの返信を、当のマーチン議員が下院の議場で読み上げたのである。マッカーサーはこの手紙の中で共産主義に対する勝利を唱えたが、かかる勝利のためには中国の都市の爆撃、そして中国全土に戦闘を拡大する恐れ、要するに第三次世界大戦の覚悟を必要とした。こうして大統領の反対勢力である共和党の大物と組んでアメリカ外交における対案を挙げることは、最高司令官に対する公然たる抗命である。トルーマンは昭和二十六年四月一日遂にマッカーサーを解任し、上院は四月十五日その承認決議を行った。

□後任はマシュー・リッジウェイに決まった。リッジウェイは、中共軍により大敗走させられた第八軍の司令官ウォーカー中将が、昭和二十五年十二月、交通事故死したあとを受けて大将に進級し、第八軍司令官に任ぜられていた。そしてマッカーサーが国連最高司令官を解任されると、直ちに戦闘服のまま後任として着任した。

□四月十六日早朝マッカーサーはジーン夫人、子息のアーサー、ホイットニー少将ら側近八人とともにアメリカ大使館を出発し、京浜国道を羽田空港に向かった。沿道には星条旗と日の丸を両手に持った都民がギッシリと立ち並んで一行を見送った。「ニューヨーク・タイムズ」は「マッカーサー元帥は日本国民にとって恐るべき征服者としてその土を踏んだが、帰国に当っては敗戦国民の愛情の嵐を巻き起こすという史上まれな情景を展開させた」と報じた。

羽田空港に駐機する「バターン号」の前で簡単な歓送式が行われた。後任のリッジウェイ最高司令官はじめ各国代表・高官、日本側からは天皇の名代として三谷侍従長、政府からは吉田茂首相ら閣僚が並立し、礼砲が放たれる中、マッカーサーは見送りの一人一人と握手を交わし、バターン号に乗り込んだ。七時二十三分、バターン号は滑走を始めた。元帥にとって十五年ぶりの帰米であった。

□ リッジウェイ連合国軍最高司令官の重要な任務は、連合国の占領下にあった日本を独立させて西側陣営の一員に加えることであった。リッジウェイは吉田茂首相と協調することによってこの課題を達成し、昭和二十七年四月にサンフランシスコ講和条約が発効して日本の占領が解除された。同時に日米安保条約が締結され「進駐軍」の語もやがて「駐留軍」という名にとって代わられる。

□ その年九月、サンフランシスコのオペラハウスで開かれた対日講和会議に、トルーマンはマッカーサーを代表はおろかゲストの列にさえ加えることもしなかった。その頃マッカーサーは全米を演説してまわりながら、翌年の大統領選挙への出馬を画策していた（もっともかかる企ては高齢のため断念せざるを得なかった）。

昭和二十八年七月板門店において休戦協定が結ばれた。

マッカーサー元帥は昭和三十九年三月六日死去する。八十四歳であった。

V　あとがき

□　米軍による占領下における横浜のことを書こうという意図に従って、まずはⅡのあたりから書き始めたのであるが、「進駐軍」という言葉も殆ど死語と化した今日、本稿をお読み下さる若い方にとっては、日本占領という状況がどのような経過で現実のものとなったのかよくわからないのではあるまいか。そのような心配から日本占領の経過に関する資料を整理し、書き足し始めてみた。

ところが、日頃から資料をしっかりと整理しているわけでもないゆえ、これがなかなか厄介で、かつ当時の国家組織・制度、軍事用語や兵器に関する用語など片端から注釈をつけなければならない誘惑にかられもしたし、今では使われていない言葉も多いところ、これを平易な言葉使いにするのも案外に難しく、できるだけ工夫をしたつもりではあるものの、判りにくさは避けられないと思う。ご海容いただきたいところである。

□　私にとって小学校の時代がアメリカによる占領の時代と重なる。そのような事情がきっと私のアメリカに対する見方を規定していると思う。

私のアメリカに対する感情はかなり複雑である。日本の主要都市の九十以上が爆撃され、焼失戸数二百三十六万以上、罹災者は八百四万五千人を越える。日本中が徹底的な無差別爆撃によって焼き払われたのである。非戦闘員を殺戮したアメリカの対日戦略爆撃（原爆投下を含む）は国際法に違反する。その意味ではアメリカのその部分を許そうとは思わない。

しかし、その反面、占領中および講和後において、いやおうなく接することになったアメリカの豊かさ、軽躁にわたる程の自由・闊達さは、決してその全部が不愉快なものではなかった。セダン型の大型車、後になって日本が手に入れるようになる空調設備（チック＝ヤング『ブロンディ』という漫画が新聞に連載されて間接的に知った）などはアメリカの豊かさの象徴であり、ディズニーの映画『バンビ』は美しさの象徴であった。進駐軍によって持ち込まれたジャズはアメリカ文化が持っている騒々しさの典型であった。

□　しかしこうした素朴なアメリカに対する憧憬とは別に、さらに感情は反転する。アメリカが信奉する「正義」やアメリカ型民主主義の過度にわたる押しつけ、アメリカ式の法制度・会計制度など諸制度を世界中にバラ撒くアメリカの無神経さには、抵抗感を覚える者の一人である。このように私にとってアメリカという国は、未だにアンビバレントな感情が整理されないまま、心の中に残っている対象である。

□ しかしなにはともあれ、戦後七十年、日本はアメリカの強い影響力の下に世界史的な地位を占めてきた。もしこれがアメリカ以外の国家による占領ないし強い影響力の下におかれたとすれば、いかがであったろうか。そう考えると、あり得ない話だが消去法的にいえばアメリカとの付き合いを無下に否定はしない。ただ、今のような対米従属の姿勢を未来永劫にとり続けて行くかどうかは別の問題で、ただ漫然と米国との同盟を今の形のまま続けていけばよいという単純な考え方にはついていけない。

私の幼少期におけるアメリカ占領の経験は、かくの如く対米観を複雑にしているのであるが、さりとてどうしようもない。

□ 本稿は上記のような執筆の経緯から、全く別の書き物を無理矢理合体したような体裁になって、木に竹を継いだようになった。これが奇妙であることは十分判っているが、国際情勢を鷹の目で、一方では地上を歩く駝鳥の目を以って敗戦の結果を観察したという風に理解していただければ、それなりにお読みいただけると思う。ご批判を得られれば幸いこれにすぐるものはない。

（注1）ポツダム宣言

十三項目からなり、七月二十六日に米英華の三国（当初はソ連は入っていない）の名で出された対日降伏勧告。

第一〜五項は該宣言発出にいたる三国の決意ないし経緯の記述である。

六項　日本国民を欺瞞し、世界征服の挙に出ずるという過誤を犯させしめたる権力、勢力の除去。

七項　日本国の戦争遂行能力が破砕されるまでの間における日本の占領。

八項　カイロ宣言（日本が日清戦争以降に獲得した領土の奪還）の履行。日本の主権範囲を本州、北海道、九州、四国及び小諸島へ局限。

九項　日本国軍隊の武装解除と家庭への復帰。

十項　戦争犯罪人に対する処罰。民主主義的傾向の復活強化に対する障礙の除去。言論、宗教、思想の自由並びに基本的人権の尊重の確立。

十一項　日本国による産業の維持、世界貿易への参加の許容（但し再軍備をなさしむる産業を除く）。

十二項　日本国民の自由に表明する意思に従い、平和的傾向を有し責任ある政府が確立せられたときにおける連合国の占領軍の撤退。

ところでポツダム宣言によって日本が無条件降伏したことは明らかであるとする考え方が通説になっている。しかし、ポツダム宣言に「無条件降伏」という文言は第十三項にのみ見られ、他の箇所には規定されていない。第十三項は次の通りである。

十三項　吾等は、日本国政府が直ちに全日本国軍隊の無条件降伏を宣言し、かつ右行動に於ける同政府の誠意に付き、適当かつ十分なる保障を提供せんことを同政府に対し要求す。右以外の日本国の選択は、迅速かつ完全なる壊滅あるのみとす。

上記の通り無条件降伏の主体はすべての「日本国軍隊」であり、全く連合国の言いなりにならなければならないという意味で日本国が「無条件降伏」をしたのではない。日本国が無条件降伏をしたというのは、ポツダム宣言を枉げるアメリカ国務省を中心とした意図的な仮構である（江藤編『占領史録』（下）七七五頁以下）。

（注2）アメリカの日本占領の目的は何であったのか。アメリカ人にとっては「奴らを倒せ、そして倒れたままにしておけ」であり、これ以上のことを加えるにしてもせいぜい日本人が二度と戦争を起こさないように「民主化」しようぐらいのものであったろう（ヘレン・ミアーズ『アメリカの鏡・日本』参照）。

昭和十九年十月にレイテ沖海戦で日本軍は海軍の残存兵力を失い、同年十一月以降サイパン島からB29が出撃するようになった。これにより、日本全土が爆撃機の脅威に晒されるようになった時点で日本は軍事的には敗北し、以後アメリカ軍は日本と南方地域の輸送を遮断すれば日本は自滅する他はなかった。しかしアメリカ軍は日本が壊滅するまで徹底的に戦争を継続した。以後に行われる日本本土空襲は軍事作戦というようなものではなく、まるで市民を相手の戦争である。アメリカ軍の日本の全土占領は明らかに軍事的には過剰であり、日本軍の武装解除と残存軍事設備、貯蔵物資の解体を監視するだけのことであれば、事実二ヶ月で終了した。

にもかかわらず全土占領に及んだのはアメリカの太平洋戦争の目的が日本占領にあったからである。「……戦争願望を取り戻してきた現在の経済、社会制度が変えられ、戦争願望が存続しなくなるまで占領を継続する」（昭和二十・九・十九　アチソン国務長官代行）との声明は、むろん対日憎悪感情もあったろうが、国際政治情勢が米ソの対立へとその構図を変えて来つつあったことを反映している。またアメリカが明らかに瀕死の状態にある日本に原爆を急いで投下したのもソ連が対日参戦し、戦勝の分け前に与ろうとする意図を減殺しようとする目的に出たもの、即ちソ連との政治戦争に使用されたと言えるのである。

（注3）「大陸令」とは大本営陸軍部命令の略称、「大海令」とは同海軍部命令の略称である。

（注4）「奉勅伝宣」とは陸海軍を統率する天皇から直接下される命令の伝達形式のことである。

（注5）降伏文書の内容は要旨下記の通りであった。

・ポツダム宣言の受諾。
・日本国軍隊の連合国に対する無条件降伏。
・日本国軍隊による敵対行動の終止。
・日本国軍隊の指揮官による隷下部隊に対する無条件降伏の命令。
・一切の官庁等の職員による連合国最高司令官の命令の遵守及び非戦闘任務の継続。
・ポツダム宣言の誠実なる履行。
・連合国俘虜及び抑留者の解放。
・天皇及び日本国政府の国家統治の権限が連合国司令官の制限に置かれるべきこと。

ここにおいても無条件降伏する主体は日本国軍隊とされている。

（注6）陸海軍一般命令の第一号は、日本軍の戦闘停止と武装解除を命ずると共に、外地における日本軍の降伏相手国を規定し軍隊の展開、軍事施設、捕虜、被抑留者に関する情報の提供を要求していた。

（注7）PXとはPost Exchangeの略で占領軍将兵のために設けられたショッピングセンターのことである。日本人は立ち入りが禁じられ、占領軍将兵及びその家族のみが利用できた。

（注8）ゾッキ本とは、出版社や流通での在庫がだぶついているなどの理由で、見切り品として捨て値で売られる本のこと。また、出版社が倒産して在庫が流出した場合にもこの言葉が使われる。

（注9）ジープ（Ｊｅｅｐ）の正式名称は「トラック・１／４ｔ　万能車」と言い、米軍によって汎用された車である。昭和十五年（一九四〇年）の春から米陸軍の要請で開発され、七月には試作車が作られて以後フォード社外数社の大量生産ラインに乗り、ヨーロッパ及び太平洋戦線に配給され、戦争が終わるまで実に六十四万輌が生産された（なんと一日当たり五百二十輌！）。連絡、輸送、偵察はもとより、機銃を装備して攻撃にも用いられる万能車であった。戦後日本の警察車両としても用いられた。〔第6図〕のイラスト画はオープン車になっているが、普段は幌がかかっていた。

因みに我国でもジープとほぼ同じ大きさ・重量の四輪駆動車「くろがね四起・九十五式指揮・偵察車」が開発されていた。しかしその用法はジープと比べ天と地ほども異なった。「くろがね」は戦場を駆けまわるよりも、パレードにおける指揮官の乗用もしくは部隊間の連絡用に使われたのみで、終戦時まで四千八百輌が生産されたにとどまった（三野・『改善のススメ』）

（注10）ガムはリグレー（Wrigley）、チョコレートはハーシー（Hershey）であり、前者はシカゴに本社があり、後年日弁連の用事で同地を訪れたとき、本社社屋を遠くから望見して懐旧の念に耽った。後者は米軍の軍用チョコレートメーカー。そのせいか?とても苦かった。

（注11）アジア救済委員会（ＬＡＲＡ：Licensed Agencies for Relief in Asia）とは、一九四六年六月にアメリカ合衆国救済統制委員会が設立を認可した日本向け援助団体であり、ＬＡＲＡの提供する援助物資は「ララ物資」と呼ばれていた。第一便は昭和二十一年十一月三十日に横浜に到着し、昭和二十七年に終了した。

（注12）大統領は合衆国軍の最高司令官であることについて合衆国憲法第二節は次の通り定める。

Article Ⅱ Section 2 大統領は、合衆国の陸海軍及び合衆国の軍務に就くため召集された各州の民兵（militia）の最高司令官（Commander-in-Chief）である。

またSection 2［2］は「……また大統領は、大使、その他の外交使節及び領事、最高裁判所判事、並びに本憲法にその任命に関する特別の規定がなく、また法律によって設置される他のすべての合衆国公務員を指名し、上院の助言と同意を得て、これを任命する。」と定めており、この規定から罷免も当然大統領の権限に含まれると解されている。

〈参考文献〉

・江藤淳編『占領史録』（上）（下）（講談社学術文庫一一八四）講談社、一九九五

・服部一馬、斉藤秀夫『占領の傷跡―第二次大戦と横浜』（有隣堂新書二〇）㈱有隣堂、一九八三
・三根生久大『記録写真　終戦直後』（上）（下）（カッパブックスB-三〇九）光文社、一九七四
・ワールドフォトプレス編『東京占領１９４５』（ミリタリーイラストレイテッド十三）光文社、一九八五
・毎日新聞社編『日本がいちばん苦しかったとき―21世紀への伝言』毎日新聞社、二〇〇一
・半藤一利編・著『敗戦国ニッポンの記録』アーカイブス出版、二〇〇七
・三野正洋『改善のススメ―戦争から学ぶ勝利の秘訣24条』（新潮ＯＨ！文庫）新潮社、二〇〇〇
・太平洋戦争研究会編『日本帝国の最期』新人物往来社、二〇〇三
・リチャード・ウインドロー（三島瑞穂監訳・北島護訳）『第二次大戦米軍軍装ガイド』並木書房、一九九五
・高橋晃『日記「学舎・１９８２・夏」―横浜市立大岡小学校旧校舎写真集』（同写真集を作る会）一九九五
・奥成達『昭和こども図鑑―20代、30代、40代の昭和こども誌』ポプラ社、二〇〇一
・柚井林二郎『マッカーサーの二千日』（中公文庫）中央公論社一九七六
・ヘレン・ミアーズ（伊藤延司訳）『アメリカの鏡・日本　完全版』（角川文庫）ＫＡＤＯＫＡＷＡ、二〇一五
・吉村昭『東京の戦争』（ちくま文庫）筑摩書房、二〇〇五
〈挿画・地図〉高橋亜希子、米和彰宏

〈寄稿〉

本稿(LITS27号)の読後感を苅住昇氏(後掲参照)からいただいたので、氏の許可を得て以下に掲載させていただく。

特攻と終戦

苅住　昇

堤先生の「進駐軍が街にやってきた」は私の青春の一駒で、いまでも心に焼きついています。

□

昭和十八年、私は学業半《なか》ばで、第十二期海軍甲種予科練習生として、鹿児島海軍航空隊に入りました。翌十九年、第三十七期飛行練習生偵察教程を上海海軍航空隊で終え、戦友は戦闘盛んな南方の航空隊に配属されて行きました。私は上海海軍航空隊の教員として、後輩の指導に当たることになりました。その後、青島《チンタオ》海軍航空隊、福岡・米子・韓国の浦項海軍航空隊などを歩き、終戦の歳《とし》の二十年六月、木更津海軍航空隊に転勤しました。この年は内地への用が多く、三回、玄界灘を渡りました。最初は米子から浦項へ飛びました。飛行機は練習機の白菊でした。離陸直後、通信機の故障で、基地と連絡がとれず、困りました。転勤のため最後に海峡を渡ったのは、釜山港からの小さな貨物船でした。甲板には竹で組《く》んだ筏《いかだ》がありました。其の頃、玄界灘は敵潜水艦からの脅威に曝《さら》されていました。筏は船が沈没したときに利用するためのものでした。

□

幸い、無事に内地に着きましたが、博多湾は機雷の危険性が大きく、入港できず、カッター（端艇《たんてい》）を下《お》ろして、山口県の砂浜に下りました。付近の小さな駅から、山陰・山陽線を乗り継いで木更津にたどり着いたのは五月の終り頃でした。

原爆被害前の広島市は静かでした。

転勤した木更津の航空隊の名は第七二三海軍航空隊で、機種は艦上偵察機「彩雲」（注1）でした。六月十日の開隊。連合艦隊に直属。各地の航空隊からベテランの搭乗員が集められていました。特攻用の重い模擬爆弾を抱いて離陸する訓練が続きました。戦後作成された名簿には「神風特攻彩雲隊」とありました。当時、練習機の白菊や偵察機を特攻機にして、戦わなければならない戦況に追い込まれていました。

□

終戦直前の八月七日、彩雲隊に飛行作業中止の命令が突然にありました。ドイツから日本とドイツの潜水艦の共同作業によって、ドイツから戦闘機のターボジェット・エンジンの設計図が日本に運ばれ、海軍が製作した双発ジェット戦闘機「橘花《きっか》」の試験飛行のため、滑走路を空けるということでした。初めて見るジェット戦闘機の試験飛行は十二分間程度でしたが、何時も聞いているプロペラ音と、聞いたことがない金属音のジェットエンジン音の違い、わが国の飛行機と飛行速度が速いジェット機の相違には驚きました。

艦上偵察機「彩雲」〝ワレニオイツクテキセントウキナシ〟を打電して、ゆうゆうと帰投した名機（梶山氏提供）

わが国初のジェット戦闘機の飛行でした。

八月十二日、二機目の橘花の飛行試験がありました。この飛行は離陸時に、滑走路をオーバーランして失敗でした。敗戦を前にして、この飛行機がもう少し早く、多く生産されておればと思いました。空の戦いでは速度が問題となります。私の搭乗機、彩雲の最高速度は六百十km／hで、アメリカの戦闘機に追われても、「我に追いつく戦闘機なし」と打電した「偵察機彩雲」の話は有名でした。ちなみに、橘花の最高速度は七百八十五km／hとあります。橘花の生産が順調にすすめば、青森県の三沢基地に、連合艦隊の付属航空隊として、第七二四航空隊ができる筈でした。七二三彩雲隊、七二四橘花隊も共に三沢基地に移る話がありました。

□

八月十日飛行作業なし、格納庫前広場で全隊員の最後の集合写真撮影。この時期、木更津航空隊は米機動部隊戦闘機の猛攻に曝されていました。記録では当日、千六百機の艦上攻撃機が房総半島、霞ヶ浦方面に来襲しています。木更津航空隊も攻撃され、隊員は付近の防空壕に退避しました。この攻撃で、飛行長の村上俊博大尉は格納庫を狙ったロケット弾によって爆死、壮烈な戦死でした。私は、大尉の飛び散った遺体を集めましたが、頭部

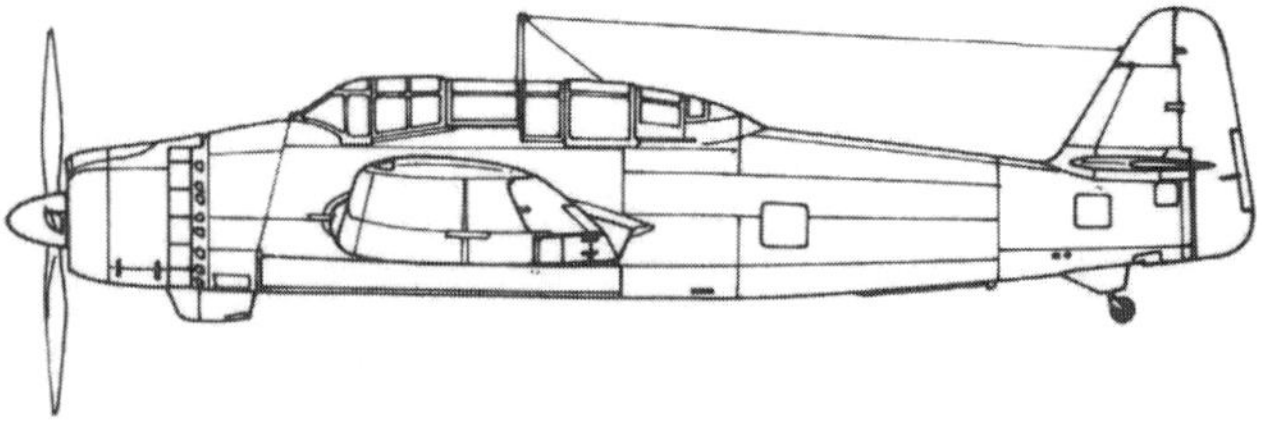

艦上攻撃機「流星Ｂ７Ａ」
木村秀政「世界の軍用機―第二次世界大戦編」（平凡社カラー新書68）より

は破壊され、格納庫内に肉片が飛散し、氏名不詳の状態でした。その後、隊員の人数調べがあり、やっと戦死者が村上大尉であることが分かりました。飛散した遺体を集め、箱に納めて夕刻、薪を担《かつ》いで、近くの焼場《やきば》に運んで荼毘《だび》に付し、冥福を祈りました。

被爆の当日、村上大尉は横須賀航空隊へ転勤の予定でした。木更津へは彩雲の特攻を指導するために来ていました。不運としか言いようがありません。一瞬にして生死を分ける戦いとは悲しいものです。

□

八月十四日の夜、大田山の中腹に設けられた仮設の搭乗員宿舎に、明《みょう》十五日に神風特別攻撃隊第七御楯隊第四次流星隊（注2）として出撃するという、戦友縄田准二兵曹を尋ねました。宿舎が隣《となり》で、毎日顔を合わせ、飛行場へのトラックもいっしょでしたので、彼とはすっかり親しくなっていました。特攻で、明日は必ず戦死する心情を、戦友として知りたいと思っていました。明日はわが身という思いがありました。彼は多くを語りませんでした。寂しい顔で、一言「仕方がない」と云いました。明日、何か知らないが、昼に重大放送があるらしい。私が属する七二三空の飛行作業はないと云いました。彼は明日の特攻を覚悟しているようでした。

□

八月十五日正午、大田山の宿舎で、彩雲隊の戦友と共に、終戦の玉音放送を聴きました。特攻の的《まと》を失った搭乗員の心境は複雑でした。

十五日正午に重大放送があるという話は前日からあり、軍関係者は勿論、一般国民にも知らされていました。明日、特攻に出るといった縄田兵曹のことを思いました。この放送が終戦に繋がることは、殆どの人が予測していたし、飛行隊の上層部は知っていたと考えます。なぜ、終戦の玉音放送の前に、なぜ一機だけの特攻機を出したのでしょうか。

□

渡辺洋二著『重い飛行機雲―太平洋戦争日本空軍秘話』（一九九九・文春文庫）によると、八月十四日搭乗員が大田山の宿舎に帰る途中、飛行隊長の薬師寺一男少佐が、山木中尉と小瀬本飛曹長に十五日の特攻を命令したとあります。推察ですが、この時点で、この三人は十五日の終戦を知っていたと思います。

文庫には十五日朝の指揮所の黒板に「神風特別攻撃隊第七御楯隊第四次流星隊」とチョークの文字があり、二機四名の階級と氏名が書かれていたとあり、一番機は山木・小瀬本、二番機は縄田・中内の両名であった」とあります。海軍基地航空部隊要覧「空の彼方」には八月十五日、流星一機は木更津を発進、関東地方に来襲の敵機動部隊に特攻攻撃、未帰還、縄田・中内の両兵曹は「神風特別攻撃隊第七御楯隊第四次流星隊」として体当りを敢行。各特進。終戦。積極作戦禁止。」とあります。

□

八月十五日、縄田准二、中内理、両一等飛行兵曹の死をもって、戦いは終りましたが、両飛行兵曹の死については、疑問が残ります。特別攻撃隊全史には十五日に木更津から発進した流星は縄田准二機一機で、戦死地は勝浦百三十度二百浬とされております。ただ一機での特攻です。

文庫には「指揮官機である山木機は脚の故障で、速度が落ち、縄田機に引き返しの合図をした。了解の合図があったが、縄田機はそのまま行ってしまったので、基地に引き返した。着陸時、山木機は高射砲弾の破片を踏んで車輪がパンクし、脚を折って挫折した」とあります。念をいれて整備した指揮官機が脚が入らず、引き返したという理由は理解しがたいところです。山木機は縄田機の特攻の戦果偵察機ではなかったかと推察します。渡辺氏によると、特攻機に塔乗時、縄田兵曹は山木機の二人に、「よろしくお願いします」と最後の挨拶をしている。小瀬本兵曹長が縄田兵曹の元の教員であるにしても、両者ともに特攻機であれば、この挨拶は理解困難です。

□

縄田機が帰らなかった理由について、文庫は、十四日夜、縄田兵曹が山木中尉の部屋を訪れ、「以前の出撃のさいエンジンの不良と爆弾装着の遅延で出撃できず、今回は何としても特攻に出たいと懇願した」としています。私は、二回も特攻に出なかったのだから、今度こそは死んでくれと山木中尉が命令したのではないか、そして其の後で、彼は私に会った時、「仕方がない」と言ったのではないかと考えます。軍隊の中では、上官の命令は、絶対である。文庫に彼が、「上官の命令を無視して飛去った」とありますが、死を覚悟した搭乗員の正直な気持ちであったとも考えられます。

□

予科練・飛練を通じて、意味なくバッタ（海軍精神注入棒）で叩かれた教官や先輩に愛着・尊敬の念は薄い。終戦の日にただ一機で、アメリカ空母に立ち向かった縄田・中内兵曹の心情は哀れであります。

文庫の記述のなかに、「縄田・中内の避け難いしこり」とある。説明がないので、理解できませんが、私の経験では、操縦員と偵察員とは一体のもので、「しこり」などは考えられません。特攻とは両者の気持ちの相違があれば決心できるものではありません。

出撃にあたって、三航艦司令長官寺岡謹平中将が参謀たちと別れの杯を上げたとあります。前日の十四日には日本は御前会議において、総理大臣鈴木貫太郎がポッタム宣言の受諾を決定しています。前日には戦闘員だけでなく全国民に「十五日正午より重大発表あり」との報道がされております。

木更津の三航艦の上層部は十四日には、十五日終戦のことは知っていた筈です。終戦を知りながら、杯を上げて、一機の特攻機を送り出した寺岡司令や参謀達、薬師寺小佐を含む流星隊幹部の酒は苦く、飲みづらいものであったに違いありません。

□

八月十八日、武装解除をした機体を真っ白に塗り、胴体に大きな緑十字を描いた、一式陸攻二機を見ました。休戦協定と戦後処理のため、マニラに飛ぶということでした。十九日早朝七時に木更津飛行場を飛び立ちました。当時、東京に近い厚木飛行場は戦争継続派の兵隊で騒然としており、比較的静かな木更津から飛ぶということでした。厚木のゼロ戦が、時折、戦争継続のビラを撒いていったが、飛行場は静かでした。

□

八月二十日、停戦不調を懸念して、本土決戦に備え、七二三空は徳島の基地へ移動を命ぜられました。徳島基地で燃料・爆弾を積んで、九州・四国沖の敵機動部隊の動きを見ることになりました。木更津から徳島空へ飛びました。当日は快晴で、紀伊半島の上には厚い積乱雲があり、機体が大きく振動しました。操縦は海兵出身のベテランパイロット中村宏大尉、偵察は荒木兵曹長、後部の私は射撃と通信が役目でした。彩雲は故障が多いと言われていますが、午後、無事に徳島海軍航空隊に着きました。飛行場は空爆で、大きな穴が多く、やっと着陸できる状態でした。

吉野川下流の市場町の川沿いに仮設の滑走路があり、ここで爆弾と燃料を積んで特攻のため待機することになりました。宿舎はお寺で、木更津で戦死した村上大尉の遺骨を納め、供養しました。そのうち、マニラでの停戦協定が円満に終わり、「八月二十三日までに搭乗員は凡て、飛行場から二十キロメートルの範囲外に退去せよ」という通達がでました。

隊員がお寺の庭に集まり、暗号書や重要書類を焼却し、彩雲隊は解散、隊員は復員することとなりました。翌日私は復員のための証明書を貰い、郷里の松山へ発ちました。徳島から池田に通ずる国鉄線の学《がく》駅から土讃線・予讃線を乗り継ぎ、不通箇所は歩いて其の日のうちに、松山の家にたどり着きました。松山市には海軍航空隊があり、空襲で、市の大半は焼滅していました。私の家は松山市の城下町から離れた海辺の、三津浜というところにあり、被害を免れていました。

後日、役所から退職金を受け取るよう言われ再度市場町へ行きました。残務整理の人が残っていました。

□

十一月、愛媛県立の農林専門学校の林学科に入学。軍隊から復員入学した生徒は三十人で、クラスは倍の六十人となりました。教科書がなく、先生の口述を筆記するのが勉強でした。昭和二十三年三月卒業、愛媛県の林務課に勤めました。松山にも進駐軍がやってきました。多くはオーストラリア軍でした。軍政部の事務所が堀の内の元二十二連隊の兵舎跡にありました。進駐軍の仕事は治安の維持と産業力の把握で、私は毎月、県の林産物の生産・消費量、移出量などを軍政部に報告にいきました。慣れない英語で説明しました。

これらの物資はGHQによって統制されていました。当時は物資・食料難の時代で、生活は楽ではありませんでした。進駐軍の軍政が市民の生活を統制していました。配給・闇《やみ》市《いち》・統制などの言葉の中で貧しい生活をしていました。

七十年前のことですが、その頃の思い出は尽きません。

（注1）「彩雲（C6N1）」　最大速度：六百十km／h（因みにグラマンF6Fの最大速度は六百五km／h）、航続距離：三千八十～五千三百キロメートル、全備重量：四千五百キログラム、発動機：千八百二十五hp、武装：七・七ミリメートル機銃×一、乗員：三名

（注2）「流星（B7A2）」　最大速度：五百四十三km／h航続距離：千八百五十～三千四十キロメートル、全備重量：五千七百キログラム、発動機：千八百二十五hp、武装：二十ミリメートル砲×二、乗員：二名

（補注は堤による）

＊

〈筆者について〉

苅住昇氏は、私が川崎から目黒に転居して改めて居合の修行を始めた折に知遇を得た方

で、剣道・居合道教士七段、齢八十九を算え（昭和二年生）、いまなお矍鑠としておられる。

氏は農林省で定年まで勤め上げられ、その後も在勤中から勤《いそ》しんでおられた〝木の根〟の研究成果として、平成二十二年に「最新樹木根系図説」（誠文堂新光社）を、また平成二十七年には「森林の根系特性と構造」（鹿島出版会）を刊行された。特に前者は総論九百四十頁、各論千百頁の大著である。この本は新聞にも取り上げられ、永田和宏氏（歌人で京都産業大学教授）は「私は苅住昇という学者とは一面識もない。しかし何という壮大な研究であろうか、と感動し、ついつい自分たちの研究と引き較べてしまう」と述べている（日経平成二十七・二・二十五）。氏の森林生態学に関する論文は二百を超える。

農学博士である苅住氏は、森林生態、造園、造林学の権威であるとともに、「木の根の博士」として海外十五以上の国でＪＩＣＡの研究指導にあたり、国際的にも高名である。平成三年樹木医認定登録。日本樹木医会初代会長、流山市在住。

昭和のあそび

（平成二十四年十二月一日「ＢＡＡＢ」57号
平成二十七年八月一日「ＬＩＴＳ」27号）

界隈の子供たち

□〈第1図〉は私が住んでいた横浜市南区中島町二丁目のうち二十一番〜二十五番あたりの範囲を表わしている。この南北の通りは百二十〜百三十メートルほどの狭い区画であるが、この狭い範囲に住んでいた私と同じ位の年頃の子供たち（二歳か三歳上下で、名前が判り、遊びに仲間になりうる範囲）を記憶をたよりに図示してみた。こんなに沢山の子供がいたのである。年齢を上下に広くとればもっと大勢の子供がいた。国防のために昭和十三年頃から言われはじめた人口増加政策（「生めよ増やせよ」）にもとづくものであろう。

このうち小学校の同学年の者は、男児六、女児五であるから、これもかなり多いといってよいであろう。そのようなわけで誰かが「○○ちゃん、遊ぼうよ」と呼びかければ次々に子供たちは外へ出て集まったものである。断るときは「あ〜と〜で」と言う。遊び場は〈第1図〉に網かけした道路（幅員八メートル弱）と、路地（幅員二メートル）である。

路地はともかく道路が遊び場になったというのは一寸信じられないであろうが、戦後昭和三十年位までは自動車がこのあたりを滅多に走っていなかった。自動車が払底していたからであり、走ってくれば一時避ければ済む程度である。子供たちは道路いっぱいに広がって遊ぶことができたのである。

□ 私が小学校に入学したのは昭和二十三（一九四八）年であり、その頃は横浜市内には路地とか広場（原っぱ）が方々にあり、子供たちの遊び場になっていた。私が住んでいた中島町やその界隈にも路地などいくらでもあった。以下に書く「ビー玉ごっこ」もそうであるが、近所から子供たちが寄ってきてグループで遊ぶことを特徴とした。小学校三年位（十歳位）から中学一〜二年位までの子供たちが、リーダーのもとでいろいろなことをして遊んだ。昨今では路上はもちろん公園ですら、大勢の子供が群れて遊んでいる姿を見ることは少ない。

〔第１図〕 横浜市南区中島町２丁目21～25番地あたり

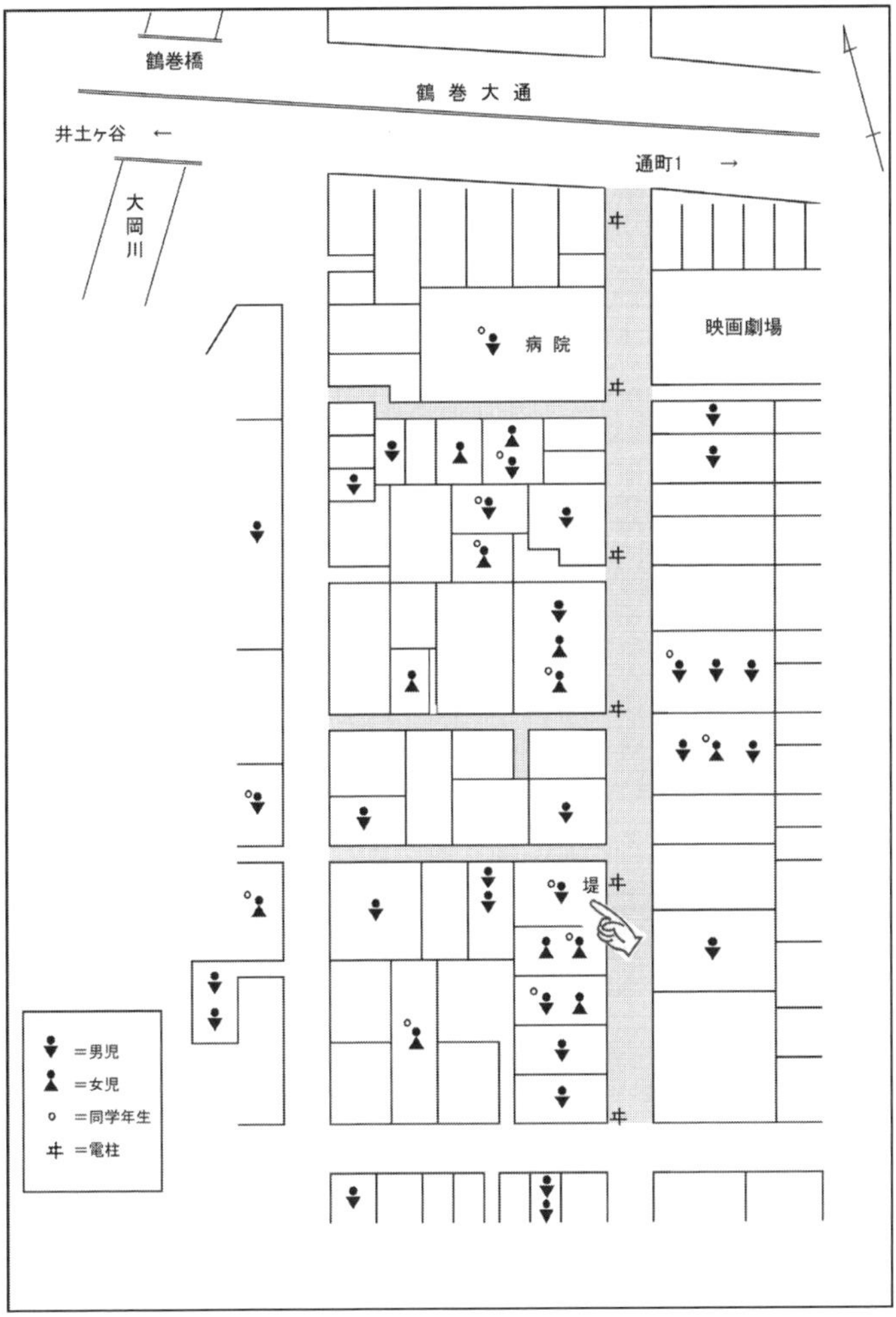

□ビー玉のほかメンコ（植松先生がBAAB誌55号でとりあげている）、ほんち（同誌第54号で村松さんが取り上げている）、ドロ巡（後に「つかまえっこ」または「ドロ警」と名称が改められた。植松先生がBAAB誌第55号で取り上げている）、剣玉、Sケン、缶蹴り、隠れんぼ、チャンバラ、母艦水雷等々、一寸聞いただけでは判らないものもあるが、これらはみなグループで遊ぶものであり、遊びにはこと欠かなかった。

□私たちのリーダーは中学生で、ミノさん（たしか鈴木ミノルさん）といった。やがて「ミノさんは高校へ行くからボクらと遊べなくなった」、とミノさんの輩下の誰かが言ったのをはっきり覚えている（私はまだ五年生くらいだったろうか）。ミノさんは人気があり、中学生といえば小学生からみると既に立派な大人であった。翌年ミノさんはY高（横浜商業高）へ進学し、それっきりになった。私が中学生になった頃には子供たちの世界もすっかり変わり、グループは何となく消滅してしまった。

年の少し離れた子供ら同士のグループは、私の家の近所だけでなく、川向こうの井土ヶ谷町（上、中、下町があった）や、通町にもあって、メンコやビー玉の遊びのために「遠征」してきたりした。年の差がある子供たちの交流は教育上役に立つなどと聞いた風なことを言うつもりはないが、今になってとても懐かしく思い出されるのである。

1　ビー玉

（平成二十四年十二月一日「ＢＡＡＢ」57号）

□　以下にご紹介するのは私が小学生であった昭和二十三年頃から三十年頃、横浜の一部で子供たちの間に流行し、突然消えてしまったビー玉競技（ビー玉ごっこ）のはなしである。ルールブック風に書くので、読者子におかれてもお子さん、お孫さんと一緒に試してみては如何であろうか。ビー玉を賭けてやればエキサイトすること請合いである。

定義

地面に設定された区画（島という）の中に複数のプレイヤーが、予め取り決めた数多のビー玉（子玉という）を供出し、プレイヤーが各自所持するビー玉（親玉という）を、離れた場所から投げつけ（もしくは転がして）、子玉を島から弾き出す。弾き出された子玉も親玉も以下に述べるように争奪の対象になり、その所有権は他のプレイヤーによって奪われるという、まことに賭博性の強い遊びである。

〔第2図〕のような形で、一個のビー玉に一個のビー玉を当てて、当たったビー玉をゲットする類のビー玉競技も行われていたが、これとは全く別モノである。

プレイヤー

二人以上（何人でもよいが三〜五名程度が興趣をそそる）。多くは小学校高学年から中学一〜二年までの子供によって行われた。

プレイグラウンド

どこでもよいのだが、地面（舗装されていない路地が適している）に図2のような不定形の区画（島）を描き（島は棒を使って刻みつけるように描く。地面が固ければチョークでもよい）、仕切線二本(ア)、(イ)を設けてプレイグラウンドを区画する（〔第3図〕の左

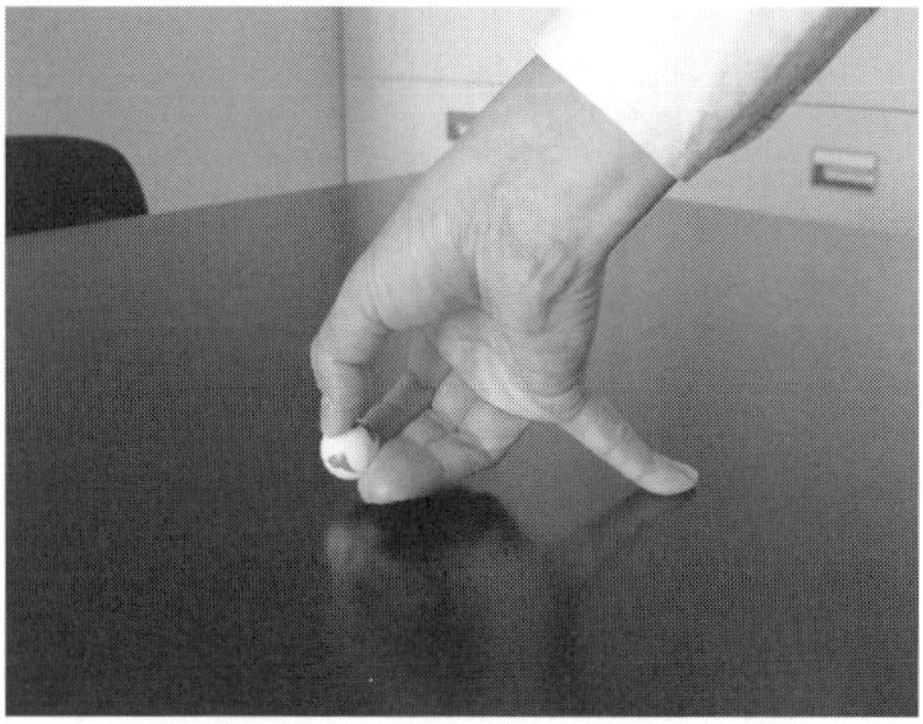

〔第2図〕 ビー玉投擲方法の一例

右方向にはさほど気を使わない。路地の場合両側は建物の外壁や塀によって自然と規制されるからである。）

島はプレイヤーの人数と、供出する（賭ける）子玉の数によって、大きくしたり小さくしたり、またわざと複雑な形にしたりして興味が湧くように描く。

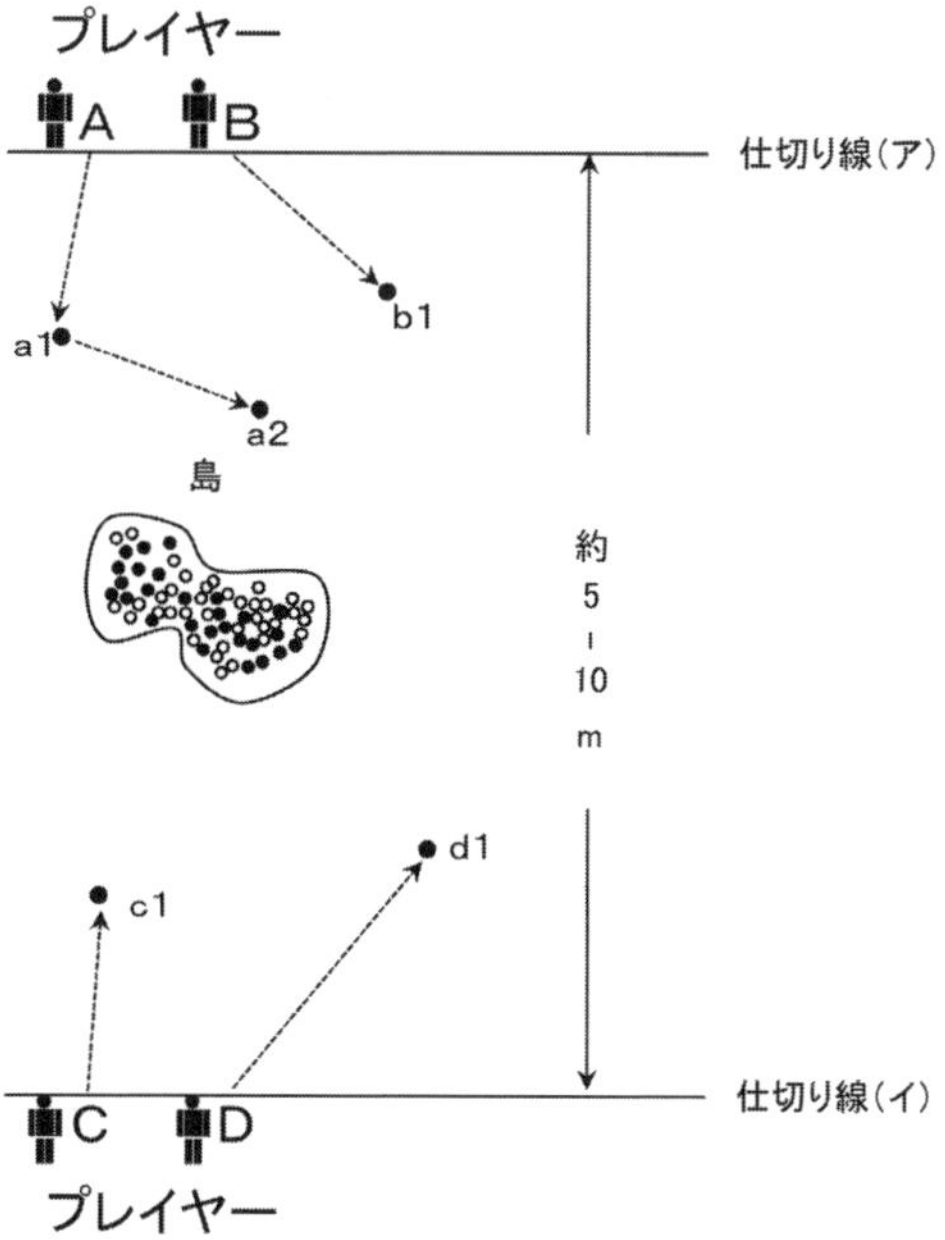

〔第３図〕 プレイグラウンドとプレイヤーの展開

用具―親玉と子玉

プレイヤーは各自一個ずつの親玉を所持する。親玉は、その重さを利用して後述のように子玉を弾き飛ばすために用いる。その直径は二十ミリメートルほどであり、プレイヤーが誇り（愛着）を持って所持するものである。子玉が何の変哲もない緑色のガラス玉（中には赤や黄色もあったが緑色の「兵隊色」が最も多かった）であるのに対し、親玉用のビー玉にはその製造過程でできたのか、中に「ベロ」と呼ぶ黄や橙色の舌のようなものが浮遊する形で入っていた。

子玉の直径は十五ミリメートルほどで、後述の通り島に供出されるものである。子玉は賭け玉であるから、プレイヤーは各自がその日に賭けるだけの分量を（場合によっては百個ぐらい）持ってゲームに参加する。

子玉の供出

プレイヤーの間で一会戦に各自が供出する（賭ける）子玉の数を決め、各自島の中に置く（プレイヤーが四人で一人十個と決めれば十×四で四十個。島がビッシリとなる位の分量が望まれる）。これを親玉をもって弾き出し、有効に弾き出された玉は弾き出したプレイヤーの所有（戦利品）となる。

プレイの開始

一、プレイヤーは仕切線の外側に立つ。各自の立ち位置は話し合いにより決める（というか重視されない）。この競技は個人戦であり、仕切線(ア)、(イ)側に立った者が(ア)のチーム、(イ)のチームを成すわけではない。

二、ジャンケンで投球（投擲？）の順序を決め、誰ともなく「カイセーン（「開戦」であろうか）」と言い合い（「誰ともなく」言い出すのが面白いところである）、愈々競技が開始される。

子玉の争奪

一、最初のプレイヤーの第一投は、島に近寄った適宜の場所に転がす（ポイッと放り投げてもよい）。このとき「セッキーン（接近）」と言うのが普通である。いきなり島の中の子玉群を目がけて投げつけてもよいが、多くは外れるか効き目がないから、まずは島に接近するのである。以下プレイヤー全員がA、B、C、Dの順に「セッキーン」してそれぞれの位置を占める。

二、次投以降の投擲においてプレイヤーは頃合いをみて、占位した場所（親玉が位置する箇所の手前。占位する位置については余りうるさいことは言わないが、親玉より島の方向へ近づくことは不可とされる）から、島の中にある子玉群をめがけて親玉を投げつける（強く勢いをつけて転がしてもよい）。

三、首尾よく親玉が子玉群にガシャーンと当たると、親玉は子玉に比べて大きく重いし、勢いがついているから子玉は四方にはじけ飛ぶ。その際、親玉ははじけ飛んだ子玉と一緒に島の外に飛び出るか、島の中に残留するかのどちらかになる。

① 親玉が島の外に出た場合は投擲プレイヤーは島の外に出た子玉（島の「外に出た」かどうかの判定を難しくするため島の形をわざと複雑にしたり、離島を設けたりする）を拾い集めてそれを自分の所得（戦利品）とすることができる。

この場合当該親玉は転がった位置において次の順番を待つ。

親玉が仕切線(ア)、(イ)の外に飛び出した（転がり出した）場合はそのプレイヤーはその瞬間に失格（というか負け）となり、プレイヤーは島から出た子玉を島に戻し、親玉を持ってゲームから外れる。

② 上記の投擲によって親玉が島の中に残ることを「チャッカイ」とよぶ（その意味は不明である）。この場合プレイヤーは失格となり、島から出た子玉を島に戻し、親玉を持ってゲームから外れる。このときプレイヤーは些かの屈辱を噛みしめる。親玉が島の中に残った瞬間、他のプレイヤーは「チャッカーイ！」と大声でび、競争者の脱

落を囃し立てる。こういうときの子供というのは容赦がない。

親玉狙い

一、親玉は子玉を弾き飛ばす攻撃用の玉だが、それ自体が攻撃の対象でもある。プレー中、プレイヤーは上述のように「セッキン」して、島の中にある子玉群に対するに適宜の位置に親玉を占位させるのであるが、たとえば〔第3図〕においてAの転がした親玉が第二投のときa2の位置に至ってしまったとすると（敢えてそうしようと思わずとも転がって行ってしまうことがある）、Aの親玉はBの「好餌」となるおそれに直面する。つまりBはb1の位置からa2にあるAの親玉を狙い撃ちすることができるのである。蹲踞の姿勢からでも折敷の姿勢からでもよいし（命中率が悪いので立ち姿勢はまずとらない）、投げても転がしてもよい。投げる場合、殆どがダーツを投げる恰好になる。要するに、Bの親玉をAの親玉に当てればよいのである。

二、攻撃を受けた親玉に当てることを「殺す」（とくるからスゴイ）といい、殺された親玉は攻撃してきたプレイヤーの所得するところとなる（要するに、奪られてしまうのである）うえ、殺された親玉の持主は失格となる。

奪られた親玉の持主は大ていその親玉に愛着を持っている。傷だらけでいかにも歴戦を物語る親玉である。そこでゲーム終了後、奪ったプレイヤーとの間に子玉と交換してもらう交渉をする。子玉五個ぐらいが交換相場であったように記憶しているが正確ではない。

たいてい交渉はまとまるが、交換が成立しないこともある。当該親玉がとてもキレイでかねてこれを狙っている他者に奪られてしまうと大変である。その場合は泣く泣く手放すことになり、余儀なく新たな親玉を探すことになる（そういえばビー玉は駄菓子で売っていたっけ?）。交換不成立の場合は奪られた者は相手を恨んだりして、不仲の原因ともなった。

ゲームの進行と終了

一、こうしてA、B、C、D……の順に投擲をくりかえし、島の中から子玉を排除し、あるいは親玉を殺しながらゲームを続けるのであるが、プレイヤーは自分の番には必ず何かの動作を行わなければならず、パスすることは許されない。

そこで、セッキンの姿勢をとろうとしてもどこへ親玉を転がしても他者から親玉狙いの対象とされてしまう場合が生ずる。その場合にはいきなり島へ向けて狙いすまして投擲するのであるが、あえなく仕切線オーバーにより失格という憂き目にあうこともある。

二、ゲームは島の中から子玉が一つもなくなったときに第一会戦が終了する。親玉皆殺し戦というのも構想しうるが、実際にやっているのを見た記憶がない。

以後第二会戦、第三会戦が行われ、自然に「やめよう」となるまで続けられる。会戦の途中で持ち玉を使い尽くした者は次の会戦には参加できない（当然である）。そのまま見ているか、「宿題やろうっと」とか言って家に帰るしかない。ちょっぴり悲しくなる瞬間である。

そして、終いにそれぞれが戦果を口にし、親に叱られるのを気にしつつ、「またね」とか何とか言って散会するのである。

□ビー玉ごっこは親に嫌われていた。はじめから終わりまでゲームにつきあっていると、負けたときは百個位擦ってしまうので二個で一円（このあたり不正確）としても金がかかるうえ時間がかかるので「勉強しな！」と言って親に叱られるのである。

そのようなわけで戦利品も公然と保有することは憚られるから隠し場所に思い余って茶筒に入れ、庭に埋蔵したり、苦心惨憺。私もそうしたが中学になって忘れてしまいそれ切りである。あるいは中学生になったことを期にビー玉と訣別するためにそんなことをしたのかもしれない。

□それにしてもここに紹介したビー玉は賭博性が強い。そして単純のように見えて戦術性がありゲームとして優れていると思われる。メンコにしても横浜の場合は、植松先生がＢＡＡＢ本誌55号に紹介しておられるような一枚一枚取り合うようなのどかなものではなく、三十〜五十枚（メンコは長方形をしており、野球選手や映画スターが印刷してあった）を賭ける。数人のプレイヤーが予め決めた枚数（ひとり十枚から五十枚というスゴいケースもある）を出し合い、全枚数をトランプのスプレッドのように広げて試合をする。勝負の方法に「インカボ」と「ブタ」（どういう意味かは不明）とかいう方法があり、いずれにせよ勝者は三十枚とか五十枚を一挙に手に入れることができるというものである。このように賭博性の強いゲームが何故あの時期に横浜（それもほんの一部の地域のようである）で流行したのか、そしてあっという間に消えてしまったのか、実に不思議というほかない。

2　Sケンまたはケンケン合戦

（平成二十五年十一月一日「BAAB」58号）

□本誌57号にビー玉競技のことを書かせていただいた（昭和のあそび「誰でもできるハマのビー玉競技」BAAB48号）。今回はその二として「Sケン」、「S陣」もしくは「ケンケン合戦」「チンチン合戦」をご紹介する（時代と場所によって呼称もルールも若干異なる）。

前二つの呼称は、プレイグラウンドの形状から来たもの。後二者はプレイヤーの動作から来た呼称である。後二者については広辞苑によれば「ちんちんもがもが＝子供の遊戯。片足を後方にあげて他の片方で飛び歩くもの。けんけ

〔第4図〕　ケンケン(チンチン)跳び

このような姿勢で片脚でピョンピョンと跳ぶ

ん。」とある（〔第4図〕参照）。多分漢字で書けば「合戦」と表記するのであろうが、私どもは「チンチンがいせん」と言っていた。もっとも本稿の遊びは単に「飛び歩く」のではなく、以下に述べるように団体の格闘競技である。

〈定義〉

〔第5図〕に示すように全体としてみるとS字状をなして接する二つの円内（それぞれの円内を「陣」もしくは「陣地」という）に分かれた二チームが各々敵方の陣に侵入し、奥にある城を先に占拠（敵方の城にタッチする）したチームを勝ちとするゲーム。但しチームメンバーは陣内及び島

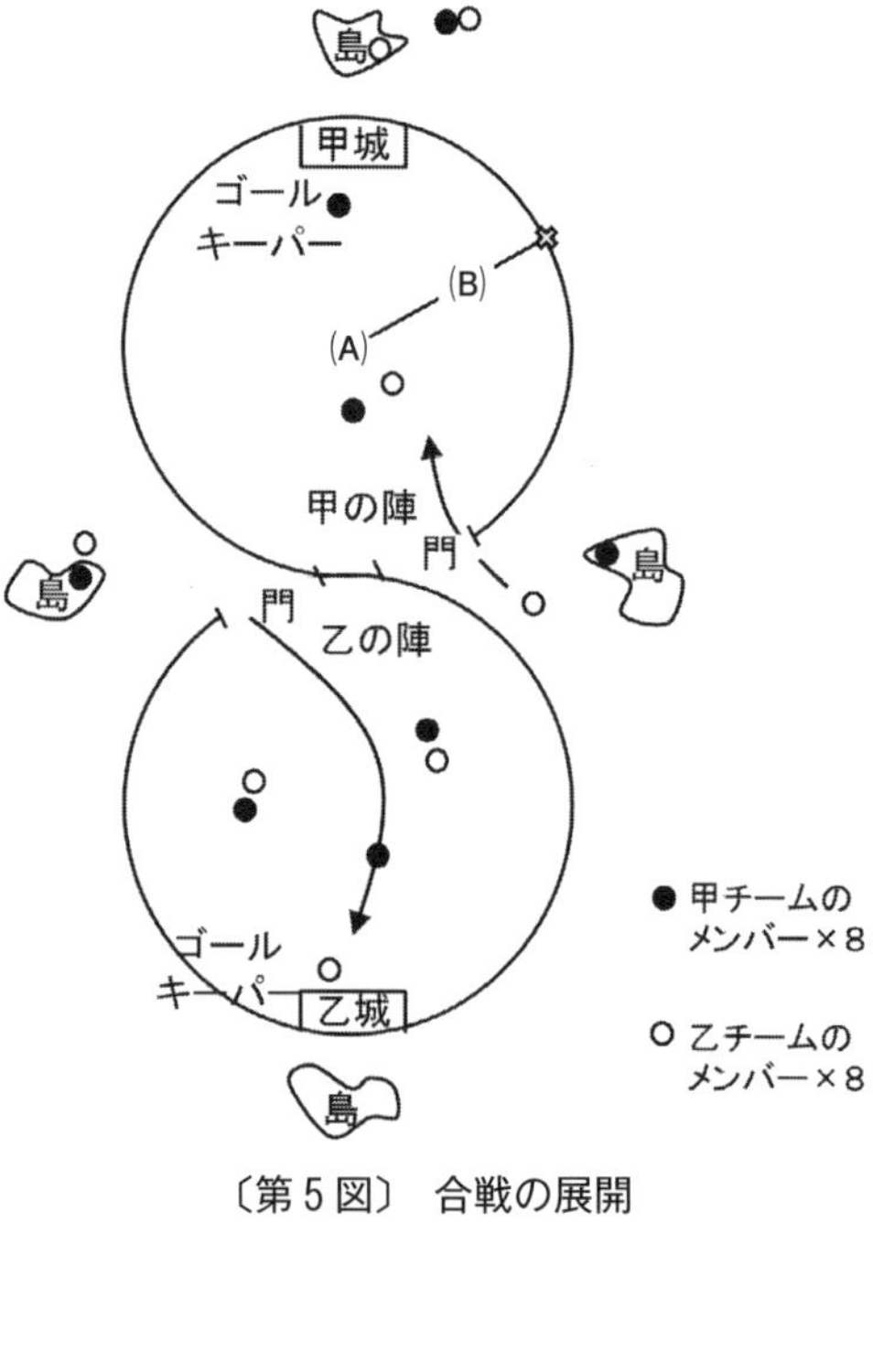

〔第5図〕 合戦の展開

を除くほかの場所においては「ケンケン」で飛び歩かなければならない。

〈プレイヤー〉

人数には制限はないが、後述する陣の大きさに照らし一チーム十人（同数）程度が限度であろう。もっとも、人数が余り少ないとゲームにならない。

小学校三年生ぐらいから中学一、二年ぐらいまでの主に男子（女子は殆ど稀）がこの遊びをした。

〈プレイグラウンド〉

野外のどこでもよいのだが、地面にチョークもしくは棒切れをもって〔**第5図**〕のような図を描く。

〈陣〉

次のようにして連結するように円を二つ描き、S字状にする。

(1)　円の中心になるところに一人(A)が立ち、左右のどちらでもよいが、たいていは右腕を差しのべる。

(2) もう一人Ⓑが、たいていは左腕でⒶの掌を握り、他方の手（右手）にチョーク（もしくは棒切れ）を持ち、自分の腕とⒶの腕とがピーンと張るようにして中腰に屈みチョーク（もしくは棒切れ）を接地させる。

(3) そのままⒷは後ずさりしてチョーク（もしくは棒切れ）を地面に押しつけて線を描く。このときⒶは立ち位置を変えず、Ⓑが進む方向に身体を自転させる（展張したⒶの腕とⒷの腕を緩めたり、Ⓑの動きに引きずられて立ち位置を動いてはならない）。そうしてⒷがひとまわりすると、Ⓐの立ち位置とチョーク（もしくは棒切れ）の先とを半径とする円が自然に描ける（歪んだ円になってしまうことも往々にしてあるがそれはご愛嬌）。

(4) このようにして描いた円に接するようにもう一つ円を描くと、八の字が出来、瓢箪のくびれたようになっている箇所の線を少し消し、「門」（出入口）を作る。そうするとS字の型になり、これが「Sケン」とか「S陣」と呼ばれる所以である。

(5) それぞれの円の内側を「陣」といい、二つの陣の両極に「城」（不確かだが「宮」とも言ったかもしれない）を設ける。

(6) S字のまわりに（概ね四箇所）不定形の「島」を作る。「島」はケンケン跳びによる脚を休める足場であるが、乱戦の場としても用いられる。

〈チームの編成〉

自然に甲チーム、乙チームに分かれることができればそれに従う。例えば六年三組と四組が対抗する場合はそれだけでチーム分けができる。そうでない場合、例えばたまたま十六名がいてそれを二つに分けるには全員が隣にいる任意の者とジャンケンをし、勝った者（八名）が甲チームに、負けたものは乙チームに振り分けることにして二チームとするのである。

〈開戦と布陣〉

〔第5図〕に示す甲の陣に八名が、乙の陣に八名がまずそれぞれに集合し、潮時を得て、誰ともなく（殆ど全員が）「開戦（かいせーん）」と喚声をあげ、個々に出撃する。

このゲームは相手方の城を陥とすことを以って「勝ち」とするものであるから、甲のメンバー（「兵隊」ともいった）は自陣の門から出て乙の門を突破して乙城を目指す。乙のメンバーも同様、甲城を目指す。門を出たら右廻りに行こうが左廻りに行こうが自由である。

その過程において相手の「兵」との間に遭遇戦が随所に展開される。
この場合上述したように出陣した後は、原則としてケンケン跳びで移動し、相手の陣に入ったときにはじめて二本の脚で立つことができる。但し、陣のまわりに設けられた「島」に辿り着いたときは二本の脚で島内に留まることもできるし、一本の脚を島に、他方の脚を島外に出し、都合二本の脚で身体を支えることも許される。
このように、甲乙両チームは夫々相手方の陣を目指すのであるが、全員が自陣から出払ってしまうようなことはまずない。もし全員が陣の外に出てしまうと相手方のメンバーが隙を突いて自陣に殺到した場合、城を守る者がいなくなり、城をとられてしまう。そこでいずれの例も若干の手勢をゴールキーパーのように陣内に残す。

〈ゲームの展開〉

合戦の展開の様子は〔**第5図**〕を参考にされたい。

(1) メンバーの脱落

メンバーが脱落することを「死ぬ」と言った。次の場合である。

ア、ケンケン跳びでなければならない場所において両足を接地させることイ、陣内から身体の全部もしくは一部（例えば片足）が外へ出されること。

ウ、陣内において足の裏以外の身体の一部が接地すること（このイ、ウは相撲の負けと同じである）。

エ、「死んだ」メンバーは以後その回のゲームから外れ、応援にまわる。こうして戦いの経過につれて「戦場」に在る「兵」は漸減してゆく。

(2)　ケンケンの戦い

ア、相四つ

利き足（ケンケンの状態で足裏が地に着いている方の脚をいう）が同じ者同士が対立し、互いに相手の腕（多くは肘のあたりの袖）をつかむ。例えば左足が利き足の場合、自分の曲げた方の右脚の真向かいは相手方の左脚（利き足）である。この場合相手の利き足（左脚）に自分の右脚をあてがっても、殺す（相手の膝を曲げた方の脚を接地させる）ことはなかなかできない。有効なのは利き足でピョンと跳んで身体を右に移動し、さらに利き足を後ろに引くようにピョンと跳び、同時に身体を右に開いて、左手でつかんだ相手の右肩（腕）を手前に捻り寄せる。こうすることによって相手の右脚を接地させることができる。

イ、喧嘩四つ

利き足が異なる者同士が対立し、互いに相手の腕（多くは肘のあたりの袖）をつかむ。例えば自分の左脚が利き足の場合、相手は右脚が利き足だから左脚が浮いている。この場合の有効技は、自分の右脚を飛ばして相手の曲げた左脚の膝から脛あたりに軽くあてがい、左脚でピョンと左前に少しばかり飛ぶと同時に身体を右に開き右手前に相手を捻り寄せる。こうすることによって相手の左脚を接地させることができる。あたかも柔道の「膝車」の技をかけたときの姿勢である。

ウ、突放《つきはな》し

ケンケンのまま突進し、相手方を突き放すことによって脚を接地させる。出会い頭のような状況下においては相手はひっくり返ることもある。ケンケンの戦いは上背があり脚の長い者が圧倒的に有利である。それゆえ、そのような敵が我のメンバーと戦っているとき後ろから突き飛ばすようなチームワークも行われたから、なかなか油断ができない。このようにケンケンの戦いは一対一で行われなければならないものではない。

エ、「ケンケン」の戦いにおいて重要なのは技が決まりそうになったら程々のところで足を地面につけることである。余り頑張ると、それでなくともケンケンは片足立ちで不安定であるから技が決まると（特にイの場合）、もんどり打って転倒し頭を打ったりして怪我をする惧れが多分にある。

(3)「島」での戦い

「島」に片足をかけ、他方の足を外に出して接地させることができる。つまり「島」を利用することによって両脚で立つことができるのである。「島」に停留している者は近くをケンケンで通りすがる敵を捕捉することができる。この場合、敵方は片足なのでたいていは我に有利であるが、敵方も片足を「島」にかければ両脚で立つことができるから、組み打ちとなる。両脚がともに島の外に接地するか、島内にあっても足裏以外の身体の一部が接地するかした場合、その者は「死ぬ」ことになりゲームから外される。

〈陣内乱戦と勝敗〉

陣内においては組み打ちによる戦いが行われる。戦いの経過につれて「兵」の人数は減るから陣内での組み打ちは一組か二組によって行われることもある。

たいていは大柄な「兵」がゴールキーパーとして城を守っているから、これを斃さなければならない。組み打ちは相撲と同じで、足裏以外の身体の部分が接地するか、陣の外に足その他身体の一部でも接地すれば負けとなる。但し組み打ちも一対一で行われなければならないというわけではない。一対一で組打っている仲間を助けるために参加してもよい。このことは敵方についても同じであり、かくして数人対数人の取っ組み合いになることも稀ではない。

先述した通りこのゲームは敵陣へ乱入し、敵の城を奪う（占拠する）ことにより勝敗が決する。敵陣の奪取（占拠）とは、我のメンバーの一人が敵の城にタッチすること（足でも手でもよい）である。組み打ちをしている隙を潜り抜けて走り抜けながらタッチしてもよい。このときを以ってゲームは終了する。城を奪取した「兵」はたいてい「勝ったァー」と喚声を上げる。

＊

この遊びはよく考えられており、子供たちに愛好された。まず、相手の城をとるのにメンバー（兵）をどのように分散させるか（つまり攻め方と守備の人数をどう分配するか）、いつ、誰を（何人位を）敵方の陣に突入させるかなどのチームワークのほか、何といっても相手メンバーとの組み打ちで勝つ方法を考えることが面白いのである。しかしこの遊びは乱暴と言えば乱暴であり、転倒の危険がいくらもある。殊に土の上で行うのではなく、プレイグラウンドがコンクリートやスレートである場合（私たちの小学校（今は取壊されて改築された）は、昭和三年に建築された鉄筋コンクリート造り三階建てであり、屋上でもこの遊びをした）には激しく転倒して頭に傷を負った例が実際にあった。

それゆえ学校もそれを理由にして度々禁止した。しかし我々子供にとっては結構面白く、禁止は一向に守られなかった。小学校六年までの間はもとより、中学二年になっても放課後こんな遊びをした記憶がある。もっとも「馬っ鹿じゃないの」という冷たい目に晒されることも再三であったが。

親にも不評だった。それは組み打ちの時に服の袖や襟をつかんで引っ張るため、肩のところがほころびたり、ボタンがちぎれたりするからである。

しかし戦後すぐの時代の子供たちは、危険や親の小言にはおかまいなしに元気いっぱい遊びまわったのである。

附　都攻め

ついでに都攻めのことに触れておこう（〔第6図〕参照）。「Sケン」遊びの改良型（逆に都攻めの方が原形かもしれないが、はっきりしない）であり、Sケンよりも規模が大きく、多人数で遊ぶ。「Sケン」とほぼ同様甲乙両軍に分かれ、相手方の居城を奪い合う。但し、ケンケン跳びはなく、全体が壁で囲われた城内を走り回る。相手との組み打ち（特に出丸における）は、相撲と同じであり、壁の外へ突き出され、もしくは回廊の線を踏み越えた場合には「兵」は死ぬ。プレイグラウンドが壁によって制限されていること、「ケンケンの戦い」がないことなど、ケンケンに比べ若干興趣がそがれる。学校でこの遊びはしたことはなく、どういうわけか、年齢もまちまちな近所の子供らと道路で遊んだ。

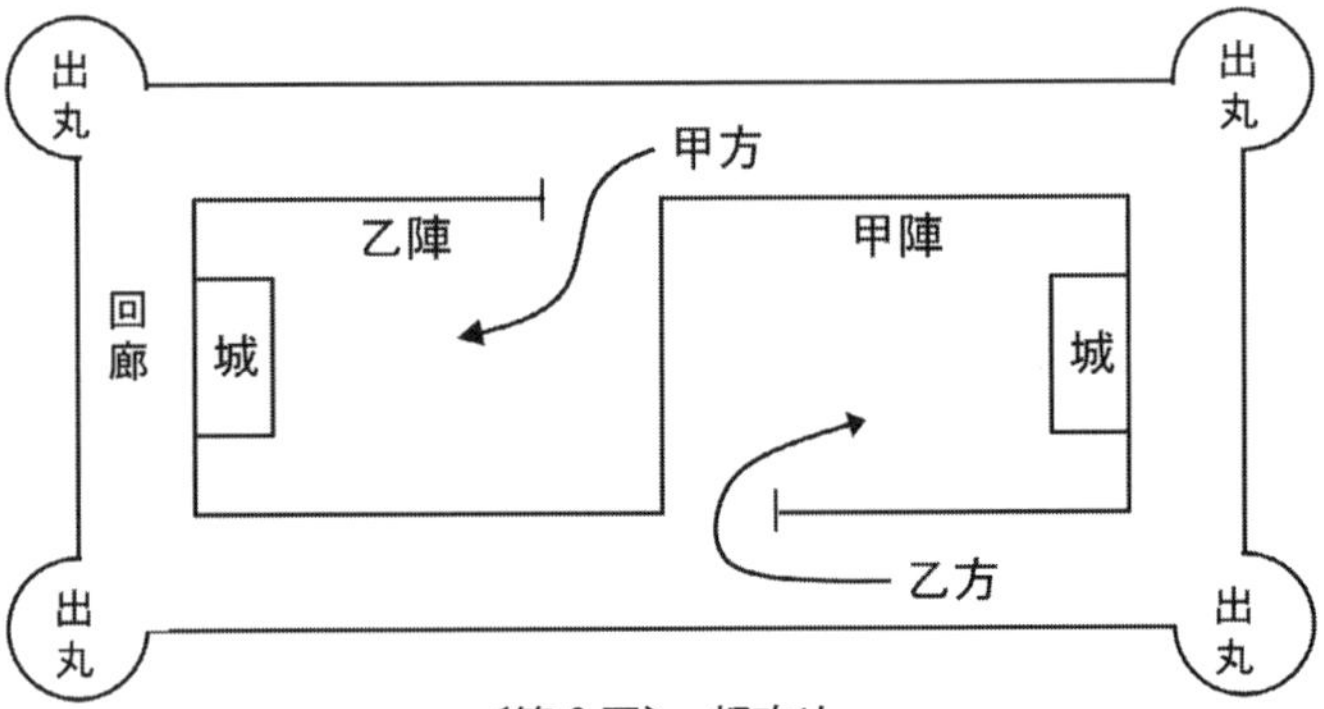

〔第6図〕 都攻め

3　石ぶつけ

（平成二十八年八月一日「BAAB」60号）

これも信じられないであろうが、この道路で「石ぶつけ」というのをやった。織田信長の映画などを見ていると吉法師が河原で子供を指揮して、石投げ（石打ち）に興じているシーンを見るが、それと同じようである（多分）。二組に別れて「わーわー」言いながら石を投げ合う。「勝った負けた」はない。飽きると自然にやむという、実に他愛がない。

もっとも投げる石はほんの小さいもので、当たれば痛いが大怪我をする程ではない。大怪我をする程大きいものは用いない（というよりそこらに無い）。しかし、大きな石でなくとも砂利より大きい位のものはあったのである。何故かといえば戦前施してあった簡易舗装をアメリカ軍が戦後壊してしまったからである。それがいつのことかはっきりしないが、この道路を米軍の装甲車が走ったことがある。アメリカ軍は独立記念日その他何度となく、機会をとらえてはパレード（というかデモンストレーション）を東京や横浜で行っている。そのうちのどれかに参加する機甲車両が中島町のこの道路を一列縦隊をなして通った。この通りだけではない。〔第1図〕には描かれていないが東に鎌倉街道が並行しており、市電（桜木町↕弘明寺⑩系統）が走っていて、幅も広いからそちらの道路は装甲車だけでなく当然戦車も通ったであろう。

そのため、我が家の前の貧弱な舗装は装甲車の履帯（キャタピラ）にふみにじられてひとたまりもなく壊れたというわけである。小石には事欠かなかった所以である。また時々行われる下水管・ガス管工事による工事も道路をぬかるみにした。

（平成二十八年八月一日「ＢＡＡＢ」60号）

4　紙芝居

〔第1図〕に「病院」とあるその脇の路地の入口あたり（電柱がある）に紙芝居がやって来た。「オペラ」といった。この名前は何となく判るが、もう一人、電柱三本分ほど南へ行った角に出る紙芝居の名前は「ペッチャンパイパイ」と、全く意味不明。いや「ドンガラピッチャン」だったという学友もいるが、いずれにしても同様。何とも訳が判らない。「オペラ」の方が年長者で「黄金バット」とか「ライオン丸」を演っていた。「ペッチャン……」の方の売りが何という出し物だったか記憶にない。「ペッチャン……」の方は自転車でやって来るとすぐ洋楽器の大太鼓（ドラム）を打って到着を知らせる。これをやってみたい子供は何人もいて、やらせてもらうのは順番待ち。子供には大きすぎる太鼓をバンドで肩に掛け「ドンドンドンガラガッタ」と鳴らしながら、路地二本分位を廻って来ると、只で紙芝居を見られるのだったか、水飴だったか、手伝いの褒美をもらえた。子供が寄ってくると水飴を売り、何人か集まると（何人と人数は決まっているわけではない）紙芝居を始めるのである。そしてひとわたり演じ終えると、紙芝居の舞台を自転車の荷台に畳み、どこへともなく走り去る。一寸さみしい瞬間であった。

5　タガまわし

（平成二十八年八月一日「ＢＡＡＢ」60号）

道路での遊びに「タガまわし」というのがあった。自転車の車輪からゴムタイヤ、チューブ、スポークをはずすと鉄の輪（輪っぱと言った。それゆえこの遊びは〝輪っぱまわし〟とも言った）が残る。これがタガ（箍）である（普通は桶を緊束する竹製のものをタガという。これを使った「タガまわし」もありそう）。輪にチューブが入る溝があるが、そこに竹棒をあてがって押すことによって鉄輪を回す。その際、輪の円弧と地面の間に出来る隙間に竹棒をあてがい、タガをやや掬うようにして前へ押すと滑り出し好調。回りはじめればタガを棒でひっぱたけば勢いがつく。これを駆けっこで相手と速さを競うのである。下手をしてタガがあらぬ方向に素っ飛んで行き、よその家の塀にでもぶつかれば大変。怒声を浴びること必定である。

6　ドロ巡

（平成二十八年八月一日「ＢＡＡＢ」60号）

□「泥棒巡査」、略して「ドロ巡」という。後にこの遊びは「ドロ警」というようになった。「泥棒」と「警察」の謂《いい》である。この遊びは集った子供が紅白の二組に分かれ、〈第1図〉に示した電柱の一本を警察署に見立ててゲームを始める。二組のうち、例えば泥棒グループを赤、巡査グループを白とし、紅組がスタートと同時に八方に逃げ散る。百ぐらいを算えた後、白組が捜索に出て「犯人」（紅組全員が犯人である）を捕まえる。何処までを逃走範囲とするかは自ずから決まるのであるが、この潜伏先が問題で、路地に物陰はないから、塀や垣根を越えて他家の敷地に入り込む。それを白組が追う。「犯人」にタッチすれば「逮捕」であり、取っ組み合いをして「公務」の執行を妨害するのは無しである。捕まった「犯人」は警察署に見立てた電柱まで連れて行かれ、電柱にタッチしていることを強いられる。「勾留」という見立てである。次々に逮捕者が白組グループによって連行され、やがて数珠つなぎになる。

こうして勾留された逮捕者は仲間の救出を待つ。「犯人」側の一人が、勾留されている者の誰かにタッチすれば救出が成功し、全員が解き放ちになる。そうならずに紅組の全員が逮捕されればゲームセットとなり、「ドロ」組と「巡査」組とが交代して第二ゲームが始まる。

塀の裏側に潜む「犯人」が洟水を啜《すす》り上げる音や植え込みの木の枝が摺れる音で発見されたり、このゲームは逃亡する側と追う側との間に一定の緊迫感があり大いに流行した。

□ このゲームは勝ち負けがつくまでに時間がかかることは想像いただけると思う。電柱に灯り（外灯）がつき、そこに蚊柱《かばしら》がたつまで続けていたことを憶えている。しかし何といってもよその家の庭や、塀と建物の隙間に入り込むうえ、巡査側はおしゃべりをしながら捜索するし、逮捕する際「居た居た」とか、「〇〇ちゃん、捕ったー」とか大声で叫ぶものあり、植木鉢をひっくり返して壊したりするものありで、大騒ぎ。やがて庭に入り込まれた家から学校に文句が付き、このゲームは禁止へと追い込まれるに至った。

7　母艦水雷

（平成二十八年八月一日「ＢＡＡＢ」60号）

□　このゲームは、行われていた地方・地域によってさまざまの遊び方があり、そのネーミングもさまざまのようである。私が遊んだのは、次のように、「ドロ巡」の亜種である。まず紅白二組の艦隊に分かれ、それぞれの艦隊に艦長一名を選定する。艦隊司令という見立てである。その余を母艦と水雷に分かつが、そのそれぞれの人数は適宜とする（大体が半々である）。

ここからがドロ巡と違って、まず全員が帽子を着用する。学帽でも野球帽でもよいが、ツバ（鍔）がついていなければならない。艦長はツバを顔の正面に、母艦は顔の横に、水雷は後頭部にそれぞれ向けて被る。

紅・白のそれぞれが電柱一本（学校の屋上でやるときは金網の角など）を確保してこれを基地とし、スタートと同時に全員が散開する。ドロ巡と同じで相手を捕まえるのであるが、それにはルールがある。

□　艦長は母艦に勝ち（捕まえることができる）、母艦は水雷に、水雷は艦長にそれぞれ勝つ。つまりジャンケンか、お座敷遊びの「トラトラ」のような勝ち負けを想起していただければよい。そして艦長が捕まえられると、その艦隊は負けとなる。艦長をとらえ得るのは水雷だから、艦長は母艦をまわりに配して水雷を拿捕させようとする。そんな具合だから水雷と母艦の人数とその運用をどうするかについて戦術的な配慮が必要とされたかもしれない。ただし艦長を大事にするの余り、母艦で固めて動かないのではゲームは進まない。そんなことをするチームは敵方によって馬鹿にされる。

□　また拿捕された者は、相手方の基地に連行され（連行している最中は敵方は手を出せない）、捕虜として繋がれる。これがゲームの進行によって数珠つなぎになることや、味方の〝タッチ〟によって解き放ちになるなどは「ドロ巡」と同じである。しかし進行の加減によって、例えば艦長のほかには母艦ばかりが残ったときはどうなるのであったか、はっきり覚えていない。艦長一人が母艦を追いかけまわすというのも図柄としてはウンザリである。引き分けということにしてゲームセットとなるのであったろうか。それとも捕虜にタッチしてゲーム継続になるのだったろうか。

8　紅梅キャラメル

（平成二十八年八月一日「BAAB」60号）

□　私どもの年代の子供はたいてい紅梅キャラメルを知っている（もっともこのキャラメルは東京、千葉、神奈川が商圏であったらしく、他県の方は知らないという）。赤い箱に梅のマークが入っていた。一箱十円で、キャラメルは十粒入っていたかと思う〔第7図〕。

〔第7図〕

子どもたちに人気のあった紅梅キャラメル

紅梅キャラメルの場合は、キャラメルはともかく、中に入っているカードが売りで、カードは巨人軍（ジャイアンツ）の選手の上半身を描いたブロマイドになっており、子供たちはこれを集めるために必死でキャラメルを買った。後掲〔第8図〕の「昭和のこども図鑑」を参考にすると、当時巨人軍には次のような選手が活躍していた。

監督・水原、投手・別所、大友、捕手・武宮、一塁・川上、二塁・千葉、三塁・宇野、遊撃・平井、外野・与那嶺、青田、小松原、南村、樋笠、などである。

これらのカードには安打（一点）、二塁打（二点）、三塁打（三点）、本塁打（四点）と点数がついており、四点でキャラメル一箱と店頭で引き換えてくれた。
□本塁打券一枚ならそれで一箱、二塁打券二枚、安打券四枚でも一箱である。キャラメルと引き換えずにこれを何枚も集めると点数に従って商品が貰える仕組みになっていた。
商品は最下等が「赤バット」（川上選手のトレードマーク）の先端に切れ込みを入れ、そこに鉛筆の芯を差し込んだだけの「シャープペンシル」（似て非なるもの）。最上等はグローブであった記憶だが、手が届かないことが明らかなのではっきり憶えていない。さまざまな景品があり、グレードに応じて点数が決まっていた。最上等の景品が仮に千点だとすると、どれだけのキャラメルを買わなければならないか？

景品の引換所は吉野町の裏通りにあり、私の場合は偽シャープペンシルかノートか選手のブロマイドを引き換えに行った記憶がある。

□　選手カードは名刺より少し小振りで、紙質は薄手の名刺くらいである。これを少し反らして机上に置き、掌を内にすぼめて上から叩くと撥ねて掌に吸い寄せられるので、すかさず掌の内に掻い込むようにカードを掌と一緒に素早く移動させる。このとき掌に息を「ハー」と吹きかけ、「ポン」と机を叩くことから「ハーポン」と言った。このカードを相手が出す「賭け札」に乗せる（相手が表を上にしている場合、裏を上にして重ねる）ことに成功するとそのカードをゲットできる。

□「ハーポン」遊びは結局のところ、メンコと同じような遊びであるが、室内で行う。ということは学校の机を使ってゲームをすることもでき、授業の合間にハーポンをやることが流行した。上述した札のやりとりの例は、賭け札が一枚のケースを示したが、実際にはトランプのスプレッドのようにカードを展げ、これを賭け札にして取り合うことが行われた。詳しいことは覚えていないが、スプレッドのどこかに親札を置き、こちら側の賭け札を「ハー」「ポン」と移動させ、表と裏がくっついた場合にスプレッドの賭け札全部をゲットできるというものであったから、賭博性が強い。そうしたことから学校ではこの遊びを禁遏《きんあつ》した。

□　紅梅キャラメルを製造・販売していた会社は間もなく倒産したのであろう、泡のように消えてしまった。同じような趣向（「動物合わせ」や「家族合わせ」等）を売りにしていたカバヤ製菓も同じような憂き目にあっている。カードを使った遊びもさることながら、カードを収集して景品と交換する商法も射倖性を煽るというふうにみられ、かかる商品から児童を保護する必要性があるという、いつの世にもいる「良心的大人」の不買運動でもあったのだろうか。

（平成二十八年八月一日「ＢＡＡＢ」60号）

9　馬のり（馬っ跳び）

□　別掲〔第8図〕の絵には「長馬《ながうま》」とある。同様の遊びを私共は「馬のり」とか、「馬っ跳び」と言った。挿画では馬になる者が二名描かれているけれども、私共の場合は馬になる者が四～五名になる場合がふつうであり、遊び方も絵に描かれているような穏やかなものではなかった。ふつうこの遊びは十名ぐらいで行う（この絵程度の人数だと余り面白くない）。これを二組五人宛ぐらいに分け、それぞれ大将を一人ずつ選ぶ。ジャンケンをして負けた方が「馬」になる。馬組の大将は〔第8図〕のように木に寄りかかって立つ場合もあり、壁を背にして立つ場合もある。馬は上体を倒して挿絵のような姿勢をとる。

□「乗り手」組も大将は一名、馬四名という具合に分け、四名が数メートル手前から助走をつけ順々に馬列に跳び乗り、最後に大将が跳び乗る。乗り手組がすべて騎乗し終えたときに（たいてい馬列に山盛りになる）馬組の大将と乗り手組の大将とがジャンケンをし、馬組が勝った場合には乗り手組と入れ替わる（つまり、馬組が乗り手

〔第8図〕長馬《ながうま》

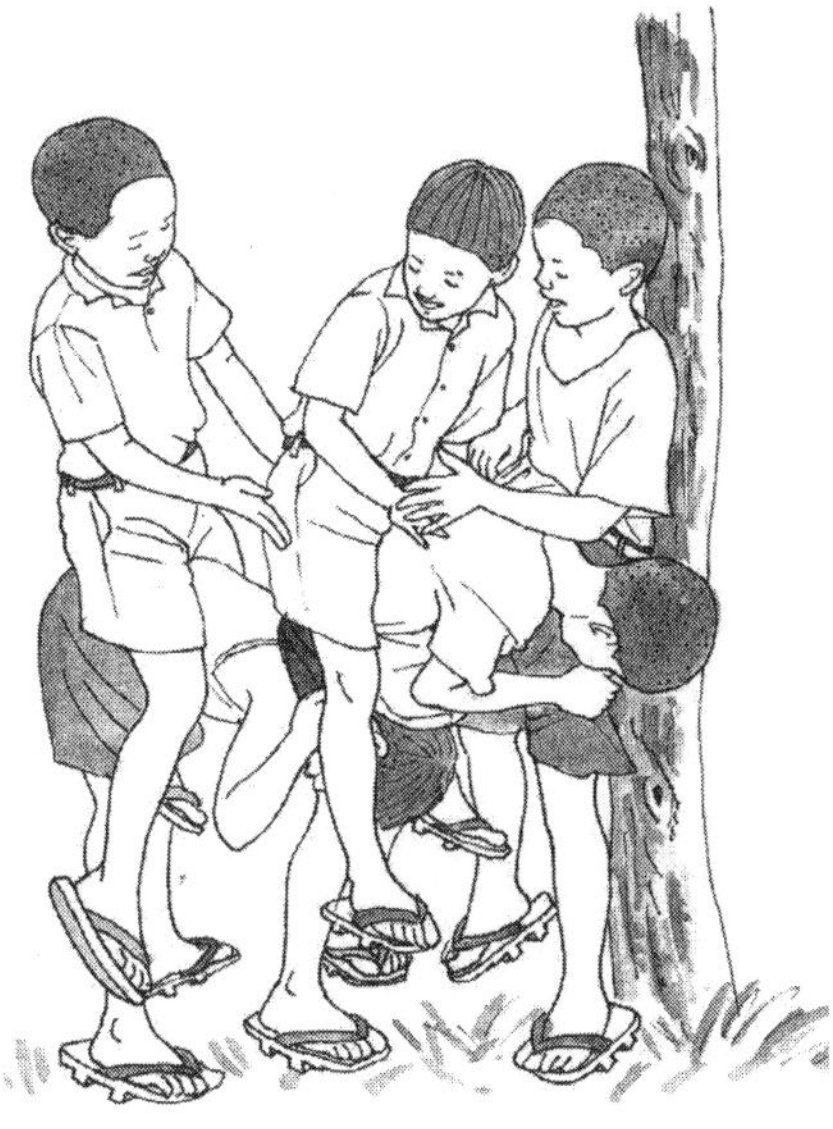

奥成達、ながたはるみ「昭和こども図鑑―20年代、30年代、40年代の昭和こども誌」ポプラ社、2001　P221より

組になる）。逆に乗り手組が勝った場合は引続き乗り手となる。こうして何回か勝負が繰り返され、時間がくると（飽きた場合のほか、昼休みの時間が終えた場合）、お終いになる。

これだけの説明だと何となく他愛ないが、実際にはもう少し戦闘的である。

□ まず乗り手組から。

乗り手組は助走をつけて騎乗するとき、大きく（高く）跳躍して馬に乗る。その場合、おとなしく腹から馬の背に跳び移るのではなく、できるだけ上体を起こして（上体を立てて）、わざと、誇張して言えば尾てい骨から馬の背に落下する。馬にとって痛いことこの上ないが、こうして馬を潰すのである。数人が乗った結果、馬が潰れることもある。馬が潰れると馬組の負けとなり、そのゲームは終わる。しかし落下を受ける馬が背の痛みと乗り手の重味に堪え、乗り手組の全部が馬の背に留まったとき、先述のように大将同士のジャンケンが行われる。

□ 他方馬組はどうかというと大人しく乗り手組の跳梁にゆだねているわけではない。気を合わせて馬列を左右にユサユサと揺するのである。乗り手が一人しか乗っていないときは馬の腹に足を絡めてしがみついていればすぐに落ちることはないけれども、乗り手が三人もしくは四人位になると堆《うずたか》くなる結果、いきおい不安定になる。そこへ持ってきて馬組は「エイ、エイ」とばかり馬列を揺らすから、乗り手はたまらず落馬の憂き目にあう。この場合、一人でも落馬すれば乗り手組の負けとなる。揺すられて乗り手が落馬したのか、馬がつぶれて乗り手が地面に落ちたのか、の判定が難しいケース（いわゆる攻守同体）が生ずるが、そのあたりは余り理屈をこねずに、どうにかしたように思う。

□　このようにこの「馬乗り」は危険である。とくにわざと尾てい骨から脊椎に落下し馬を潰すやり方は、「馬」に怪我をさせる惧れが多分にあることは容易に想像できると思う。事実中学に入ってからのことだったと思うが、脊椎だったか頸椎だったかに重傷を負った子供も出て、以来この遊びは禁止されたのではなかったかと思う。

（平成二十八年八月一日「ＢＡＡＢ」60号）

10　ケン玉

□　最近でもケン玉は静かに流行しているという。私共の子供の頃、ケン玉は大ブームであった。ケン玉は〔第9図〕に示すような形をしており、現在の形と変わらない。

□最も簡単なのは「もしもしカメよ」である。胴から垂直に糸で垂らした球を、膝をリズミカルに上下させながら皿で受け、さらにこれをエントツに乗せる。身体のリズムは「もしもし亀よ」の歌に合わせる。皿で受けたときが「もし」であり、エントツのテッペンで受けたときも「もし」である。さらにエントツから玉を移動させ、皿で受けるときが「カメよ」である。そして「カメさんよ」と言いながら玉をエントツに乗せる。以下「……どうしてそんなにのろいのか」まで歌を唱いながら連続何回できるかを競う。

〔第9図〕 ケン玉

□学校の廊下で壁際に五～六人が並ぶ。一人が挑戦者となり、一番下位の者に挑む。対戦者が一緒に「もし亀」の歌を唱いながら、先述のように玉をヒョイヒョイと移動させる。早く玉を落とした方が負けで、挑戦者が勝った場合は次の者と競う。挑戦者が負けると当該対戦者と入れ替わり勝った方が更に上位にある者挑む。

□これを休み時間にやる。昼休みならまだしも、一時間目と二時間目の間のような十分くらいの休み時間にやるものだから、ゲーム中に始業時間になる。それでも止めないときは先生の拳骨を頭に食らうことになる。なにしろ被懲罰者は並んでゲームをやっているのだから、先生も整列させる世話はなしとばかり、端から次々にコンコンと拳骨を食らわせた。

□玉に穿たれた穴と剣を用いた高度な?ゲームもあるが紙幅の都合で割愛する。

「古色豊かな校舎」から「澄みて雲なき」の時代へ

――横浜南高校の創立

（平成十五年六月八日
横浜市立南高等学校柔道部五十周年記念誌「ああ青春の血は燃えて」）

本年は南高同窓会創立五十周年にあたるという。目出度い限りである。お誘いを受けたので南高草創の頃の思い出を書かせていただこうと思う。

□

横浜市立南高等学校は横浜市立横浜商業高等学校（Y校）の普通科を分離独立させ男女共学の高校として昭和二十九年に中区山下町に設立された。設立当初の学校長は黒沢信吾、副校長は山崎友美の各先生であった。横浜市は南高校を南区に設置する予定で計画していたようであるが、実際に学校用地を南区に取得したのは昭和三十一年であり、それに先立って本校を開校した事情はY校普通科の廃止によるものであった。(注)ともかく校舎がないので、定時制高校である市立港高等学校の校舎（中区山下町二三一）を昼間、間借りして開校されたのである。

空襲で焼け残った校舎は鉄筋鉄骨三階建ではあったが相当にくたびれており、運動場は約九百坪ほどで、いかに街中の学校とはいえ、まことに手狭であった。

古色豊かな校舎じゃあるが
緑の丘に胸張れば
ソレ太平洋は足の下
一寸愉快じゃないかいな

これは「南高音頭」（いまは唱われていないようである）の一節で、当時の校舎が古びていた様子が詠み込まれている。本校は高台にあったわけではなく、また三階の校舎の屋上から横浜湾がまさか足下にみえるわけはなく、「近くの外人墓地あたりに行けば……」という風情であろう。校舎の南側には市電が派《は》大岡側の川っぷちを走っており、最寄りの停留所は「吉浜橋」

〔第１図〕　山下町にあった旧校舎

であった。現在では川は埋立てられて首都高速道路となり、その上をＪＲ根岸線が走っている。市電も廃止された。東側の道路（西門通）を隔てて真前に市立港中学校があり、この道路は北進して中華街南門（善隣門）へと至る。

□

当時横浜市には極端な小学区制が敷かれていたので、南高校へは南区にある共進、蒔田、南、港南の各中学卒業生が主として入学した。

私ども四期生は昭和三十二年にここに入学し、三学年に進級した昭和三十四年四月から当時の二年生と共に現校舎（当時は南区下永谷一四三二、現在は区制と地番表示の変更により港南区東永谷二―一―一）に移るまで、この校舎で授業を受けた。私どもの入学時における三年生と二年生は六箇、一年生は七箇のクラス編成であった。

□

南高校は新規開校ゆえ伝統があるわけもなく、校歌も制定されていない有様であった（校歌のことは後に書く）。しかし先生方は若く、張り切って学校作りに取り組み、また生徒も生き生きとしていた。しかし生き生きしていたといえば体裁が良いが、行儀は悪く、近くに中華街があったゆえもあって昼休みにソバを食いに行ったり、喫茶店に入り込んだりして（当時喫茶店にはダーティなイメージがあった）、午後の課業開始までに帰って来ない等の細やかな非行は日常的であった。

一期生には暴れん坊が多く、修学旅行先の京都で他校の生徒と大立ち廻りを演じて警察に補導されたことがあったと聞く。首魁グループに応援団員がいたとかで、応援部はたちまち廃部処分を受け、私たちが入学したときにはこれがなかったから、南高生なら誰でも歌う、

ああ青春の血は燃えて
とどろく胸にうち鳴らす
勝利を誓う陣太鼓
熱い血潮の花の色
南高健児の意気高く
戦わんかな時至る

という応援歌「青春の血」は、先輩有志が教えてくれた。校舎の屋上に各クラス毎に（女生徒もいるのだが）整列させられ、竹刀（！）を持った三年生が蛮声を以て叩き込んでくれたものである。因みにこの歌は旧制四高（金沢）の応援歌である「第四高等学校南下

軍の歌」が元唄であり、英語科の木村正二先生が替歌を作詞された。

□

私は入学早々に柔道部に入った。柔道部の設立がいつであったか詳らかではないが、正副校長先生がともに柔道贔屓であったと伺っており、その後押しもあって開校一年目には既に設立されていたのであろうか。設立の年の十一月には早くも県下高校柔道大会に一期生が出場し、一年の部で準優勝を遂げており、また昭和三十一年には横浜市立高校柔道大会で優勝するなど、創立期における先輩方の活躍振りは目覚ましいものがあった。顧問は青池尚先生で、外部講師として添田良亮師範（八期生の添田伸亮君の父上）を招聘していた。

しかし、なにせ校舎は手狭であり稽古のための柔道場がなかった。

南高校が柔道場を初めて持ったのは柔道部が創立されてからずっと後の昭和三十四年、現校舎に移った年のことであり、私が先輩たちから伺ったところによれば、柔道部の設立当初は山下町校舎正面玄関のホール（石張り）に畳をじかに敷いて稽古したという。畳数にして二十畳も敷けばいっぱいであったろう。やがて体育館の一隅に五十畳を敷くようになった。これは私どもも経験したところであり、校舎から体育館につながる通路脇の壁際に（後には体育館の隅に）畳を二十五畳宛二山に平積みし、これを稽古の都度敷き並べ、終わるとまたもとのように積み戻すのである。この作業は主に一年生の仕事とされた。そういえば、校舎と体育館は渡り廊下でつながっており、渡り廊下におやじさんがラーメンと鯵フライだけを商う「店」を出していた。ラーメンは石油罐からカエシを丼に入れて熱湯を注ぎ、麺とメンマを浮かせただけのものであったが、結構人気があった。

□

もちろん体育館は柔道部の専用というわけではない。体操部、バスケット部、卓球部、雨の日はバレーボール部までが犇《ひしめ》くようにして展開しており、卓球部や体操部の女子部員の肢体が眩しかったものである。バスケットボールが畳の上に転がってくるのは一寸した脅威であったが（その上に折重なって転ぶと骨折のおそれがある）、卓球の球は可愛いもので、女子部員が後逸したボールの上にわざと受身をとったり、掛かり稽古の対手を馴れ合いでボールの上に投げて潰したりして悲しそうな顔をさせるという悪さもした。

そんなことから推して知ることができるのであるが、稽古着に着替える場所にも難渋した。当時の「南高新聞」（昭和三十二・十二・二十四）に次のような記事が載っている。

犬小屋だか豚小屋だか判明しかねるバラックが講堂と校舎の間に、立ち並んでいる。これが南高運動部の部室であることは、言うまでもない。一間四方にも足らぬこの部室で幾十人かが、毎日の練習のために服装を着替えるのである。この部室では、手足をのばして着替えをするには三人がせいいっぱいの現状である。そこで人数の多い柔道部・卓球部の生徒、主に一年生は部室で着替えるのにあぶれ、講堂を便宜的に更衣室としている。放課後講堂の中央に立って演壇の方を眺めると、演台を盾にして、ちょうど胸部より上をのぞかせて十四・五人が整列して着替えているのが目につく。彼等とて好んで、あんな場所にさらし首のようにしているのでもあるまい。

この記事には「学校側の見方」として、「更衣室を新設するとなるとまず場所の問題につき当たってしまうのです。本校ではいくら工夫したところで、もう、場所には少しの余地もない」というコメントがついている。しかし「犬小屋だか豚小屋だか判明しかねるバラック」であっても、女子の部室となると面妖で、羽目板の隙間からその中を覗き見する不届者は後を断たなかった。

□

「南高新聞」の右の記事にもあるように、私たち四期の柔道部員は大世帯であった。入学するとすぐクラブ勧誘のキャラバンが行われるのであるが、三年生（二期生）で生徒会長をしていた小川肇さんが一年生の教室を巡り、強力に勧誘をしたせいもあって、柔道部の入部者は何と三十人を超えた。

ひと通り受身を教わると「投げられ投げられ強くなる」とばかり上級生が一年生に乱取りの対手をつとめさせ、思う存分（?）投げ飛ばす。初めのうちは、トイレでしゃがみ込むや、今度は立てなくなる程、足腰が痛んだものである。

夏休みには朝稽古が行われた。私は当時南区中島町に住んでおり、朝六時過ぎに起き出して市電の「通町一丁目」から十系統（桜木町行き）か一系統（六角橋行き）の電車に乗り、尾上町で五系統（間門行き）か二、四、七系統の電車に乗り換えて行くのである。電車賃は十円程であったろうか。午前七時頃からの稽古で、よく覚えていないが昼頃までダラダラと学校にいたようである。先輩が小遣いを出してくれ、一年生に氷と花林糖を買いに行かせる。氷は鋸で一貫目に挽いてもらい、荒縄で縛って学校まで持ち帰り、屋外の手洗（足洗）場でそこらに落ちている石でかち割りにして食う。氷に黒糖花林糖の組み合わせとは凄いものだが、よく腹を壊さなかったものだと思う。

十二月に生徒会の選挙があり、私は一年生が就任する副会長に当選し、以後生徒会と柔道部の両方を経験することになる。それに夏以降は書道部の部長をムリに引受けさせられたものだから、稽古は他の部員に比べイマイチであり、なかんずく、中学時代から町道場に通っていた同輩との間にはかなり水をあけられていた。

三学期に入ってからだったたか、稽古熱心であると先輩が認めた新入部員が、十名程だったろうか、茶帯を貰った。一級というわけである。極めて熱心という程ではなかったが私も頂戴した。たしかそのあとの茶話会のような席だったと思うが、茶道部の三年生女子部員が家庭科の調理室を用いて汁粉を作って振舞ってくれた。柔道部は茶道部の需めに応じて畳を貸す慣わしで(それも三階まで運んでやるのだ)、仲が良かったのである。茶道部との交流は私どもが卒業するまで続いた。

□

風紀委員という制度があった。各クラスから何人かが指名され、私も一年生のときその一人であったが、在校生の非行を取締まるのも役目の一つで、南高新聞には「学校側のイヌ」として批判する記事が掲載されたりもした。そうした役目柄昼休みには中華街へ先生と共にパトロールして喫茶店に入り込んでいる生徒を補導する下働き(岡っ引き?)をするのであった。しかし何と補導された中には柔道部の先輩もいるではないか。

余談にわたるが、当時は戦争が終わって間がないともいえないが、今ほど遠くにはなっていない時代であったから、軍隊式の慣行も行われていた。風紀委員は旧軍の週番下士官よろしく白地に赤線の入った腕章を着け、毎週月曜日に行われる朝礼の際には体育館に全校生徒を入場させ号令を以て整頓と退場を指揮したり、教室の掃除（生徒が行うのである）についてＡＢＣの評価なども行った。私も副会長になってから、海軍式の号令が滅茶苦茶上手だった阿部紘さん（二期）のあとを襲って号令の役目を負わされた。予科練帰りの先生もおられ、その一人である廣瀬和夫先生（英語科）は風紀委員の受持ちで放課後などに面白半分だか本気だったのか、海軍式の敬礼や正しい「気ヲ付ケ」の動作を私どもに教え込んだり、海軍の九三式練習機（所謂赤とんぼ）だか練習用の水偵だかの前で飛行服を着て撮った写真を見せてくれたりもした。

□

既述した「南高新聞」のことに関連して余談。

昭和三十年代は学校新聞が全国的に花盛りの時代であった。また広く文芸誌（文集・詩集の類）が高校の中で編まれた「文芸の時代」でもあった。文芸誌については旺文社が全国文芸誌コンクールを行っており、生徒会誌「青垣」（第一号は「阿越可起」と称する文芸誌であり、第二号から生徒会誌となった）は、昭和三十三年度号（第三号）が参加千二百二十三誌中第四位に、三十四年度号（第四号）は、九八〇誌中第三位に、三十五年度号（第五号）は第一位に入賞し、また、詩集「道」は三十五年に四位に入賞した。ついでに言えば当時は学級新聞がブームを巻き起こしており、学年を問わず各ホームから特色のある新聞が発行された。

□

中学時代から町道場に通っていた部員の中には一年生で初段に合格する者もいたが、多くは二年生になると初段の審査を受けるよう勧められる。当時柔道の昇段審査は、横浜スタジアムの前身である「平和球場」（それ以前は米軍が管理しており、ゲーリッグ球場といった）の半地下の道場で行われ、たしか月に一度審査会を催していた。低段位の場合、累積して五人以上抜くと昇段できたようで、私は二度受審し、累計して七人を抜いて合格した。残念ながら免許状をなくしてしまったので何月のことだかは思い出せないが、金糸で「南高柔道部」と刺繍した黒帯を柔道部から貰った感激は今も記憶に

〔第２図〕「青垣」第５号

残っている。

□

生徒会の規約が改正されて七月に生徒会正副会長選挙が行われ、私は会長に当選した。当選の感想を聞かれて、私は「……（学校側に対抗するため）評議会権力の拡大を目指す。それと共に総務（注、生徒会執行部のこと）の力を指導的方向へ持ってゆく」等と生意気なことを述べている（南高新聞昭三十三・七・十九）。後に一九六〇（昭和三十五）年に、所謂「六〇年安保」反対の闘争が全学連によって展開され、私も大学に入った年にこの中に巻き込まれるのであるが、そうした力のもとはすでに昭和三十年代初頭に蓄えられており、ひそかに高校生にも影響を及ぼし、当時の生徒会役員や新聞部員など、その面で早熟な生徒たちは確たる思想は持っていないにしても、反権力的雰囲気に染まって微熱が出たような状態だったのである。何かといえば「学校側」と「生徒側」という言葉を好んで使った。どこの高校からであったかは忘れたが「連帯」の呼びかけが南高生徒会にもあった。しかしこれは受入れ側の未熟さもあって「学校側」のやんわりとした牽制にあってたちまち立ち消えになった。

生徒会には運動部の部室のような掘立小屋が「生徒会室」としてあてがわれており、放課後は殆どここに詰め切りとなったため、次第に柔道部の稽古には身が入らなくなった。

□

それでも先輩とは有難いもので、夏（だったと思う）に行われた横浜市立高等学校柔道大会の団体戦の部に出場を許された。三年生と二年生の混成チームの次鋒を務めさせてもらい、南高チームは優勝することができた。私の成績は二勝二敗で四回出たから、十六校が参加したのであろうか。決勝戦の試合中に杉村智也さん（部長で三期）が「油断するな」と連呼して励ましてくれたのを覚えている。

このあと南区の六ッ川町にあった「六ッ川荘」という貸席でささやかな祝賀会が行われ、一期二期の先輩達も駆けつけてくれたが、なんと一升壜を携えておられ、私ども高校生もお相伴にあずかった。今なら不祥事扱いされるだろうが、顧問の先生（その頃には既に大森新一先生に代わっておられたと思う）も交えて大らかに盛り上がった。当時はそんな時代だったのである。

外部の柔道部とも稽古を行った。市立桜ヶ丘高、県立平沼高、県立横浜商工高などであり、吉野町にあった寿警察（いまは南警察となって弘明寺に移った）、山下町の加賀町警察、笹下の横浜刑務所などの道場に出掛けて稽古をつけてもらったこともある。

二学期には三年生は引退し、幹部は二年生に引き継がれる。一年生のときは三十人を超えた同期の部員は一人減り二人減りして十数人になっていた。私どもの年代の部長は宇田武司君、副部長は西田満克君と室道行君であった。私は経理担当兼マネージャーを仰せ付かり部費の出納を預かった。野球部の配賦予算が五万八千五百円を超えるとかで羨んだ記憶があるが、柔道部の予算は二万六千五百円であった（前出「青垣」五号）。因みに部員から徴する部費は月額五十円であった。

□

以下新校舎の思い出を書く。

横浜市は昭和三十一年十二月、新校舎の建設のため敷地約一万三千坪、翌年にはグラウ

〔第３図〕 新校舎
約13,000坪の敷地に建物はこれだけが建っていた。

ンド用地として約四千坪を取得し、昭和三十二年には、鍬入式が行われた。用地一帯は丘陵地で起伏に富み、整地は難工事が予想されたが、当時横浜に駐留していたアメリカ陸軍の工兵大隊（であろうか）が、ブルドーザーやグレーザー等の機械を持ち込んで無償で施工してくれたと聞く。

昭和三十三年七月、地鎮祭が挙行され、同月横浜市議会は第一期工事分として二千九百八十万円の予算を可決した。校舎の建設は三木組（東京）が請負い、昭和三十四年三月二十六日にその工事が完成した。第一期工事によって建てられた校舎は鉄筋鉄骨造の二階建一棟のみであって（〔第3図〕参照）、広大な敷地に照らすとあたかも卓袱台《ちゃぶだい》に羊羹を一棹載せたような按配であった。

昭和三十四年四月の新学期から私ども四期生と五期生が、三年生と二年生に進級すると同時に新校舎に登校することになり、一年生は山下町の旧校舎（山下分校）に残された。新校舎は高台にあるため風のある日は土ぼこりが舞い、雨の日は地面はぬかるみ、前日が雨天だと翌日にはゴム長靴を履いて登校する方がよいという有様。京急上大岡駅からバスが運行されるようになるのは私どもが卒業してずっと後のことで、登校時は行列をなして徒歩で坂を登った。おしゃれ盛りの女子生徒の中には雨上がりの翌日でも、足下を気にしながら革靴で登下校する者もいた。

校舎敷地の一段下にあるグラウンドから舞い上がる風を防ぐため、ユーカリの若木が先生や生物部の生徒によって植えられたが、その効果があらわれるまでには数年を要した。周囲は農地・山林で農家もいくらかあり、道路と谷を挟んで校舎の向かいにある農家で飼っている鶏の鳴き声も聞こえたり、グラウンドの更に下のあたりには蝮が出るため、立入り禁止となる等、まことにのどかな新校舎ではあった。

□

右のような事情で一年生は山下町にいたから、クラブ活動や生徒会活動は大変であった。柔道部もその例外ではなく、当番を決めて下校するとすぐに京急で日の出町まで出て市電に乗り換え、山下町の体育館へ稽古をつけに行くのである。

その年の夏に待望の柔道場が建築された。木造の建物（もちろん平屋建）で柔道場は五十畳、半分は床張りにしてあって卓球部が使用し、道場の脇には弓道部の射場が付属していた。何でも副校長の山崎先生が、解体された市内の中学校の廃材を調達したのだそうで、お世辞にも立派とは言いかねたが、それでも山崎先生が「無心」と揮毫された額を掲げた道場は我々にはとても嬉しく、九月に入って当時東京教育大の学生であり、後に五輪選手となる猪熊五段（当時）と竹内四段（当時）の「先生」を招いて道場開きを行った。

どういうわけか南高新校舎の横手には横浜市のゴミ集積場が残されており、ゴミの山から無数の蝿が飛んで来るのには閉口した。各教室には蝿叩きが備えられ、新聞にも報道された。記者の取材に応じた国語科の小島敏雍先生は「口に蝿が飛び込むのは日常のこと」などとコメントし、まさかとは思うが萬更の作りごとでもなさそうな（実見した先生もおられる由）状況であった。柔道場には噴霧器で蝿殺しの薬剤を散布するのが毎日のきまりであったが、雨の日の翌朝に、鍵を開けてタタキに入ると死んだ蝿が畳一面に、それこそ黒い敷物を敷いたように転がっているのには慄然とした。

□

新道場に移ってからの快挙は第二回神奈川県高校体重別団体柔道大会において常勝日大高、日大藤沢高、等を破って優勝したことである。大将をつとめた西田満克氏（四期）は当時を次のように振り返る（「ああ青春の血は燃えて」（追記参照）による）。

勿論力はあったのだろうし、たまたま軽量から重量級まで粒がそろっていたこともあったのだが、まさか優勝までは考えていなかった。当然優勝旗と賞状を手にしたのだが付き添いの先生もおらず、どうしていいのかわからないのでその日は家（注：一年生だった加藤博氏の家）に持ち帰り、翌日とりあえず学校に持っていった。それからが大変、特に黒沢学校長が大喜びで、全校生徒の集まる朝礼で学校長自ら私たちを壇上に上げて栄誉を讃えてくれた。

□

南高校では多分創立の頃から既にフォークダンスが体育の時間や生徒会の行事として行われ、「南高名物」となっていた。体育祭の時にもプログラムに組み入れられていてもおかしくなさそうであるが、それはよく覚えていない。私の最も記憶に残っているのは新校舎に移転し、どこの学年であったか、同時刻に体育の授業を受けることになっていた男女混成のクラス（男子のみのクラス、女子のみのクラス、男女混成のクラスがあり、私の三年四組は混成組であった）の何箇かのクラスが合同して行ったフォークダンスのことである。

既述した南高音頭に、

南高よいとこ一度はおいで
ダブルのスーツに六つボタン
ソレ輝く眸は十字星
一寸素敵じゃないかいな

とある。女子生徒が着るスーツの下はジャンパースカートで、育ち盛りの胸の膨らみ（そうでない女生徒も多かったのだが）と、握りあう手の感触を誰でも憶えておいでのことと思うが、柔道部員となるとそのメンタリティは複雑である。俺たちは硬派、武闘派じゃないか、女の子とダンスするなんてチャンチャラおかしいという気持ちと、やっぱり踊りたいなぁ、という気持ちとの葛籐を解決できずに、柔道場へ避難し（?・）、膝を抱えて黙然と一時限を過ごした部員が何名もいた。もちろんこれは怠業であるから摘発され、職員室か何処かの前に立たされるという「晒し」の処罰を受けた。

□

澄みて雲なき蒼空を
よぎりて走る山なみや
千秋清き雪の色
茜《あかね》に白く映ゆるかな
自然の芸術《たくみ》愛しつつ
秀麗の校庭《にわ》に集いなむ
ああ花薫る地を占めて

南が丘にそそりたつ
母校の名こそ豊かなれ

という校歌は黒沢信吾（学校長）作詞ということになっている。「なっている」と言ったのは、一寸したわけがある。黒沢先生の倅さんが下地を作り黒沢先生が完成させた歌詞が、いくつかの応募された中で優秀作として選ばれた。選定と補作は国語科の先生方が行ったと聞く。これに作曲家の別宮貞雄氏が曲をつけた。途中で転調するこの曲は、作曲者自ら認めるように唄うには難しいのであるが、作曲者から当初プレゼンされた曲はマーチ風味がきつく「桃太郎」の歌のようだと、依頼者である南高側が受領を謝絶し、プライドが傷ついたかどうか、作曲者は、一転して上品だが難しい曲にしたとか。今となっては真偽の程は判らない。

この校歌の制定をめぐって生徒会と学校側との間に一悶着があった。校歌の制定に生徒の意見が取り入れられていないということと、学校側が生徒の「自主性」を重んじていないなどと、およそ大したことはなかったに相違ないが、「学校側」と「生徒会側」との間には緊張が生じ、十二月の生徒総会は「学校側」の弁明を聞こうということになって大荒れの集会となった。このことについては後述する。

□

七月に生徒会長の任期が満了し、柔道部の幹部も交代した。これを以て私の「高校時代」と呼べる生活は終わった。あとには大学入試の受験勉強が残された。お読みいただいてお判りのように私のそれまで二年半の高校生活は殆ど生徒会とクラブ活動に塗り潰されていた。おまけに、二年生であった年の暮頃からは落語同好会の立ち上げに関わり、三年生になった年の夏に小島敏雍先生に顧問をお願いしてこれが落語研究部となり、私も高座に上ったりなどして（当時皆いっぱしの落語家を気取って芸名をつけていた。因みに私のそれは「三狂亭駄楽」である）、およそ学習塾などには縁がなく――もっとも当時の多くの高校生にとっても学習塾は縁が薄かったが、夏休みの前に英語科の木村先生から、「君の英語の成績では入試科目に英語のない大学にしか入れない」と宣告され、当時行われていた二年・三年合同の日本史の模試で二年生のときに上位の成績を収め、いい気になっていた私もさすがに暗澹とした気持ちになった。最戸《さいど》から別所に通ずる山道の叢に仰向けに寝転んで長嘆息したのを覚えている。

それ以後は焦りまくって英語ばかり勉強するようになったが、余りの出来の悪さに、自信のあった国語まで怪しくなり、気息奄奄として受験した中央大学法学部に運よく合格できた次第。「柔道で鍛えたスタミナが役立った」などと言えば格好が良いのであろうが、受験勉強のための寝不足で柔道部の送別試合では四分間、対手の稽古着にぶら下がっているのがやっとの思いで、三学年後半の生活には余り良い思い出は残っていない。

□

三年生の二学期末、その年の第二回生徒総会が山下分校の体育館で開催された。当時、時代の雰囲気にも影響されてか「学校側」と「生徒側」との間に微妙な対立があったことは上に書いた。そのような鬱憤がたまって、私をはじめ六名の三年生（いずれも前生徒会執行部）が、それぞれ所属するクラス（四組と七組）を引摺って、学校側に対し生徒の自主性を求め、あわせて校歌の選定過程の不透明さを問責し、今後このような場合には、生徒の意思を尊重すべきこと、各教室に電灯の不自由がないようにすること、校長室のみの電化に対する質問などを内容とする決議案を提出した。この総会は生徒会顧問をはじめ数名の先生に、回答のためと称して出席を求め、議案提案者の応援に柔道部員まで引っ張り出してヤジを飛ばさせたりして行われた「アジ総会」に終始した。総会の経過を冷めた目で見ていた先生や下級生から、後に生徒会誌「青垣」誌上で「寒い総会」などと、批判を喰う羽目になった。「青春の爆発」であったが、身勝手で思い上りも甚だしい振舞いであった。今になって回顧しても後味の悪い思いがする。先生方には子供じみた集会によくぞ真面目に向かい合っていただいたものだと忸怩たる思いがしている。

□

南高に入学した昭和三十二年から算えると四十九年が経つ。いま私は弁護士をしているが、弁護士になってからも早や四十年目を迎える。文中に誌した先生方の何人かは物故された。往事は茫々としてとりとめないが、とつおいつ、湧き出る記憶をたどってみると何もかもが懐かしく、延々と駄文を書き連ねる仕儀と相成った。

南高が益々発展することを祈念して擱筆。

（注）　南高が発足したいきさつは複雑だった。

昭和二十八年に市立横浜商業高校へ入学した普通科の生徒は、校舎が狭いため、中区羽衣町の吉田中学校舎に移った。これが横浜商業高校の吉田分校だが、翌年普通科が廃止となったため、独立して全日制普通科の市立港高校が生まれた。ほどなく校名を南高校と改称し、三十年に中華街そばの中区山下町の市立港商業高校（定時制）内に移転した（東京タイムズ、昭五十五・四・五）。

＊

なお南高校は、平成二十二年横浜市教育委員会から「横浜市立中高一貫教育校」に指定された。一貫校設置の目的は「中高一貫による六年間の安定した環境の中で計画的、継続的な教育活動を展開し、横浜はもとより国際社会で活躍する志の高いリーダーとなる人材の育成を目指す」ことにあり、平成二十四年に中学校を附属せしめ、附属中学からの一期生が平成二十七年に南高校に入学した。

*

追記　本稿は南高柔道部五十周年記念誌『ああ青春の血は燃えて』（平成十五年六月刊）に投稿したものに加除訂正を施したものである。

愉快な仲間たち
――横浜南高校落研始末

（平成十一年一月一日「旧LITS」13号）


「部長がカラオケ行こうってさ」

「いやだね部長のカラオケ。まるで寝床だからね」

とか、

「大将、寿司ネタは玉（ぎょく）の出来でよしあしが判るってね」

「玉（ぎょく）握るんですか」

「そんなものは食わない。長屋の花見。たくわん切って。尾尻の方」

あるいは、

「どうもあいつの言うことはよく判んないね。屁理屈だねまるで」

「あいつはやかんだから」

こんな冗談を言ってもすぐ通ずる楽しい会が昨年十一月二十二日にあった。横浜市立南高等学校――私の母校である――の、落語研究部ＯＢ会の創部四十周年記念の総会兼懇親会が横浜の野毛で開かれた。学校は新制高校で当時はまだ新しく、私は四期生、卒業は昭和三十五年である。私が二年生の年の暮頃だったかと思う。一学年上の森靖博さん（現高島屋）と、同期の斎藤斉男君（現横浜信金）、それに私が、一期下の五人の仲間たちに乗せられて創立を発起し紆余曲折のあげく三十四年に部が創設された。

部員たちはみないっぱしの芸人を気取って「古本亭貧生」だの「二升家おかづ」だの「伊達家酔狂」だのという芸名を勝手にこしらえて、職員室の先生方の失笑（はたまた嘲笑？）をかったのであったが、市を通じて保土ヶ谷の養老院などを慰問したり、年数回の寄席（南寄席という）を校内で催したりした。

放送部が昼休みに放送寄席を企画し、そのとき私は臆面もなくはじめてテープへ吹き込みというものをやった。休み時間に自分の声が校内に流れたときは脇の下がくすぐったかったのを覚えている。私の芸名は「三狂亭駄楽」という。演目は「笠碁」だった。いっぱしのタレントだったのである。

私たちはそのまま高校を卒業して、時々ＯＢ会を開いたり、とくに前触れもなく気の合う者が寄集ったときは居酒屋で、いまＴＶでやっている「笑点」の大喜利の真似をして折込み都々逸だの駄洒落を言って笑い合ったものである（そういえばもうその頃「笑点」という番組はあったかどうか。もしあったとすれば司会者は立川談志師匠だったろう）。

以後、落研は順調に発展している噂を聞いたり、ＯＢ会で活動の様子が報告されたりしていたのであるが、昭和五十七年入学の二十九期生が入部したのを最後に、以後落研への新入生を迎えることができず、創部二十五年にして廃部となった。

そういうわけで、いま母校に落語研究部は存在しない。したがって今回の通知（二十二期生の荻原正雄君（現横浜市職員）が出してくれた）にあるように、「生誕四十周年」と「十三回忌の追善供養」の会になったのである。

落研が廃部になるまで「芸の同人」は九十九名（二十一名の女性部員を含む）を数え、部の歴代の顧問六名（うち二名の先生が物故）、特別会員一名がわが南高落研ＯＢ会の総勢である。今後ＯＢ会員が増える見込はない。うち約四十名が部の「追善」に訪れた。廃部になってかわいそうなのは二十九期生で、いつまでたっても新入扱いである。ところが、流石といおうか変幻自在、融通無礙、何と当日のゲストを特別会員にしてしまったのである。
当日のゲストは神田小松さんという女流講釈師（補註：いまでは神田阿久鯉先生）。この方は落研が廃部になった翌年、わが南高に入学した三十期生なのである。神田一門の松鯉先生のお弟子さんで、ＴＶでおなじみの神田紅、紫、陽子各先生の（芸筋上の）姪という方である。神田一門定番の鉢の木に材をとった出し物を名調子で演じたあと、幹事が満場一致だとして特別会員に推薦したのである。小松さんも驚いただろうが、私ども年寄連中もこれにはびっくり。小松さんには、いやな顔もせずお引受けいただいて有難う。

特別会員といえばもう一人異色の人物がいる。米山潔さんといい、今は東京ガスマップセンターに勤めておられる。五十にして初めて三遊亭円橘師匠の芸に触れ、落語にのめり込んだという珍しい方である。以来円橘師匠の大ファンとなり、落研ＯＢ会とタイアップして横浜で二度師匠の口演会を開いた。その功を認められて？特別会員に推薦されたが、五期生というシニアであり、此度の小松さんとは趣を異にする。

「追善供養の会」は吉例の三本締めで型通り（でもないか）お開き、半分以上がカラオケスナックへ。おきまりの「寝床カラオケ」を唱いまくるものもいて、爆笑と野次で大いに盛り上がった。そのあと先達役の森さんを先頭に、時あたかも酉の市ということで、横浜橋の大鷲神社へ繰り出したものも二、三には止まらなかったという。

この森さんという方は高島屋にお勤めで、私が高校卒業して間もない頃、横浜高島屋のフロアーでお会いした時、

「売場はどちらで？」

「金物売場。オレは堅いから」

と仰言る、本当はやわらかい方。趣味の一つとして千社札を書いておられる。「追善供

〔第１図〕「駄楽」の千社札

養の会」の前にお目にかかった折、森さん行きつけのスナックへ連れて行っていただいた。その店の壁は千社札でいっぱい。

「全部オレが書いたんだ」

およそ百枚位あったろうか。そのお店で知り合ったお客様の名をデザインしたものだそうだ。調子よく「私にも一枚」と申し上げておいたところ「追善供養の会」にお持ち下さった。それがこの紙面に載せた私の千社札（といっても現物はケント紙に書かれ、ていねいにラミネート加工した立派なもの）である（〔第1図〕）。

妄言多謝。

逆さまの世界地図と地球儀

徳川という「くに」
――地方分権と中央集権と

（平成六年十月二十八日「ＢＡＡＢ」25号）

徳川国家の「中央集権性」

ものの本によっては徳川時代は中央集権であったと書いてあるが、そこにいう中央集権性とはどんなものであったのだろうか。この問題がまず私の関心を惹く。

周知のとおり徳川家は戦国大名のチャンピオンであったが、徳川家康が、慶長八（一六〇三）年に幕府を開いたときは、もちろん武力を背景にしつつも、全国の大名とトーナメント戦を戦って勝利したのではなく、いわば戦国大名の盟主のような形で政権の座についており、統治の方法も幕藩体制をとっている。織田信長がもう少し長く生きていたら様子は余程違っていたかもしれぬ。信長は室町体制ないし中世的な権威（宗教的権威を含む）を根こそぎ倒し、ひょっとすると天皇と並びたつ地位につこうと思っていたと言われるくらいであるから、あと十年位長命であったとしたら、西洋における絶対王制のようなものを作ったかもしれないのである。しかし、徳川家康はそういうやり方をしていない。家康という人はライバルだった信長に対しては反感を持っており、また脆弱のうちに終わった豊臣政権については他山の石として学ぶところがあったと思うのである。

徳川幕府の徴税

ところで、徳川開幕当時、まだ大坂には豊臣家が残っていて、準戦時体制下にあったから不可能だったのかもしれないが、徳川幕府は領地を安堵《あんど》した大名から直接租税を取り立てることをしなかった。あるいは当時日本はゴールドラッシュの時代でもあり、徳川家は豊臣政権から金山をはじめとする鉱山を押収していたから、財政的には安泰だと思ったのか、租税徴収権を各大名に対して行使することを原則としてしなかった（八代将軍吉宗の時代には参勤交代の緩和と引換えに大名から、祿高一万石につき百石の米を徴収したが「恥入る次第」としている）。各大名に対し、領内の土地支配権とともに租税徴収権を分け与え、その内政は大名領（藩）の自治に委ねる形式を採用した。幕末における藩の数は約二百七十であるから、このくらいの数の小国家が日本にあったことになるが、各藩は内政的には独立して藩内の領民を支配し、自前で統治（このうちにはいまでいう行政と司法とが一体となっている）を行なっていた。しかし、このように国税のない地方自治というか、連邦税のない連邦国家のような安閑とした財政政策は、徳川幕府を幕末に至るまで苦しませ続けることになる。

幕府の財政

それでは、幕府の財政はどのようにして成り立っていたのか。徳川家は大名に領土を与えたが、直轄領を各地に残していた。直轄領とは大和、倉敷、日田、佐渡、長崎、高山、下田といった有名なものを含め、全部で四百万～四百五十万石（旗本の知行地を除く）に上るといわれる天領がこれにあたる。天領は開幕当時からそうであったものもあり、大名が改易されたことによって生じたものもあり、また、その石高もまちまちである。例えば能登（石川県）には六十八ケ村の天領があったがそのうちの黒川村（現在鳳至郡柳田村字黒川）のように田畑屋敷百三十九石余、新田三十六石余という小規模のものもあるが、大づかみにして一地域数万石から十万石に分かれて全国に分布していた。これらの土地は代官（幕府の任命する地方官）支配地であり、代官の下に置かれたせいぜい十～二十人から成る手代等の配下が領内から年貢（米）を取り立てて、これを換金して幕府の歳入としたのである（もっとも天領は代官支配地であったといっても代官の数は四十〜五十人といわれており、さきに述べた黒川村のように小さい天領にまで悉く代官が置かれていたわけではない。黒川村は飛騨の高山代官所の支配を受けつつ、天領庄屋が実務を執行していた）。ところで、江戸の中期において全国における米の生産高は三千万石（一説によれば七千〜八千万石）程度と言われているから、四公六民としてその大半が大名領における財源となっていたことになる。

商流に着目しなかった課税方式

当時のこうした課税の仕方はいま考えると実に奇妙なことといわなければならない。農産物である米に対する課税に傾き過ぎている……。そう思う。それは大名領とて同じである。十七世紀になると貨幣経済がすすみ、物流が盛んになるが、交易に伴なう税は徴収しない。例えばA藩の商人がB藩の商人に物を売るとする。この〝inter-states〟（藩にまたがる位の意）ともいうべき取引に、A藩もB藩も又幕府も税の源泉として着目していない。また江戸の町人が労役の供出を求められることはあっても（国役・公役という）、個人として住民税を払うなどのことは耳にしない。要するに幕府も藩も土地から生産される米についてのみ課税の対象としていた（同じ第一次産業である漁業や林業についてはどうだったのか。また各地の特産品（第二次産業）は、たんに献上品位の扱いだったのか。どなたかご教示いただきたいところである）。いずれにせよ徳川家は終始農業国家の体質を強く持っていたといえるのであり、この、米に対する執着は、現在にも残っているようで、してみると我国にはいまも農本体制の影を引き摺っているのかもしれない。

もっとも商人の組合である座や会所のようなものについては、運上金とか冥加金の名目で課税が行われた。たとえば幕府は田沼意次の時代に私娼の会所から運上金を取ると言ったしみったれたことまでしておりながら、巨利を博している商人個人からは今日の所得税や法人税のようなものをとっていない。政治は士大夫たる武士が施す恩恵であって、恩恵を受ける対象から「直接税」をとることは潔しとしなかったのかどうか。それでいて大名などは民間の商人（貨幣経済が発達すると、米を換金する必要が生まれ、両替商から発展した金融機関が生まれる）から金を借りたり、また、幕府は策に窮して度々貨幣の改鋳をやって利をあげていたりしている……。徳川の財政にはこのように今から考えるとわけのわからないところがある。

広域行政

大名領における財政は藩当局によって行われ、各地の行政はこれによってまかなわれていたといっても、河川や治水対策、灌漑、広域災害対策（富士山や浅間山の噴火災害など）など、藩を超えた行政サービスはどうなっていたのであろうか。

これは公のことなのだから、大名に負担させるのが当然と考えていたようで、「御手伝普請」といわれるものがこれである。例えば、濃尾デルタ地帯における「美濃・伊勢・尾張川の普請」というものがある。この工事は難工事で百四十年もの間、継続事業として幕末に至るまで続けられ、その間に十六回、七十一藩が動員されている。薩摩藩の場合で言うと、この藩は宝暦三（一七五三）年に動員を受けており、このとき三十万両を銀主（関西の大名相手の金融業者）から借入れたため、年来の赤字と加えて百万両もの累積赤字を抱えることになったといわれている。こうした大名に対する公役の賦課は枚挙にいとまがない。

大名に対する統制

大名の領内支配については租税の徴収を含めて大名の自由にさせるということを述べた

が、これは実は大変なことである。自由にさせていたままでは、いつ寝返られるかわかったものではない、と幕府は考えた。そこで譜代・親藩・外様の各種別の大名をモザイクのように配置し、物故した藩主に相続人がいない場合や怪しい動きをする藩は改易して取り潰す、参勤（覲）交代の制度を作って大名の家族を人質にとる、また公役に莫大な費用を使わせて大名を疲弊させる。城郭や橋梁の建設を禁止・制限する等々、幕府は政権を安定させるためさまざまな策を講じた。

幕府と軍事力

こうした政権維持の方策の中に軍事力の行使が組み込まれていないのが徳川という国の一大特色である。徳川幕府は軍事政権として成立していながら元和元（一六一五）年に豊臣氏が滅びると、その翌元和二年（この年徳川家康歿）には外に対して鎖国し、内に対しては「元和偃武」と称して、非軍事政策（文治政策）を徹底して推し進めた。寛永十五（一六三八）年に島原の乱がおきたが、その討伐を最後に幕府による大規模な軍事作戦は、幕末である元治元（一八六四）年の長州征伐に至るまではない。徳川という「くに」はそういった国であった。徳川時代の軍事のあり方は、平時になったから軍隊を縮小し、兵を家郷に帰すという程度のことではなく、軍事政権であることをやめてしまったような感がある。ただし、幕府の組織は全体としてみると軍の編制を幕末まで解いていない。

大名も同じである。

そのようなわけで、当時の我が国は西洋における連邦ではないにしても、一部はそれに似ているところを持っている国でありながら、中央政府である幕府は直轄軍（王軍）を持っていない。地方政権である藩領に幕府軍が駐箚していたわけではないし、江戸に大軍を養っていたわけでもない。「旗本八万騎」を定期的に召集して軍事演習を催していたなどという話は聞いたことがない。直轄軍を養おうにも国庫に金が少ないからできるわけがない。

要するに、徳川国家は富国強兵政策を用いる「強い国家」ではなく、穏やかな国であったといえる。

兵器開発の停止

それでは国内の治安維持はどうしていたかというと、各藩が供出する藩兵を以て反乱軍を討つ仕組みになっていた。考えてみると室町政権もそのようであった。事実、島原の乱はそのようにして鎮圧したが、長州征伐は同じように行なって失敗した。幕府のタガの強さが違っていたのである。

いずれにせよ、幕府は中央政権として備えなければならない中央常備軍を持たず、地方政権の相互監視の中で政権を維持しようとしたから、兵器の開発なども各大名にしてもらっては困る、というわけで銃砲・火器の開発を禁じ、そのため二百六十年に亘って、我国の兵器研究はストップする。世界史にも珍しい現象ではないかと思う。そのため、戊辰戦争は幕府軍の側も官軍の側も、輸入兵器と輸入兵制を用いたにわか造りの軍隊を用いて戦われた。また船舶についていえば、軍艦も含めて一本マストで龍骨（キール）なしの、安定性が悪く、積載量が少ないものに制限した。このように徳川幕府の文治政策は徹底しており、その動機が徳川家の安泰を願う気持ちに由来しているとしても、我国は二百六十年にわたる非軍事の歴史を持っているのであり、タガのはずれたような昭和国家における行き過ぎを以て、我が国民性であるが如く観察し、日本人が凶悪だとか獰猛だとかいって自虐するのは誤っているといえよう。

参勤交代の波及効

さて、内国統治の柱をなしていた参勤交代制度は実に巧妙な制度である。この点は徳川政権の中央集権的な性格を表わしている。遠隔地にある薩摩藩などは最も重い財政負担を強いられ、十八世紀の中ごろにおいて旅費だけで毎年片道一万五千両かかったといわれている。これに加えて江戸に常勤する外交官の費用や隔年江戸に出府し滞在するための生活費がかかるわけであるから、およそ十万両程度の歳入にとどまっていた薩摩藩の台所に参勤交代がおよぼした影響は推して知るべしである。

しかし、反面において参勤交代は道中に金をバラまくことになるわけで、沿道にある陸運・海運・土木・通信・旅館・飲食等々にたずさわる人々を潤おした。つまり、金が他領にバラまかれ、ある意味では地域振興に役立つ結果をもたらした。また、参勤交代制度はすべての大名が家臣と共に江戸に来参することを強制するから、江戸へ地方の文物が流入し、江戸において他の地方の文化と混淆し、これがさらに地方へと伝播されてゆくという影響をもたらした。

こうして、江戸の町は文化の「手形交換所」のような役割を果した。そして、江戸に滞在する武士たちによって江戸町人の経済も潤おうことになり、江戸の町の性格もこうして形づくられてゆく。たとえば江戸の町は独身男子が極めて多く、これが町のあり方に影響を与えたといわれているが、そのもとは参勤交代に一部を負うている。さらに江戸という町（大坂もそうだが）は、日本中の志ある人々が、剣道場や蘭学その他の洋学塾、医学塾を通じて知り合う機会を与え、こうして人々が思想の対立を超え、交流することができる都会になった。東京はこうした歴史をもっており、いまの東京一極集中は明治になってはじめて生まれたものではない。

徳川時代の教育と明治維新

徳川という国の文治指向主義は、人々を学術技芸を愛好する方向へと向かわせている。つまり鎖国により密閉された土地に文化が発酵したような状態になった。平和的な国の人々が求めるものは、いつの時代においても健康と教育と娯楽である。

明治維新が成功した原因は、封建制から資本主義へと歴史が必然的に流れたなどという風に教条的に考えられるべきではなく、人々の教育水準が高く、日本の文化が平気で資本主義を受入れられる程度に達していたことにある、と私は思っている。武士についていえば、江戸には聖堂（湯島）を頂点とする文事に関する教育コースがあり、武事（といっても白兵戦の訓練程度）については講武所を設け、また各藩には藩校があって子弟の教育を行なっていた。注目すべきは、武士以外の階級の子弟のためにも民営の寺子屋（江戸では手習師匠）が用意され、その数は全国で四万といわれていたことである（松本藩の池田町《まち》村（長野県北安曇郡・現池田町）には村立の「池田学問所」があった。珍しい例である）。ここでは七、八歳の子供を集め三〜四年位読み書きを教えており、教材である「庭訓往来」など御家流で書かれたものは、今日のおとなにとっても難しいものである。こうして我国の識字率は確たる統計はないにしても世界一になっていたことは想像に難くない。

学問も発達を遂げ、国学・漢学・天文学・地理学・植物学・博物学などが発達する。

例えば当時の地図の精密さは驚く程であり、また植物の細密画などを見るとすばらしい美しさである。数学についていえば和算の水準は優に現在の高等学校のそれを超え、天保十二（一八四二）年に岩手県大船渡市の根城八幡神社に掲げられた「算額」の問題は一九八八年にスペインで行われた数学オリンピックの問題に採用されたといわれている（深川英俊『江戸の数学オリンピック』文芸春秋一九九二年三月号）。幕末における邦人士官候補生が初等軍事教養に必要な幾何・代数等の課程をたちまちのうちに理解したため、教授にあたった蘭人軍事教官が驚きの念をかくさなかったというエピソードもある。

あった。

重い国家　軽い国家

慶応三（一八六七）年に明治国家が細々ながら産声を上げる。哀れな程金のない国家であった。

徳川幕府から金を引き継ごうと目論んでいたのかもしれないが、徳川幕府は先に書いたとおり慢性的な財政難に苦しみ続けていたから、江戸城に大金があったとは思えない。

そこで、明治国家は新しく生まれた「国民」から直接租税を取り立て、「国民」に兵役の義務を課し、国民皆兵を基本とする帝国陸海軍を創設した。国民国家の誕生である。

江戸時代においては、幕府は直轄地を除いて人々を直接支配していない。幕府（徳川という国）は人々から直接に税を取り立てなかった。天領から年貢を徴収したのは、天領が幕府の穀倉であったからで、幕府が大名領の農民から直接徴税したというわけではない。

しかし明治国家は国民一人一人を対象として税金（「血税」）を課そうとしたから、「生血を抜かれる」と言っておののいた明治新国民がいたのも無理はない。

また幕府は武士以外の人々に兵役を課さなかった。幕末においても農民兵を徴募したのは長州藩の奇兵隊ぐらいなものである。だから、戊辰戦役という天下回天の戦いが行なわれたときも、清水次郎長とか黒駒の勝蔵といった博打うちは、戊辰戦争を横目で見ながら自分達の縄張り戦争に汲々としていることができた。そういうわけで、明治になって人々は兵役を課せられてさぞびっくりしたことであろう。従前とがらっと変わって、いままで意識したこともない「天子様」に一身を捧げなければならなくなったのだから。それゆえ人々にとっては明治国家の方が徳川の国に比べてよほど重い国家—比喩をたくましくすれば反動国家—だと感ぜられたにちがいない。

「国民国家」と「徳川国家」

思えば国民国家というものは重苦しいものである。繰り返しになるが、江戸の体制は、地方においては大名に地方自治をまかせ、江戸においては町年寄、名主、五人組といったものに自治の実権を割り当てている。人々は一定の団体による相互監視を受けていたとは言え、国の支配を直接受けることはなかった。それは相互監視も重苦しいものであろう。しかし、国と人々との間には国民国家に比べれば、未だ距離があった。明治になってからの話であるが、勝海舟は「地方自治などということは、珍しい名目のようだけれど徳川の地方政策は実に自治の実をあげたものだよ。名主といい、五人組といい、自身番といい、火の番といいみんな自治制度だからのう」と言っている（氷川清話）。これに対し国民国家というのは国が国民一人一人に干渉することにほかならない。

兵役、税制、選挙制度、教育、国民背番号制……みな、そうである。我々は権利の主体となる代わりに、国家からの重苦しい干渉を受けることを余儀なくされることになったのである。

兵役がなくなり明治憲法の体制に比べて軽い国家であるとはいえ、福祉国家を指向する今の日本も、別の意味で重い国家だと思う。けだし福祉国家を維持するためには、考え得るあらゆる税を国民に課して、国家財政を充実しなければならないからである。

＊

以上まとまりのない形になったが、要するに日本は過去において、徳川という、文治主義的な指向を持ち、ある意味では軽い国を持っていたということである。そういう徳川という国を過去に持つ日本人は、そう、やすやすと体質が変わるものではない（余談であるが、村山首相の言う「自然体型」リーダーシップは江戸スタイルの典型なのである）。

日本は、明治維新によって大きく変わったといわれているけれども、それはたかだか百三十年。日本がおかしくなったのは日露戦争が終わってからであるとすると、おかしかったのは昭和二十年まで僅々四十年である。しかし、いまを生きている我々は百年前のことは実見できない。日本が特におかしくなり始めた大正末期から終戦まで三十年か四十年のことが我々の胸に強く焼き付きすぎて、歴史を見る目が近視眼的になるのはやむをえない。お断わりしておくが、徳川国家へ帰れなどと申し上げるつもりは毛頭ない。変な時代であった昭和前半における日本人とか日本国を過大視することなく、日本という国が連綿と持ち続けてきた本来の姿を見直し、そのうえにたって日本という国を考える視野を持ちたいものである。

長崎海軍伝習所のこと

（平成九年六月五日「ＢＡＡＢ」33号）

□天保十三（一八四二）年、イギリスが阿片戦争で清国に勝利し、その勢力を更に東へと進め徳川日本に迫る気配を濃厚にしていることを察知したオランダは、弘化元（一八四四）年七月に国王ウィルレム二世の親翰「日本の安危に関する忠告書」を寄せ、嘉永五（一八五二）年六月には新任の長崎出島館長ドンケル・クルティウスをして第二の忠告書を持参せしめた。

□ドンケル・クルティウスは「別段風説書」なる書面を提出して、アメリカが既にペリー提督を日本に先遣した旨を予報し、併せて日蘭通商条約案を提案した。当時の長崎奉行水野筑後守（忠徳）は、クルティウスに対し、幕府は時勢に鑑み外国に軍艦や兵器を注文する旨の内意を伝え、乗って来た蘭船スームビング号艦長ファビユス中佐にこのことを伝え、多分に政治的配慮から中佐の滞在中に限り、日本人に海軍教育を施したらどうかと示唆した。中佐はこの旨を快諾し、やがてこのことが日本海軍建設の第一期をなすことになる。

□幕府はこれに応じ、小規模な教練を企画する一方、クルティウス商館長を通じてファビユス中佐に専門的な意見を聞くことになった。

このように日本海軍の創設は幕府自らが発起したものではなく、またオランダ国王やジャワ総督によって直接許可を受けずになされた、商館長の、多分に商才の働いた独自のはからいによったものであったことは興味深い。

□嘉永六（一八五三）年九月、幕府はアメリカによる圧力のもとに鎖国令を廃し、各藩に大船製造の許可を与えたが、その前年オランダに軍艦二隻を注文した。咸臨丸と朝陽丸である（ただし折柄欧州においては露土（トルコ）戦争が勃発していたので、この二隻の船が幕府に収納されたのは安政四年と安政五年のことであった）。

□ファビユス中佐は長崎滞在中の安政元（一八五四）年に長文の日本海軍建設に関する意見書を長崎奉行所に提出し、その後上記二隻の軍艦の注文書を携えてジャワ総督府に帰港して逐一報告をした。総督からの請訓を受けたオランダ政府もこれに同意を与え、スムービング号を日本に贈呈し、二隻の軍艦（咸臨丸と朝陽丸）を日本のために建造すること、海軍教練のためファビユス中佐を正式に日本に派遣することなどを決定した。
□ 中佐はスムービング号（受贈後に幕府軍艦観光丸と改名）を率いて軍艦ゲ・デールに搭乗し、長崎に帰った。そのときのスムービング号艦長はペルスライケン大尉といい、日本人に対する海軍教育の教育班長となった。
□ 幕府から長崎における海軍伝習を開始する命令は、長崎在勤の目付永井岩之丞（後に玄蕃頭）に対し安政二（一八五五）年七月に発せられた。達示によれば、贈呈を受けた軍艦（蒸気船とある）の「運用其外伝習の為遣候者共之指揮、掛引等、総ての進退取締方」を取扱わせる内容であった。伝習生の人選は浦賀奉行所を通じて達せられ、若年で人物手堅く、文学才力のある者か、砲術、蘭学、船舶の造製方法を心得るものの中から選抜すべきものとされた。
□ 選抜された者の代表格は永持享次郎（御勘定格御徒目付）、勝麟太郎（小普請組奥田主馬支配、後の勝海舟）、矢田堀景蔵（小十人頭贄善右衛門組内）であった。
八月七日、老中阿部正弘は上記三名を含む三十四名を長崎に派遣し、九月以降ペルスライケン大尉のもとで伝習を受けさせた。その第一期生は安政四年三月に伝習を終え、日本海軍最初の士官となった。

□　この後、幕府は安政の大獄を経て慶応三（一八六七）年大政奉還により滅亡に至るのであるが、このようにして生まれた日本海軍は明治政府に引き継がれ、昭和二十（一九四五）年まで歴史の流れの中に存在することになるのである。

〈参考文献〉　文倉平次郎『幕末軍艦咸臨丸』（名著刊行会、昭五四）

日露戦争のパワーゲーム

（平成十六年八月一日「LITS」4号）

はじめに

□ 今年（二〇〇四年）は日露戦争（一九〇四年～一九〇五年）の開戦から百年を経た。われわれは、ともすれば日露戦争を、日本とロシアの二国間の戦いであったように認識しがちであるが、この戦争には終始欧米列強が介在していた。それゆえ「日露戦争は単なる日本とロシア両国だけの戦争などではなく、それは韓国・満州をつつみこんだアジアの戦争であり、欧米列強が介在し、帝国主義国間の利害が、直接、かつ複雑に絡みあった一つの世界大戦であったと見なされる」との指摘がなされている（崔文衛『日露戦争の世界史』）。

□ この戦争は日本の大陸進出を決定づけ、歴史の大きな流れの中にみると、日米戦争の遠因ともなるべき重要なターニングポイントともみなされるべきものである。日露戦争百年を機にこの問題を瞥見してみようと思う。

朝鮮半島と満州をめぐる状況

□　一九世紀末おける中国（清帝国）は、グローバルな視点からみると西欧の帝国主義列強にとって最後の獲物であった。それまでの間に、列強はアフリカ、インド、オーストラリア、カナダ、中南米、大西洋、太平洋、インド洋上の島嶼を植民地化もしくは領有し、植民化を免れていたのは東アジアにある日本、中国（清帝国）、朝鮮半島、それにシャム（タイ）が加わる程度で、地球上のあらかたは西欧列強に食い尽くされた。食い残されたのは地理的にみれば中国（清帝国）およびそれに連なる朝鮮半島であり、また明治維新を経て、大陸に進出しようとする新興国日本であった。この地域にロシアが近接しているが、ロシアの南下政策はその民族性よるものともいうべきもので、もともと清のものであった沿海州を領有し、ウラジオストックに不凍港を獲得し（一八六〇年）、中国北東部（満州）へも入植を始めていた。

□　朝鮮半島についてみると、鎖国から開国への過程を経て、李王朝の衰退は韓国内に混乱を招き、反乱を機に守旧派は宗主国であった清国に頼り、革命派は新興日本を恃《たの》むことによって国内は分裂し、日清両国が両派のパトロンとなって日清戦争（一八九四〜一八九五）が戦われた。この戦争は敗戦国となった清国を衰弱させ、清国は朝鮮半島に対する支配力を失い、かつ、戦争を終結させた下関条約により課せられた賠償金（二億両）の支払能力もないことが露見した。日本は日清戦争に勝利した後、旅順・大連（遼東半島）の軍港を租借し、清国への進出にはずみをつけたが、この地域を好餌と狙う列強が黙って見ているわけもなかった。ロシア、フランス、ドイツの三国はいわゆる三国干渉を行なって日本の動きに猛烈に待ったをかける一方で、西欧列強は清国の疲弊に目をつけ、その唯一の財源である海関税を担保として清国に借款を与え、金融をもって清国政府を締めつけた。ロシアとフランス、ドイツとイギリスはそれぞれ同盟ないし連携して金融資本を動かし、内陸への進入のための要地を清国から租借し、ついで鉄道・鉱山など次々に利権を獲得していった。

□ 帝国主義後発国ではあったが他の列強に先んじて清国分割に踏み出したドイツは、膠州湾（山東半島）を占領して軍港とし（一八九八年）、ロシアも同年に、三国干渉により日本をして清国に返還せしめた旅順・大連とその周辺を二十五年間清国から租借して専用軍港とし、ロシアが敷設に着手した東清鉄道の利権を拡大するなど、満州に対する権益を拡大した。フランスは同盟国としてロシアに与《くみ》していたことは上述の通りである。

□イギリスの立場からするとこうした三国の動きは黙視しえず、やがてロシアによる旅順・大連の横奪に激怒していた日本との提携を視野に入れるようになる。日本は日清戦争中から占領を継続していた山東半島の威海衛軍港を下関条約により清国に明渡すことになっていたが、返還後はイギリスがこれを占領することを許す旨の合意をしたことを契機に、日英同盟の基礎が作られた。

□ロシアはかねてから清国に併行して韓国に対しても勢力を広げていたが（清韓同時侵略）、これに対抗するようにイギリスは東洋艦隊を仁川に派遣し、ロシアの南下を牽制した。そしてイギリスは一八九八年六月、香港に真向かう九龍半島に九十九年間の租借権を設定し、また威海衛については「ロシアが旅順港を占領している間」、これを租借する条約を清国との間に締結した。アメリカは清国の分割競争に遅れて参加した。

アメリカはスペインとの戦争（一八九八年）とフィリピン領有に忙殺されており、清国の分割競争に参加するのはロシアの清・韓同時侵略の意図が露見した後のことになる。

義和団事件とロシアの満州支配

□　西欧列強の清国侵入は反キリスト教運動を招き、一九〇〇年初頭に華北地帯において「義和団事件」が勃発した。日本、イギリス、ロシアをはじめとする帝国主義列強八カ国は、外交公館および居留者の保護を名分として、連合軍を組織して北京へ侵攻した。これに対し清国政府は一九〇〇年六月、連合軍に宣戦を布告した。ロシアはこの機を利用し、ロシアが敷設中の東清鉄道の保護と反乱鎮圧を理由に、同年七月〜十月までの間に満州に兵を入れ、要所を占領して満州を支配下においた。

□　そしてロシアは他の連合軍と違って義和団事件が終了しても満州国から撤兵しようとせず、列強の強い反発を招いた。ロシアが満州に駐兵しつづける魂胆は、ロシアの次の侵略目標が朝鮮半島であることは明らかだったからである。このようなロシアの動きはとくに朝鮮半島に強い利害をもつ日本の反撥をかった。ロシアは韓国を列強の共同管理下に置くとする「韓国中立案」を提唱したが、日本は、ロシアの満州支配が列国の非難に包囲されていることに乗じ、ロシアに満州の掌握を認める代わりに韓国の支配を確立したいと企図した。

日英同盟の成立

□ロシアの清国進駐は列強の強い抗議の的となり、またロシアの「韓国中立案」は日本から即座に反対を受け、ロシアは外交上孤立の危機に見舞われたが、それにもかかわらず一九〇一年二月に清国との間に協約（ラムズドルフ＝揚儒協約）を結んだ。この協約は清国の満州における主権に数多くの制約を加えるものであった（清国は満州・モンゴルに対する鉱山開発に関するロシアの利権をロシアに無断で他国に譲渡しない等の条項を含む）。

しかし、これに対し列強は夫々の理由から、戦争を仕掛けてまでこれを撤回させようとする決心はなかったものの（例えばイギリスは日露間に戦争が開かれた場合に、日本に武力援助をするという約束はしなかった）、様々な抗議を続け、ロシアを苦境に立たせた。

イギリスはイスタンブールから、満州までの長い距離にわたってロシアと対峙《たいじ》することは負担が大きすぎると感じていたが、さりとてロシアが東アジアに進出することはイギリスの東洋制覇にとって脅威であったため、日本を利用し、旁々ロシアをして日本の膨張を押さえさせるという二重外交を狙っていた。しかしイギリスは余り冷淡であっては日本をしてロシアと妥協せしめるかもしれないと危惧してもいた。

アメリカの反応もイギリスとさして変わらないもので、武力の示威を通じて、清国の領土保全についての単独行動をとる準備はないとする態度を示した。

□このような英米の冷淡さは、日本をして単独でロシアに対抗するほかなしと決意させ、ロシアの東清鉄道が竣工する以前に開戦すべきであるという国内世論を受けて一九〇一年三月～四月には単独開戦の危機に見舞われた。

しかしそうはいっても日本政府としては日本の軍備の状況から、ロシアに対抗するためにはイギリスとの同盟を余儀ないものとして支持せざるを得ず、四月からイギリスとの非公式の協議に入ったが、なお政府部内には親露派（伊藤博文・井上馨）と日英同盟派（桂太郎・小村寿太郎）との論争があった。そして親露派である伊藤とラムズドルフとの会合は、ひょっとして日露協商が成立するかもしれないという疑念をイギリスに生じさせ、イギリスを一挙に日英同盟の方向に引き寄せた。かくして一九〇二年一月、日英同盟（期間は五年間）が成立をみることになった。

日英同盟の影響

□日英同盟が成立したことはロシアを萎縮させるに十分であった。そこでロシアは日英同盟に対抗するために、露仏同盟をアジアにまで拡張しようと図ったが（露仏同盟の範囲はもともとヨーロッパに限られていた）、失敗に終わり、ロシアは対清外交が挫折したことを認め、アメリカによって突きつけられた門戸開放通牒を受けて、一九〇二年四月には「露清満州撤兵協定」（それぞれ六ヶ月の期間内に三回にわたって段階的に撤兵することを骨子とする）を締結することを余儀なくされた。しかし、この協定はロシア内部に混乱と外相の更迭を招き、ロシアは満州の分割と列強に対する門戸閉鎖を骨子とする政策に針路を転換し、撤兵の約束を反故にした。日本はこの事実をイギリスとアメリカに伝え、協同してロシアと交渉するよう提議し、三カ国は協同歩調をとることを申し合わせた。しかしアメリカは門戸開放の尊重を唱えていたため、自国の権益が保障される限りロシアの満州併合に反対しないとの態度をとり、イギリスも東アジアにおける海軍力の均衡維持の必要以外にロシアに強く抗議するつもりがなかった。日英同盟には満州におけるイギリスの義務は規定されていなかったのである。

日露開戦直前における列強間の牽制関係

□　一九〇二年九月にルーズベルトが大統領に当選する。ルーズベルトは一九〇三年四月にロシアが「七ヶ条要求」（ロシアが撤兵した地域をどのような形態にしろ他国に割渡してはならない。ロシアの事前の同意なしに開港場を設置せず、また第三国の領事館を設けてはならない等、七ヶ条）を清国に突きつけて以来、ロシアに対する反感を強め、以後アメリカのロシア政策は「反露」に変わってゆく。

ルーズベルトは強力な海軍力の誇示によって世界の状況を支配することを狙っていた。その手はじめとしてルーズベルトは一九〇三年四月～七月にアメリカ艦隊をヨーロッパ巡訪に派遣し、これを通じて英仏協約を支援してドイツの動きを封じ、兼ねて、ドイツ、フランスの戦争介入を封じた。

こうして、ロシアを孤立させたうえ、然る後にアメリカ自身の対ロシア強硬策を具体化しようというのがルーズベルトの戦略であった。アメリカの対ロシア宥和政策は一九〇三年六月末を以て終わりを告げていた。こうしたアメリカの動きは日英同盟とあいまって日本が英米を背後勢力としているとみなされる根拠となった。

□　フランスは、敢えていえばロシアの背後勢力に区分されたが、日英同盟の影響を考えると対ロシア支援については自国が巻き込まれるおそれがあるため、腰が引けていた。即ち日英同盟は「もし、一国あるいは数箇国が同盟国に交戦を加えるときは、他の締結国はこれに参戦し同盟国を支援する」旨を規定していたため、万一フランスがロシアを支援して日本と交戦する場合にはイギリスは日本を援けてフランスに参戦することになるがゆえであり、このことを危惧してフランスは中立の立場をとったのである。

□ ドイツはロシアを満州という泥沼に追い込み、ヨーロッパにおいてロシアがドイツに脅威を与えないようにし、このことを通じて、宿敵フランスとロシアの同盟を無力化しようと狙っていた。同時に満州においてロシアを日英と対立させ、互いを弱体化させ、然る後にロシアの支持をとりつけ、北中国の分割に参加しようとした。いわば諸国間の隙間をぬってその「東方政策」を完遂しようと狙っていたのである。

フランスはドイツに対抗するために、戦争が始まる前にイギリスに手を差しのべようとした。所謂「英仏協商」であり、アメリカがこれに手を貸す動きを示したことは上に述べた通りである。こうしてドイツはイギリス、フランスの牽制を受けることによってロシアへの支援は不可能となり、フランスも既述の通りロシアを援けることができなくなり、「露仏同盟」は空洞化してしまった。ロシアは完全に孤立したのである。

日露開戦

□　日本がロシアに開戦の通牒を発したのは一九〇四年一月十六日である。これに先だってアメリカは同年一月十二日、戦争の際は「友好的中立」を守ると通知しており、これが終戦の際（日本が敗れた場合にも）仲裁の労をとるという意味にも取れたことから、この通告が日本をして開戦に踏み切らせたと言ってもよい。他方イギリスは日本からの「好意的中立」の要請に対し、「厳正中立政策」を守るであろうと返答した。そのため、イギリスはロシアとの関係悪化をおそれる余りロシアへの接近を図ったとまでいわれており、アメリカの友好的態度と比べてかなりの差があった。確かに、戦時においてイギリス海軍はバルチック艦隊の東征について軍事的牽制を行い日本を支援したが、イギリスの対日支援には限界があった。

□　アメリカは、日露が開戦するとドイツ、フランスに対し、万一ロシアと共に以前のような形で三国干渉を強行するのであれば、アメリカは日本に対し必要なあらゆる措置をとると警告すると共に、日本軍の満州における衝撃的な勝利に呼応するように、日本が開戦直後（一九〇四年二月二十三日）に韓国に強要した「日韓議定書」を受けて、韓国は日本の「保護領」であるべき旨のレポートを作成するなどして、韓国に冷淡な態度をとった。

□　バルチック艦隊が日本海軍によって全滅させられ（一九〇五年五月）、日本の勝利が確実になるや、イギリスは日英同盟の更新に着手し、ルーズベルトは講和の仲介に乗り出した。

ポーツマス講和条約と第二次日英同盟

□　日露の講和会議は一九〇五年八月十日に始まり、九月五日に成立した。ロシア側は領土についても賠償金についても一歩も譲歩せず、日本側は賠償金の支払を強く求め、会議は紛糾を極めた。ロシアは内部に革命という混乱を抱えており、他方日本の財政は底をついていたため、両国ともこれ以上の継戦意思を失っていたことと、何といってもアメリカの圧力が物を言い、ようやく講和が成立した（ポーツマス講和条約）。日本は賠償金を得ることができず、国民の憤懣をかったことは周知の通りであるが、次のような点で日本にとって成果が得られた。

・日本の韓国保護権の承認

・長春―旅順間の鉄道（後の満鉄）及びロシアが関東州に得ていた租借地の日本への

譲渡
・樺太の南半分の日本への譲渡
・沿海州沖合における漁業権の日本への許与

□ これに前後して重要な動きが二つある。

その一は「桂―タフト秘密協約」(一九〇五年七月二十九日)である。アメリカにおいては既に日本人移民の問題がくすぶり始めており、日本側としては韓国問題について今のうちにアメリカの支持を確かめておきたいと希望していたこと、アメリカ側は日本がフィリピンへ進攻する気がないことの確約をとりつけたいと希望していたこと、この双方の意思が確認されたのである。

その二は、第二次日英同盟の成立(一九〇五年八月十二日)である。イギリスは日本の勝利を目のあたりにし、日本との協調を深めたいと希望したのである。第二次同盟は期間を十年にし、日英の関係を「攻守同盟」にしたうえ(第一次同盟は「防御同盟」ともいうべきもの)、その適用範囲を第一次同盟の「清・韓」両国からインド洋にまで拡大し、韓国に対する日本のフリーハンドを認めたものであった。同盟はロシアを日英共同の敵とし、ロシアの東アジアとインドに対する野望を挫くものであった。

□ポーツマス講和条約の後、日本は満州におけるロシアの利権を譲り受けたが、同条約の効力を確保するため日本は清国との間に「満州における日清条約」を締結し、その過程においていくつもの秘密協定や付属文書を取り交わし、新たな利権を獲得した。この動きは国際的にみれば、日本が満州を独占せねばやまぬ意思を露呈したものと受け取られ、満州に進出を企てようとするアメリカとの間に摩擦を生ずる原因となった。アメリカにとってみれば「誰のお蔭で戦争に勝てたのだ」というわけである。

日仏・日露の協商

□日本は果たして日露戦争に最終的に勝利したのであろうか。この問題は日本の軍部にとっても深刻であった。日本はロシアの報復を恐れていたが、ロシアも「血の日曜日事件」以来、東アジアにおいて日本との緊張関係を維持できなくなっていた。ヨーロッパの政治状況は複雑を極めており、これからのロシアが生き残る政策は、ロシアが英仏連合の中に進入し、終局的には三国協商を果たすべきであるというように、ロシアの外交政策が変化した。

即ち、ロシアは東アジアへの進出を放棄してドイツ・オーストリアが利害を有するバルカン半島ないし近東に関心を向け、対ドイツ包囲網を形成する仲間入りを果たそうとしたのである。このことはイギリスと同盟関係にあった日本への接近をも意味し、韓国併合の問題を早期に処理することと、満州への勢力拡張を図ろうとする日本の利害とも合致した。ロシアの同盟国であるフランスは同時にイギリスと協商関係にあり、またアジアにおける権益の保障を得たいと感じていたがゆえに、日本とロシアの提携を大いに歓迎した。このような諸国の思惑から、まず日仏協約が成立し（一九〇七年六月十日）、次いで同年七月三十日には日露協約が成立した。しかし、ロシアは依然として日本の韓国併合については「何らの代償なくしては承認しない」とする態度を崩さなかったが、日本は韓国の高宗を弾圧し、王位を純宗に譲位せしめたうえ、七月二十四日に所謂「丁未七条約」を強制して韓国の内政全権（官吏の任命・法令の制定を含む）を奪い、その直後に韓国の軍隊を解散させた。

アメリカの対日政策の変化

□　このようにして日本の満韓における独走態勢が成ったかというと、ことはそう簡単にゆかなった。満州進出を企てるアメリカに生じていた排日感情をどのように克服するかという難問が控えていたからである。日本は日露戦争後、満州へ積極的に商業資本を入れ、「門戸閉鎖」政策をとっているようにアメリカの目には映った。カリフォルニアにおける日本移民の排斥運動も日本の門戸閉鎖に対する反感とみられなくもない。アジア大陸と欧州を打通する鉄道の建設を夢見ていた「鉄道王」ハリマンの南満州鉄道（日露講和条約を通じて、日本に委譲されることになっていた）の買収計画を日本政府が拒否したこともまた、日本の門戸閉鎖の一環として受け取られた。

□一九〇八年十月、ルーズベルトはアメリカ艦隊の世界周航の途次、艦隊を横浜港に寄港させた。いますぐ日本と戦端を開くつもりはないにしても、如何なる場合でもアメリカは日本と対決できるという示威であった。一方で日本に脅威を与えつつ、他方で日本との関係改善を願うルーズベルトの思惑は一九〇八年十一月三十日に「高平－ルート協定」となって結実し、日米の関係は改善されたかに見えたが一九〇九年三月にタフトが大統領に就任するとアメリカの政策はまた徐々に反日に傾いてゆく。

オレンジプラン

□ところで、アメリカの軍部はこのような状況の中でどのように動いていたか。一九〇六年四月に起きたサンフランシスコ大地震の際、アメリカ市民の一部は、東洋人に対し略奪・暴行を加え、新聞は「ロシア軍を撃破した好戦的な日本の脅威」を書き立て、地元議会は東洋人の財産権を制限する法案を通過させた。事態収拾に乗り出したルーズベルト大統領はこれを廃止させ、他方で日本政府との間に紳士協定を締結し、日本は移民の数を制限した。

しかしルーズベルトはこの時期、軍に対して対日戦争計画について下問していた。一九一一年、陸海軍大学のスタッフは以下のように総括し、日米の戦争論の理論的根拠を確立した。即ち、「日本は満州に対する緩やかな経済進出から、やがて公然たる侵略に移るであろうが、アメリカが門戸開放政策を推進するためには戦争準備が必要となろう。可能性の高いのは、日本がアメリカの封じ込め政策を終わらせ、同時に自国の通商航路を防御しながら、側面海域を守備しようとすることであろう。そうすることは必然的にフィリピン、グアム、そしてハワイまで占領して、アメリカを西太平洋から駆逐することになるであろう。これに対しアメリカは大陸への介入ではなく、海上作戦を戦い制海権を握り、日本の通航路を抑え、息の根をとめることになろう」と。

□　こうした戦略のもとにアメリカ海軍の中に「オレンジプラン」と非公式に呼称される

対日戦争計画が練り上げられ、密かに一部の海軍将校たちの間に語られ、文書にまとめられ流布されていった。アメリカの太平洋戦略一般の意味でも用いられるオレンジプランは「海軍WPL—13」「艦隊プラン0—1」など二十以上の種類があり、中には数百ページにも及ぶものがあるという。こうしてオレンジプランは主として「海軍の共通認識の中に書き留め保存されてきた」歴史上の信条となり、「海軍将校の遺伝子に組み込まれていった」。そして一九四一年に始まった日米戦争は実際にほぼこのプランに沿う形で戦われたのである。

おわりに—歴史における予見ということについて

□ 帝国主義はその鉾先を向けた国ないし地域の領土とそこに居住する人々、そしてその経済市場をまるごと領有する。帝国主義の行く手にある国や地域は、向かってくる帝国主義国家に支配されるか、これに立ち向かうかの二つに一つの途しかない。日清・日露の戦争は日本が二者択一の後者の途を選び、帝国主義列強による侵略に真向から立ち向かった戦争、即ち、日本が西欧列強の脅威と圧力をはねのけて、自らも帝国主義国家への仲間入りを果たした戦争であった。戦争に至る過程は上に見たように百鬼夜行、一つの国家の行動は他の国家の行動に影響し、その影響が当該国家にはね返り、それが次の行動を決定するという風に複雑に絡みあった。条約は国家と国家の「末長い盟約」ではありえず、一つの行動のための単なる合弁に止まり、都合次第ではいつでも廃棄されるか、後に第三国との間に結ばれる条約によって骨抜きにされた（条約とは多分にそうした面を持っているものだが）。

□ 日露戦争が終結した後、一九一〇年の韓国併合を経て、日本は満州を独占し、満州問題は次の戦争の火種となった。私は歴史家ではないから言うが、もし日本が満州の市場について閉鎖政策をとらず、イギリスやアメリカと市場を分け合っていたら、その後の歴史はどうであったろうか。ことある毎に「黄禍論」を唱える英米との間の紛争は避けられなかったであろうが、日清・日露戦役における外交努力の真剣さをみるとき、戦勝のおごりと国力への過信から、日露戦争後の日本は満州の経営について独善に走り過ぎたのではなかろうか。

□ 日本の帝国主義国家群への参加を当時の日本国家の誤りのようにいう言説を耳にする。しかし歴史の正しい評価は、今日のわれわれが百年の間に経験してきた、その後の事実の上に立ってではなく、一九〇〇年代初頭当時の感覚─明日にもロシアに併呑されるかもしれないという認識―の上に立ってなされなければならないものであることを銘記する必要がある。今日でも帝国主義はその形を変えながら世界を覆っている。いまわれわれが時代の流れの中にありながら味わっている将来への予見の難しさと同様の困難を背負って難局処理にあたっていた明治の政治家の姿に、率直な想いを馳せるべきであろうと思う。

〈参考文献〉

・崔文衡（朴菖熙訳）『日露戦争の世界史』藤原書店（二〇〇四年）
・猪瀬直樹『黒船の世界』――ガイアツと日米未来戦記　文春文庫
・エドワード・ミラー（沢田博訳）『オレンジ計画』アメリカの対日侵略50年戦略　新潮社（一九九四年）

逆さまの世界地図と地球儀

（平成十一年九月十日「ＢＡＡＢ」38号）

◇

私の事務所のパーテーションには「逆さまの世界地図」が貼ってある。メルカトール図法で描かれたオーストラリア製の地図であるが、北半球諸国において一般に用いられている地図は北を上に南を下に作図しているのに対し、この地図は南が上に北が下に描かれているものである。つまり、われわれが普段目にする地図と比べて北極と南極が逆さまになっているわけである。

この地図は数年前、当会会員である大江菊二兄（オーストラリア国弁護士）におねだりをして持ってきてもらったもので、大兄の話では、何でも妹さんが持っていたものを召し上げてきたとのことであり、妹さんには悪いことをしたと思っている。

〝Mc' Arthe's Universal Corrective Map of The World〟といい、マッカーサー株式会社

という進駐軍の親玉のような名前の会社によって作られたものである。

世界地図は国によって様々で、日本製のものは日本を真ん中にするように太平洋を中心に作られ、アメリカ製のものは大西洋を真ん中に作られているから、この地図はオーストラリア人にとっては逆さまではないのかもしれない。

◇

私が持っているもう一つ珍しい文房具は、地球儀である。BLUE TERRAという名前で埼玉県の㈱渡辺教具製作所が売り出したもので、普通の地球儀が台に固定され、弓のようになった支柱で支えられて地軸を軸に回転できるようになっているのに対し、これは自由に手で持って地球を眺めるように考案されたものの由であり、直径一二・五センチほどの、いわば裸の地球儀である。

この地球儀の画像は、南北極を通過する軌道を地上八百五十キロメートル離れた高さで飛ぶアメリカの気象衛星ノアア（NOAA）とランドサットから撮影した画像をコンピュータ処理して作られたもので、昨年日本橋の丸善で衝動買いしたものである。

◇

「逆さまの地図」を壁に貼って眺めると、オーストラリアが真ん中に位置しているので、日本とオーストラリアの地理関係が良くわかる。普段われわれが地図を見ると、北半球に目がいってしまい、地図の下の方にあるオーストラリアやニュージーランドなどが目から外れてしまいがちであるが、オーストラリアを真ん中にした「逆さまの地図」を見ることによって、太平洋を中心に世界を見ることができるからである。

また、ロシアが日本より下にあるので、ロシアと日本との位置関係を違った角度で目にすることができる。アメリカ国務省の何とかというソ連担当次官補が「逆さまの地図を壁に貼って東西関係を考えた」という話もうなずける。冷戦華やかなりし頃の話である。

日本列島の形まで実に奇妙に感じられるから不思議である。普通の地図では日本列島はカタカナの「ノ」の字のように北から南へ連なっているが、全く逆に「〳」のようになっている地図を見ると実に妙な感じがするのである。

◇

同じ形のものを逆に見ると違った形に見えるもので、例えば、中学生のように「普通の地図」を見ながら北海道を手で描いてみよう。今度は地図を上下逆さまにして北海道を同じように描いてみよう。もし、二つの絵が同じように描けたらあなたには絵の才能がある。一つのものを違った角度から見ることの楽しさはここにある。

◇

次は平面と立体の関係について……。

小学生の頃、メルカトール図法による地図を見てスカンジナビア半島から北へ進むとどうなるのか、アラスカから北へ進むとどうなるか、宇宙の彼方へでも行ってしまうのではないかなどと不思議に思った経験が誰にでもあるのでは？

地球儀を手にとって北極の方から地球を眺めてみよう（普通の地球儀では支柱が邪魔になってなかなかできにくい）。まず、驚くのは北アメリカ（カナダ・アラスカ）やグリーンランドのあたりとユーラシア大陸の北側、つまりロシアの北辺とは北極海を挟んでそれぞれ対岸にあるということである。

私が冷戦時代のことに興味をもって調べていた時分のことであるが、アメリカとカナダに配置されていた北米防空軍のミサイルの大半が真北に向けて配備されていた地図を見て驚いたことを覚えている。ミサイルは何処に飛んで行くのか、と。しかし、地球儀をみれば疑問氷解。つまり、アラスカにミサイルを配備しこれを真北に放つとモスクワ付近に弾着するようになるのであった。逆にソ連のミサイルもまた同じである。

冷戦時代の話といえば、北極海の制海権（海中権というべきか）が潜水艦によって争われる可能性も検討されたと言われており、これなど地球儀を見てはじめて納得がゆく〔冷戦時代に北極海を挟んで対峙していたＮＡＴＯ軍（西側諸国）とワルシャワ条約軍の基地配備については〔**第1図**〕を参照〕。

◇

今度はロシアに目を当てて南の方角を見てみよう。

ロシアは十世紀頃にヨーロッパの辺境として森の中から生まれたが、その国土の多くの部分はツンドラで覆われ、その広大な面積に比して開墾可能な土地が僅少であった。そのためロシア人は、もともと南の暖かい地方へ出たいとする欲求が強く、まず南へ進もうとして、オスマントルコによって阻まれた。そしてピヨートル大帝の時代には東へ東へと進み、遂にベーリング海を渡ってアラスカを手に入れた。十九世紀末に至り東アジア、つまり清帝国および幕末における日本への進出をはかり、東ヨーロッパより辺鄙な道を通って太平洋へ出たいと欲した。

そこで地球儀の話であるが、ロシアの太平洋進出にとって朝鮮半島および日本がどんなに邪魔かは地球儀の北極海に目を当ててみると一目瞭然である。つまり、アラスカからカムチャッカ半島に至るアリューシャン列島、カムチャッカ半島から北海道に至る千島列島、

〔第１図〕 北極からみたNATO軍とワルシャワ条約軍の対峙

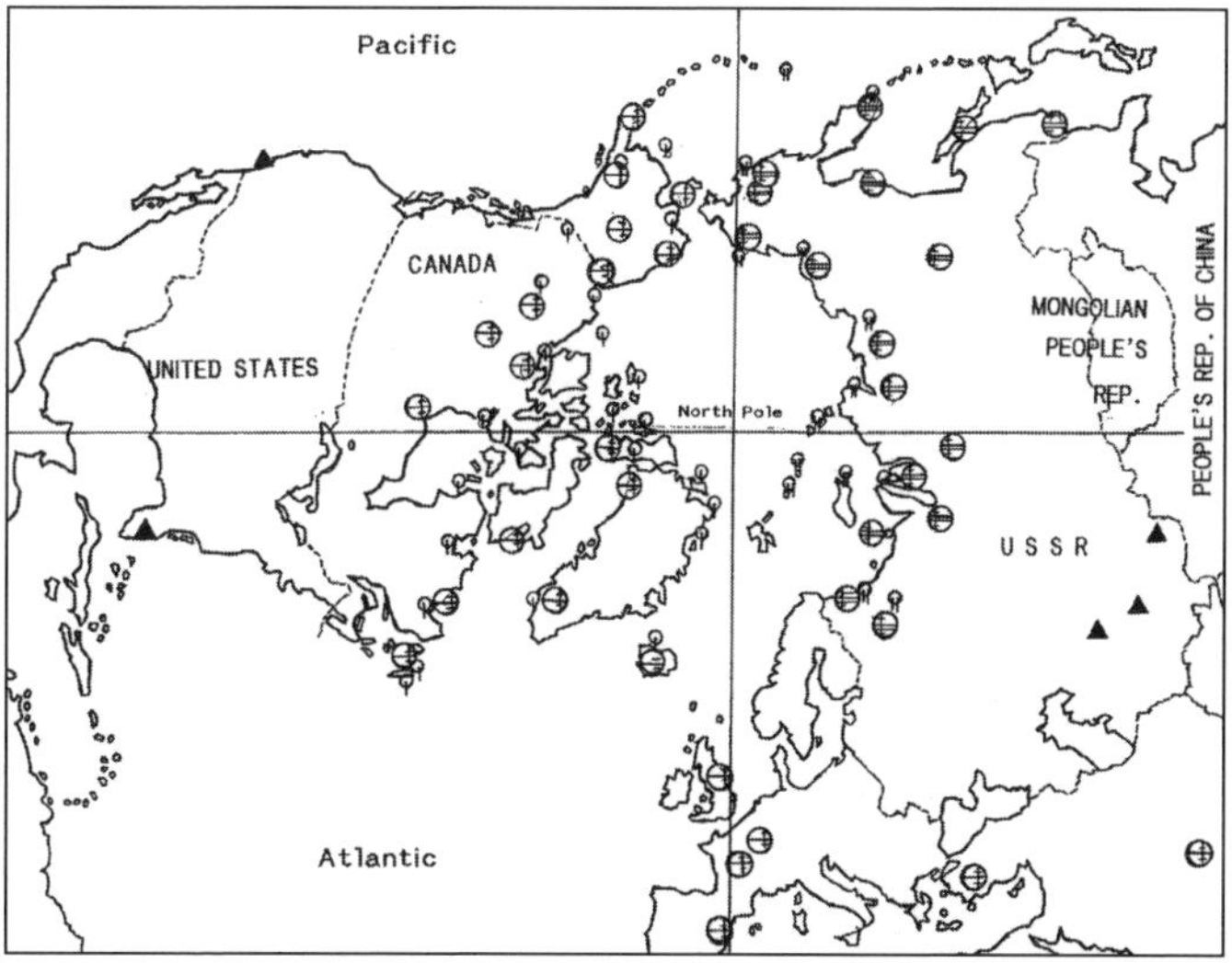

NATO軍

航空基地

レーダーサイト

ワルシャワ条約軍

航空基地

レーダーサイト

ミサイル基地

〔第２図〕 ロシアの南下を阻む列島線

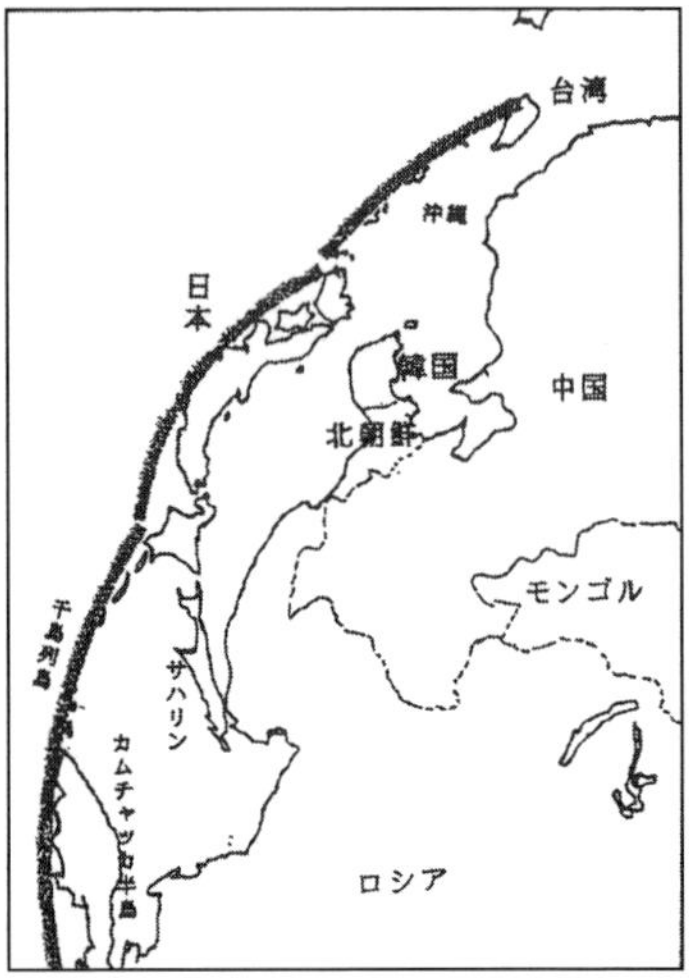

日本本州列島、九州から台湾に至る琉球列島が小刻みに円弧を描いて花綵（はなづな）列島線をなしている（〔第2図〕参照）。

二十世紀初頭において極東に緊張がもたらされたのは、清帝国の衰亡に乗じたロシアの満州への進出に対し、朝鮮王朝と日本が震え上がったことに起因している。従って、ロシアが南へ出ようとすると、そこに立ち塞がっている鎖のような列島線にぶつかることになり、清帝国の東の辺境にある満州へロシアが進出すると、ヤレ大変とばかり日本もここへ繰り出してロシアと争奪戦を演じ、清、露と取組みあったのが日清・日露の戦役であった。

一九一七年にはソヴィエト連邦が誕生し、一九二二年の第四回コミンテルン決議に基づきソ連が共産主義という、今から考えると宗教教義のようなものを世界中に輸出しはじめると、防共の旗の下に、日本軍部が主導して満州を帝国化し緩衝地帯とした。

◇

その後の経緯はご承知の通り、ユーラシア大陸の西側でドイツが独ソ不可侵条約を結んで東へ向かって侵攻すると、英仏がドイツ全体主義に対して宣戦する。

次いでドイツは、全体主義国家としてみなしていたソ連、日本、イタリアなどとの間に世界分割構想（四国同盟）を企てた。日本もこれに乗ろうとした戦略家《ストラテジスト》がいた。しかし、この企ては当事国の思惑の違い（主として独ソ両国の間の領土分割プランをめぐって）から水泡に帰し、同盟は日独伊三国枢軸にとどまった。そして今度は独ソが戦いを始める。ルーズベルトの副大統領であったトルーマンなどは全体主義国家を共喰いさせておけば民主主義国家にとって安泰……などと言っていたが、ドイツ憎しのイギリスは、ルーズベルトと結んでソ連を助けてドイツを挟撃した。ルーズベルトは容共主義者であったとする説の根拠はこのあたりにある。そしてまた、このあたりから第二次世界大戦の位置付けがこんがらがってくる。

日本はいろいろな思惑からソ連と不可侵条約を結んで、いっそう中国との戦いに深入りし、あろうことかイギリスとアメリカに宣戦し世界の殆どの国を敵にまわすことになった。

こうして、第二次世界大戦は大東亜戦争を含む大乱となるのであるが、その構造は複雑である。つまり、民主主義国家である米英と全体主義国家であった日、独、伊との戦いであったならば、大戦の図式は比較的よく判る。しかし、全体主義国家であるソ連（ソ連を民主主義国家と呼ぶのは私の感覚からはムリである。）が米英の側についたとなると、「民主主義国家対全体主義国家の戦い」の構図一辺倒では説明がつかなくなる。戦後冷戦の動向を見ると、どうもこのときに英米はスターリンに一杯喰わされた感がある。

今後の第二次大戦研究はソ連の動きの正確な位置付けにもっと目を向けるべきであるという議論の根拠はここらにある。

ところで、二十世紀初頭にイギリスのマッキンダーによって唱えられ、今日でも政策科学の一つとして東西国際政治学者の心の深奥に影響を持ちつづけている「地政学」によれば、次のような説明がなされている。

即ち二十世紀に入るまでの間にユーラシア大陸とアフリカがひとつの大きな島であることが判ってきたため、これを世界島と呼び、内陸アジアの、原則として海上交通から遮断された地域を「ハートランド」と呼んだ。その範囲は諸説があるが、概ね、旧ソ連の大部分、モンゴル、中国の深奥部、東欧を含む地域である。

この考え方によれば、西ヨーロッパやインドシナ、インド亜大陸、そしてアフリカも世界島からみれば半島であり、南北アメリカ大陸は一つの独立した大陸（島大陸）である。また、例えば中国沿岸部は「内周の半月弧」、その周りを大きく取り囲んでいる部分（日本列島など）を「外周の半月弧」というとされる。この地政学によれば、「ハートランドを制するものは、世界を制する」ものとされ、事実前項に述べたのは、ハートランドの争奪戦の一シーンであった。中国に触れておかなかったのは、中国は米英側にたって日本と戦ったが、あくまで反攻的な戦いであり、戦後に至るまで世界戦略的に積極的な役割を果たしえなかったことに因る。しかし、今は違う。中国は巨大であり、ユーロ、ロシアと共にユーラシア大陸の制覇に参加しうる十分な能力を持っている。

◇

地球儀を北極の上から見ると、ユーラシア大陸は東から西にぐるりと（西からぐるりでも同じだが）北アメリカ大陸を取り巻いているように見える。これはメルカトール地図ではよほどの洞察力がないと読み切れない。

従って、地理的に見てアメリカはユーラシアによって挟み撃ちにあうおそれがあるがゆえに、アメリカは西ヨーロッパを戦略的重要拠点とみなし、ＮＡＴＯを核心とするユーロアトランティック戦略をとって諸国との同盟を深め、また太平洋に対しては環太平洋アライアンス戦略をとって世界島からの締めつけの脅威から脱しようとする戦略をとり、逆に後においてはソ連に対する封じ込め政策をとった。

ソ連もこれに対抗し、中国と同盟し（これは後にダメになったが）、インドを抱き込み、やがてはアフガニスタンへの侵攻を通じて南下を企て、この包囲から脱しようとした。そして大戦略としてはアラビア半島を経てアフリカへの触手を延ばし、エチオピア―コンゴの線を打通してアフリカを南北に分断することを考えていた節がある。

◇

日本は島大陸であるアメリカの側にたって、アメリカを巨大な後背地として（真ん中に太平洋があるが、今では海は高速道路のようなものである）、その先頭にたってユーラシア制覇に参加し得る地政学的位置にたっている（参加するかどうか、その形はどうか別にして）。

◇

しかし、二十世紀の日本の歴史を見てくると、大陸に進出しようとする日本のストラテジーは、或いはロシア／ソ連の壁に阻まれて、或いは透徹した戦略を欠いていたため中国との対応に失敗して（もし日本が防共政策を一貫するならば、中国が資本主義をとっているうちに中国と提携してソ連に当たるのが筋道であったろう）、悉く挫折した。

そこで、話は冒頭の「逆さまの地図」に戻るのだが、地図上で真っすぐ上に進んでアメリカと同じような島大陸であるオーストラリアとのより良い関係を通じて、太平洋上に点在する数多くの島嶼諸国（これらの国々の多くは第一次大戦後から第二次大戦が終わるまで日本の委任統治領であった地域、もしくはその近くにある）との連合を図ることはどうかなどと考えてしまう。もっとも、大東亜戦争中における搾取原理に基づく「南洋政策」とは異なるものでなければならないことは言うまでもない。

――でも、またアメリカがちょっかいを出して来てダメか。

◇

「逆さまの地図」と地球儀を見ながら時々こんなことを考える。二つの文房具はこのように私にとってまことに刺激的なのである。

日米ガイドラインを考える

（平成十年一月一日「旧ＬＩＴＳ」12号）

□　昨年の九月二十三日に新しい「日米防衛協力のための指針（ガイドライン）」が日米両国政府によって発表されたが、近時、金融パニックなどの事態が生じたせいか、「ガイドライン」に関する報道はすっかり影をひそめてしまった感がある。

この種の問題について素人である私が発言するのは気がひけるが「ガイドライン」の問題はすぐれて我が国をめぐる国際問題であるので、私なりの感想を草してご批判を仰ぎたいと思う。

□　近・現代史において、日本に最も大きな影響を与えた国の一つにロシアがあげられる。

十九世紀の末から二十世紀の初頭にかけて旧ロシアは、清帝国の勢力が及ばず当時無主の地同然であった沿海州（シベリアの東端）と満州（いまの中国東北部）を侵し、極東において南進を始めた。ロシアの不凍港を求める南進戦略はソ連の時代になっても続き、アフガン紛争を最後にソ連の崩壊によってこの運動は止まったかにみえるが、ロシアはユーラシア大陸の中心（ハートランド）に位置している。ロシアは引き続き大国であり、「ソ連」から再び「ロシア」と名を変えてもその南進政策は普遍であり、いつまたその動きを再開するか判らない。それほど不凍港を求め、太平洋地域に出たいというロシア人の意識は強烈なのである。

現在ロシアは極東に十九万人の兵力を置いている。作戦機は九百三十機、艦船は百五十万トンである。

□「ガイドライン」を考えるうえで今最も重要なのは、中国とのかかわりである。

近・現代において日本が中国とかかわりをもった歴史の大部分は、中国が統一国家と呼んで良いほどの「国家」を持っていない時代である。このことは日中双方にとって不幸なことであった。

旧ロシアが清帝国の領土を侵したのは巨大な龍の尻尾の地域からはじまっている。日本がロシアを敵国とし、もしくは仮想敵国として意識し、後にソ連の共産主義が日本に輸入され始めて以降、「防共」の意味でその防波堤にしようと図ったのも、ほとんどが無住の地（主権が及んでいたかどうかではない）だった中国東北部である。日本は中国の内乱に目を奪われ、どの勢力と手を握り、あるいは戦ったらよいかを見失い、モンゴルの東部（満州）に政府を樹立しようとする誤り（たとえそれが「防共」の意図に出たものであったとしても）をおかし、やがて、あろうことか中国と全面戦争を始めた。本当の敵としてみていたソ連と、本当は手を握った方がよかった勢力とを見誤って戦いを始めてしまったのである。このことは八路軍の動きと、西安事件による国共合作と深い関係がある。（補註1）

戦後、中華人民共和国が誕生し、日本は統一中国とつきあいを持つことになる筈だったが、日本は冷戦構造の西側についたため、中国との間の国交が正常化したのは一九七二年のことである。

中華人民共和国は建国以来国力の充実につとめ今や軍備を増強し、台湾へ進出し、西進戦略をとるアメリカとの間に（即ち日本との間にも）戦略上の摩擦が生じようとしている。中国は膨張しつつある。

陸上兵力は二百二十万人、作戦機五百五十機、海軍は百十四万トン。

□朝鮮半島も日本と強い関わりを持った。

二十世紀初頭ロシアの南進戦略は朝鮮半島にも及んだが辛うじて阻止され、今度は清帝国と日本とが、半島に広がった内乱に乗じて朝鮮へ出兵し日清戦争となった。やがて日露戦争が始まると朝鮮半島は、日本軍が主戦場である満州に向かう兵站路となり、戦後日韓併合条約へと至り、韓国皇帝は韓国全土に関する一切の統治権を日本に譲与した。一九一〇年のことである。

第二次大戦の終結は朝鮮半島の南北分割をもたらし、冷戦中、北部は東側に、南部は西側に属した。近時、朝鮮民主主義人民共和国の飢餓と貧困が伝えられる一方、軍事的に急激な動きが伝えられている。

因みに朝鮮半島における軍事兵力は南に六十六万人、北に百十万人。

□ 更に問題なのは安保条約の相手国であるアメリカである。

アメリカは地理的に西ヨーロッパと東アジアに挟まれた位置にある。そのため長年西ヨーロッパ、なかんずくイギリスとの同盟を軸にヨーロッパを牽制しながら同時に太平洋を渡ってフィリピンを手中に収め、なお西へ西へと進む政策をとり続け、いまも止むことがない。そして、その戦略の中心にある考え方は、いかなる地域であろうと当該リージョンに覇権を唱える勢力の存在を許さないということである。従って、日露戦争後における日本の伸長に警戒の目を向けたことは当然のことであり、遠く一九〇〇年初頭にはすでにオレンジプランを策定して、西進政策の障害となる日本との戦争プランを定めた。(補註2)第二次世界大戦に際しては、イギリスと同様国際戦略を欠き、ソ連の東欧・極東への進出の危険よりも、日独伊枢軸の徹底的な破壊にのみ目を向けた揚句、冷戦を招いた。

冷戦の崩壊は目下のところアメリカに有利に働いている。日米安保により西進戦略に対する抵抗はとりのぞかれ、極東において抵抗勢力となるのは殆ど中国のみとなった。アメリカは今後ＡＰＥＣ諸国との同盟を中心にしてインド洋とオーストラリアに勢力を定着させ、太平洋をアメリカの湖にするであろう。

アメリカはアジア地域に約十万人の兵力を配し、第七艦隊や海兵隊などの前方展開を諸国に約束している。

□　このような各国の勢力がひしめく中で、政府はアメリカの極東戦略の変化に応じ日米関係の変質をもたらす「ガイドライン」を定めた。中・ロとの対話も始まってはいるが、軍事的に同盟する相手としては、中・ロよりもアメリカを選択しつづけることにしたのである（世論も目下のところ日米安保条約を妥当とするものは六一・四%、これに更に積極的役割を期待するものが二三・九%いるという＝防衛庁の「防衛モニター」による）。

□ 異なる新聞と雑誌に興味深い意見が載せられていた。一つは中曽根康弘元首相が講演会において「アメリカ軍は日本の番犬であり、そのために日本は金を払う」と発言した記事である（「朝日新聞」十月五日、朝刊）。もう一つはアメリカが日本を番犬に使っているという「潮」一九九八年一月号に掲載された加藤周一氏の論文である。異なる陣営にあると、こうも異なるものかと複雑な思いがしている。実はこの二つの記事が、この駄文を書く動機となった。

□ 日米安保の問題はバランスのとれた、しかもイデオロギー（今どきはやらないにしても）に目を曇らされることのない、冷徹な目で極東における各国の動きを観察して討論されなければならないものである。平和裡に過ごした戦後五十年の中で、われわれは軍事同盟の本質的議論の仕方にすっかり不慣れになってしまった。「番犬」的発想ではイコールパートナーとしての日米関係を築くことができないことはもとより、防衛の覚悟も、今後の我が国の戦略も、本物にはならないと思うのである。

〈補註1〉**陸軍の国民党不信と国共合作**

昭和九（一九三四）年頃、蔣介石と汪兆銘とが合作して、満州国問題を不問にしたまま、対日関係を安定化させ日本と提携を図ろうとする動きが中国側にもあった。

しかし、日本の陸軍における支那通は、蒋介石の政権の実権は蒋介石個人とそれを取り巻く一大勢力の手にあり、国民党は表面上の機関に過ぎない、排日政策は蒋介石の独裁化のために利用されてきたに過ぎない、等と理解していた（戸部良一「日本陸軍と中国―「支那通」にみる夢と蹉跌」（講談社メチエ百七十三。一九九九）一三九頁以下）。このように陸軍の徹底的な国民党に対する不信は戦中を通じ、終始日中提携を拒んだ。

また、昭和十一（一九三六）年十二月、中国陝西省において共産軍の討伐にあたっていた張学良を督戦に赴いた蒋介石が張学良によって逮捕監禁されるという西安事件が起き、その後蒋介石は共産軍の介入によって釈放されたが、西安事件を機に国民党と共産党が合作して抗日に向った。

〈補註2〉**オレンジプラン**

太平洋戦争に参戦する前のアメリカは、一九三八年―三九年以前には、太平洋・対日戦略を「オレンジ」（Orange）、対南米戦略は「ブルー」（Blue）、大西洋・対英戦略は「レッド」（Red）というように、個々の予定戦場毎にカラー・ネームをつけて、個別的に研究・作成を重ねていたが、日英同盟が破棄された一九二二年以後には、日本を仮想敵国として「アメリカ艦隊」（U. S. Fleet）の主力を太平洋に配備し、カラー・プランの中でオレンジ計画だけを実際に作成発展させていた。

そのオレンジ計画は次々と改定が重ねられたが、その基本構想は、「開戦後、フィリピンは短期間で喪失するであろう。アメリカの進攻作戦は、マーシャル諸島、カロリン群島をはじめとして、日本の委任統治諸島を西太平洋に向けて漸進する作戦となる」というものであった（福田茂夫『第二次大戦の米軍事戦略』（中央公論社、昭和五十一年、二九頁）。

ネオコン派の台頭とその論理

（平成十五年八月一日「ＬＩＴＳ」２号）

ネオコン派と呼ばれる人々

ブッシュ政権がすべて「ネオコン＝Neo-Conservative（新保守主義）」と呼ばれる人々によって支配されているかどうかは確かではないけれども、少なくともタリバン征伐を目的とするアフガン紛争や今次のイラク戦争を見る限り、アメリカの軍事・外交戦略がネオコン派と呼ばれる人々の大きな影響のもとに形づくられているのは明らかである。

ブッシュ政権は決して主知主義的ではないが、軍事・外交戦略にネオコンが持つ理論を摂取し、その戦略に理論的な光彩を添えようとしているようにみえる。イラク戦争中のニューズウィーク誌に次のような記事が掲載されている。

ブッシュ政権が主知主義の温床でないことは周知の通りであるが、そのことが「ネオコン」、特に国防副長官のポール・ウォルフォウィッツ、政策担当国防次官補ダグラス・フェイス、副大統領首席補佐官I・ルイス・リビー（以前の政権においてウォルフォウィッツの代弁者を務めていた）のように国防総省および副大統領府において重要なポストにあるネオコンサヴァティヴ派のグループに多大な注意が注がれた理由の一つであろう。（Newsweek, March 31, 2003, P50）

ネオコンという思想は一九八〇年代に政治運動として開花したが、その理論的系譜は第二次世界大戦以前に遡る。その起源は自らの哲学的風土を持たなかったアメリカに思想をもたらしたギリシャ哲学者（アリストテレス研究）でシカゴ派哲学の創始者であるレオ・シュトラウス（一八九九〜一九七三）にあると言われ、その哲学的系譜はアラン・ブルーム（シカゴ大教授で「アメリカン・マインドの終焉」を著した）と、アルバート・ホルステッターに受け継がれ、多くのシュトラシアンと呼ばれる学者を輩出した。

ネオコン運動は、一九六〇年代に台頭した公民権運動を嚆矢とする道徳的・文化的相対論と、ホワイト・アメリカン（白人優位のアメリカ）の価値観の相対化が、一九八〇年代に流行したmoral correctness（政治的行儀の良さ）を生んだとして、ネオコン派は民主党系の論客と対立した。

一九八〇年に共和党から大統領選に出馬したレーガン大統領は対ソヴィエト強硬路線を

唱えたが、これを熱烈に支持した有権者のなかには多くのネオコン派がいた。ネオコン派のゴールは、アメリカの民主主義に至高の価値を認め、「リベラルな民主主義」を全世界に広めることにあるが故に、長年にわたり人権抑圧を続けた「悪の帝国」ソヴィエト共産主義に対抗し、アメリカが軍事的に優位に立ち冷戦を有利に戦おうとするレーガンドクトリンを支持したのである。

党内事情から民主党に留まりつつも、「元祖レーガン・デモクラット」と言われるアーヴィン・クリストル（パブリック・インタレスト誌を主幹）は今もネオコン派の総帥であるが、元はトロツキストであると言われている。また、レーガン政権において国連大使を務めたカーク・パトリック女史は、民主党の煮え切らない対ソ戦略に失望し、レーガン陣営へと鞍替えした。この他にもネオコン派と呼ばれる人々の中には民主党からの転向組が多く含まれており、ネオコン思想は元来、左翼知識人の転向の産物でもある。この時代の運動を支持したネオコン派には、エドワード・ルートワック（『戦略戦争と平和の論理』（一九八七）の著者）、ジョージタウン大学（ネオコンの拠点）教授のウォルター・ラキュールらがいる。ネオコンの主張を発表するメディアの草分けとして「コメンタール誌」（ノーマン・ポードレッツ主筆）、ネイザン・グレイザーが既述のアーヴィング・クリストルと共に主幹する「パブリック・インタレスト」、「ナショナル・インタレスト」がある。グレイザーとクリストルはネオコン派の金看板であり、その周辺に何百人という知識人を集めている。

ネオコン派は、軍事の優越を唱える強硬派であり、グローバリストでもある。その一方で急進リベラル派上がりであるから、同時にリベラル派にも分類される。内にあってはリベラル支持、外に向けては強硬路線をとるネオコン派の思想は二大政党の枠のなかには収まりきらない広がりを持っている。

上述のクリストルの息子でウィリアム・クリストル（参考文献1の共著者）は、もともと共和党員で「共和党戦略家」を自称し「共和党未来政策委員会」の議長を務め、アーヴィングとは親子で支持政党が違うが、父親の活動を助けるのに役立っている。同じ著書の共著者ローレンス・カプランはもとは民主党左派陣営にいた。

アメリカを代表する軍事政策の最高峰である戦略国際問題研究所（CSIS）もネオコン派の牙城となっているが、この研究所に籍を置くズビグニュー・ブレジンスキー（参考文献3の著者）はネオコン派であるが、民主党のカーター大統領の国家安全保障問題担当大統領補佐官に就任している。

ＣＳＩＳに触れたついでに、アメリカのシンクタンクについて述べておこう。もともとアメリカには大小様々（その組織もピンからキリまで）のシンクタンクが簇生《そうせい》し、それぞれが政党や大統領に対する影響力を競っているが、もっとも注目すべきシンクタンクにアメリカ新世紀プロジェクト（ＰＮＡＣ）がある。一九九七年六月に結成された新しいシンクタンクであるが、そのマニフェストに名を連ねた十八名のうち十名がすでに政府高官になっていたり、その三年後にブッシュ政権の高官になったりしている。その人々とは、チェイニー（副大統領）、ラムズフェルド（国防長官）、アーミテージ（国務次官）、ウォルフォウィッツ（国防副長官）、パール（前国防政策委員会委員長）、リビー（副大統領補佐官）、ボルトン（国務次官）らであり、その他クエール元副大統領、イクレ国際戦略研究所研究員、ベネット元教育長官らである。

そして既述のウィリアム・クリストルはＰＮＡＣの理事長を務め、また参考文献２の著者ロバート・ケーガンはＰＮＡＣの思想的支柱をなしている。ウォルフォウィッツ国防副長官と、『歴史の終わり』を著したフランシス・フクヤマは、既述したアラン・ブルームとアルバート・ホルステッターに師事した兄弟弟子である。

ＰＮＡＣのマニフェストはもともとはクリントン政権（民主党）の弱腰外交に対する批

判的な政治宣言にすぎなかった。ブッシュ政権の誕生にあたってはネオコン派は主だった動きをしたわけではなく応援団席にいたが、共和党が政権をとるや、大統領のブレーンの一部に食い入り、九・一一テロ事件について、タリバンをかくも増長させたのはクリントン政権の責めに帰するところがあると総括し、ブッシュ大統領がタリバン征伐を決めるや、世論を背景に政治の表舞台に躍り出たのである。

ネオコンの歴史観

ネオコン派は第一次世界大戦以降の歴史を次のように語る。

第一次大戦における大規模な衝突によってドイツ帝国、オーストリア―ハンガリー帝国、ロシア帝国が壊滅的な打撃を受け、またイギリスとフランスにおいては戦う意思と行動が破壊された。こうして第一次大戦から第二次大戦間の時代は、権力政治によるのではなく「弱さ」から理想を生み出す第一の時期を迎えた。

アメリカはそれまで数十年の間に、世界有数の経済大国、軍事大国に成長し、第一次大戦には末期に参戦して連合国の勝利に大いに貢献したが、その時点では権力政治に距離をおこうとしていた。

一九三〇年代にドイツが再軍備して力をつけてくると「集団安全保障」は消滅し、代わってドイツに対する宥和政策がとられるようになった。しかし宥和政策はイギリスとフランスにとって悲惨な失敗に終わった。ドイツは経済と工業の潜在的な力を利用して再軍備を進め、イギリス、フランスはヒトラーの開戦企図を食い止めることはできなかったのである。

ヨーロッパの戦略と外交の失敗の結果起こった第二次大戦によって、ヨーロッパ諸国は世界的な大国としての地位をほぼ失った。大戦後、アジア、アフリカ、中東の植民地を維持するに必要な武力を派遣する力を失ったために、五百年にわたって帝国として世界に君臨してきたイギリス、フランス、オランダらのヨーロッパ諸国は「戦勝国」であったにもかかわらず、植民地から大規模な撤退を余儀なくされ、その結果アジアと中東における戦略的責任をアメリカに引渡した。

第二次世界大戦末期において、アメリカはヨーロッパが復活して世界の「第三勢力」になり、独力でソ連と拮抗できるようになり、アメリカはヨーロッパから撤退できるものと期待したが、事実は違った。フランスとイギリスは「第三勢力」となる考え方自体を嫌っていた。むしろアメリカの撤退を恐れたのである。こうして第二次世界大戦後五十年にわたってヨーロッパは戦略面においてアメリカに依存する状態に陥った。

冷戦段階において、ヨーロッパの戦略的任務は、ソ連軍が侵攻してきたときにアメリカ軍が到着するまでの間、自国を防衛することだけにあったが、アメリカが必要と考える軍事費をヨーロッパが支出しないことが常に欧米の緊張のタネとなっていた。ヨーロッパは通常兵力の増強によってではなく、アメリカの核抑止力に満足し、米ソ間の恐怖の均衡と相互確証破壊戦略（ＭＡＤ＝Mutual Assured Destruction　アメリカが冷戦時代に依存していた核抑止戦略の一つで、もし一方が他方を攻撃した場合、双方が完全に破壊されるか、もしくは甚大な損害を被るであろうということを予測することによって、攻撃しようとする当事者は他方に対する攻撃を控えるであろうとする前提をいう）によってヨーロッパの安全が確保されると期待したのである。

冷戦の終結によりソ連という共通の敵が潰滅したため、いわゆる「欧米」の結束と団結を維持、強化するという大義も消えた。しかしヨーロッパは純粋な軍事力の観点のみからでは考えられないほど、国際社会からの敬意を維持しているため、アメリカの冷戦戦略はヨーロッパとの同盟を基礎にしてきた。そしてヨーロッパはＥＵを発展させて統合の約束を果たし、経済力をつけ、アメリカやアジア諸国と対抗できるようになりはしたが、バルカン紛争にみるように冷戦後も軍事力が何より重要であるという点では変化は生じていない。

ネオコンと〝軍事力の優越〟思想

こうして、アメリカはいまや世界中でも空前の軍事力と影響力を持つ地位を獲得した。アメリカの軍事力の規模は、戦争遂行能力という点と、短時間のうちに世界のどの地域の紛争にも介入できる展開能力を有している点の両面で、他の国の追随を許さない。

軍事力が強い国は、軍事力が弱い国とは違った目で世界をみる。軍事力が強い国は「脅威を許容できる限度（がまんの限度）」を低く設定し、軍事力が弱い国はこれを許容できる限度を高く設定する。強い国は「ならず者国家」の脅威を許し難いものとみる。弱い国は軍事力のハードパワーよりも経済力中心のソフトパワーを重視する世界、国力よりも国際法や国際機関が重要になる国際秩序、強い国の単独行動を禁止し、すべての国が同じ権利を持ち「国際的行動ルール」のもとで同等に保護される国際秩序を求める。

フランス、イギリス、ロシアという強国が主導するヨーロッパの権力体制の下で、いつ押し潰されてもおかしくなかった頃は、アメリカも、国の安全保障を決定づける最終的要因が軍事力であるという冷酷な論理を根絶することを望んできた。しかしアメリカは、法に基づく世界秩序を求める理想に賛同はするが、それによって世界を見る視点と、国際紛争を解決する手段としての軍事力の役割に関する見方の違いがなくなるわけではない。現在の一極集中構造の世界では、アメリカは「一国でもやっていける」。地政学的論理の帰結から、ヨーロッパに比較して、国の行動を規制する一般的な原則として多国間主義を支持する強い理由を持ちえない。

アメリカの理想主義は五十年前と少しも変化していない。変化したのは客観的な現実であって、アメリカの性格ではない。冷戦が終わって世界情勢が変化したからこそ、以前からの多国間協定を限定し新たな協定を拒否することによって、今では負担が重すぎるか、国家主権を制限しすぎると判断される義務からアメリカを解き放とうとする政治勢力（民主党も加わった共和党勢力）が議会で力をつけてきたのだ。

アメリカが大西洋岸に点在するまとまりのない植民地の連合体にすぎず、周囲をヨーロッパ列強と未開の荒野に囲まれていた時代、いつ潰れてもおかしくなかった時代ですら、アメリカの指導者は自国の「偉大な使命」について共通の信念を持っていた。アメリカは偉大な国にならなければならない。「偉大な国になる」、という信念は自国の性格のうちに不可欠な部分として、建国の理念から切り離すことが出来ない部分として、引続き存在している。

過去の歴史に照らし平和と安全を左右する決定的な条件は政権の性格である。他国の性格が米国の安全と権益を確保する能力に多大な影響力を与える現実を直視すれば、民主主義の普及と育成のために政権を変更する戦略はきわめて現実的である。世界中に民主主義国家が増えれば増えるほど、世界はアメリカにとって住みやすくなる。

アメリカにとって人間らしい未来は、理想主義的で自己主張力があり、かつ十分な資金に裏付けられたアメリカの対外政策を必要としている。文明の礼儀と集団虐殺の間、それに秩序と混乱の間に立ちはだかるものは、多くの場合、アメリカの軍事力だというのが事実なのである。

「永久民主革命」

かくして、ブッシュ政権の戦略は、国際協調主義を峻拒し、いったん悪であるとみなした政権は軍事力を持って「交代」を促す。二〇〇二年六月一日、ブッシュ大統領は、外国からの脅威は、何処に出現してもそれに先制攻撃をかけ（pre-emptive）、自由を広めるという「ブッシュドクトリン」を打ち出した。

ネオコン派の人々は、ブッシュドクトリンはアメリカをベトナム戦争以前の時代―奉仕の義務とアメリカの責任が重視された時代―へと連れ戻してくれるとして歓迎した。

ネオコン派の思想が共和党政権下で開花したといっても、ネオコン派はニクソン、キッシンジャーのようないわゆるリアリスト（現実主義者）ではない。ネオコン派の主張は「永久民主革命」であり、理想主義（ひとつの教義）を併せ持っている。それゆえ、フセイン打倒後のイラクに建設しようとしているのは「リベラルな民主体制」だというのも、ネオコン派の立場からは首尾一貫しているのである。

いまアメリカの矛先は北朝鮮に向かっているが、アフリカにも、そしてアジアにおいても、アメリカにとって住みやすい世界を求めるためには、永久に革命を続けようとするのがネオコン派の思想なのである。

ネオコンの「日本観」

ネオコン派は日本を次のようにみている。

・アメリカは日米安保条約によって日本を防衛する義務を負っているが、日本はアメリカ防衛のために形だけにしろ武力を行使する義務はない。つまり、日米安保条約は事実上、日本を保護国にしている。

・地政学的にいって、地政戦略に参加できる国とは、自国の国益を超えて軍事力または影響力を行使し、とくにアメリカの権益に影響を与えるほどに既存の地政状況を変える能力と意思を持つ国を言うが、日本は、「参加者」としての資格はない。日本の軍事力は確かに優秀であるが、アメリカ軍の延長とみなされているため、地政戦略に参加できない。

・日本は中国を含むアジア諸国からも反感を買っており、他方軍事力をアメリカに依存しつつアメリカと経済面で競争している。

・独自の歴史と自尊心を持つ日本は、中国ほどではないが、国際社会における現在の地位に不満を持っている。

・アメリカにとって政治面で日本との緊密な関係を維持することは、世界の地政戦略上きわめて重要である。

・日本が世界の舞台で指導的な地位を確立するには、世界平和維持活動と経済開発に積極的に参加するのが最善の方法である。

お読みになって如何であろうか。「言いたい放題」を言われているという感を抱かれた読者も多いと思う。将来アメリカの「保護国」である立場から脱し、世界で重要とされる国になるための、独自の戦略をわが国が持たなければならない必要性は明らかだと思うのであるが、如何であろうか。

〈参考文献〉

1　ローレンス・F・カプラン、ウィリアム・クリストル（岡本豊訳）『ネオコンの真実―イラク戦争から世界制覇へ』ポプラ社、二〇〇三
2　ロバート・ケーガン（山岡洋一訳）『ネオコンの論理―アメリカ新保守主義の世界戦略』光文社、二〇〇三
3　ズビグニュー・ブレジンスキー（山岡洋一訳）『地政学で世界を読む21世紀のユーラシア覇権ゲーム』（日経ビジネス文庫）二〇〇三
4　宮崎正弘『ネオコンの標的』二見書房、二〇〇三
5　副島隆彦『世界覇権国アメリカを動かす政治家と知識人たち』（講談社＋α文庫）一九九九

日豪関係を考える

日豪関係の新展開

（平成十八年五月十五日「ＢＡＡＢ」49号）

□　オーストラリアを訪問していた麻生外相は、去る三月十八日、ライス米国務長官、ダウナー豪外相と閣僚級の対話を行った（「朝日新聞」、二月十九日朝刊）。今年は昭和五十一年に日豪友好協力基本条約が締結されて三十年。「日豪交流年」の行事が日豪両国で行なわれることになっている由である。新年早々、ライス米国務長官の発案で日米豪の三カ国外相による合同戦略対話が提唱されたが、イスラエル首相の危篤が伝えられたため延期になり、三月に漸く対話が行われたという経緯があった。報道によればこの対話は「中国の軍拡に懸念」が表明されたことになっているが、単に懸念に留まらず、日米豪間の安全保障について突っ込んだ話が交わされたと思われる。

□　昨年、小泉首相はハワード豪首相に対し「安全保障の面を含めて日本にとりオーストラリアは米国と共に重要である」と伝えている。太平洋を抱く形で存在する日米豪三国のうち、日米、米豪の間には軍事同盟が形成されているが、日豪間にはそれがない。ASEAN（東南アジア諸国連合）に日中韓の三国が加わり「東アジア共同体」を形成する構想が頭をもたげているが、アメリカは今のところ招かれていない。

□私は予ねて日豪の関係に興味があり、「逆さまの世界地図と地球儀」（本誌№38 平成十一（一九九九）年九月）において、我が国が南へと勢力を伸ばす南北アクシスの構想に一寸触れておいた。日露戦争にあたってオーストラリアの新聞記者モリソンは開戦を演出した（ウッドハウス暎子『日露戦争を演出した男』（上）（下）東洋経済新報社（一九八八））。日本とロシアが戦い、日本がオーストラリアの安全の楯となって勝利することを願ったのである。ことほどさようにオーストラリアは小さな島大陸であるがゆえに北方からの脅威に敏感であり、国際事変に際し常に自軍の軍隊を海外に送り、自らを守ってくれる国と好誼を通じている。近い将来、もし中国海軍が中西部太平洋に進出することにでもなれば、またこれに対する脅威を覚えずにはいられないであろう。

□さすればオーストラリアが再び日本を盾とし、米国と共に自国の安全保障を保とうとしても不思議ではない。また我が国にとってもオーストラリアを後背地として安全を守るというシナリオも考えうる。我が国にとってＡＳＥＡＮの地域は是非とも進出したい地域であるが、この地域に対する中国の影響が強いうえは侭ならぬ側面もある。日豪の間にはインドネシアが横たわっているけれども、両国の地政学的関係から見ても（両国が民主主義先進国であることも考慮すると）、同盟相手として格好の相手とも思える。

□　アメリカは、目下、軍の再編に取り組み、グアム島を太平洋の要点としつつある。沖縄にある第三海兵遠征軍司令部の移駐もその一手段である（米海兵隊のグアム島移駐は「沖縄基地問題」といった局地的な観点からの動きではない）。グアム島への要点の移動は、南西アジアや中東を見通すと沖縄からみて「側方」への移転とみなされ、アジア太平洋全域を視野に入れれば、バランスのよい態勢を保とうとする動きである（補註）。アメリカにとって日豪の同盟をとり持つことで、ＡＳＥＡＮの外側に中国の影響を受けない軍事ブロックが出来ることは好ましいことに違いない。

□　今後の日米豪三国間の動きに注目する所以である。

〈補註〉

初出には参照できなかったが米海兵隊のグアム島への移転については吉田健正『米軍のグアム

統合計画――沖縄の海兵隊はグアムへ行く』高文研（二〇一〇）がある。

日米豪安保協力

（平成十九年四月二十日「ＢＡＡＢ」50号）

□　去る三月十三日、安倍総理大臣は、ハワードオーストラリア首相との間に安全保障協力に関する日豪共同宣言に署名した。本誌49号一頁に述べたとおり、昨年小泉総理大臣がハワード首相に対し、オーストラリアが日本に対し有する戦略的重要性を強調したことを契機に日豪関係が深まり、同年三月十八日、米国の肝煎りで麻生外務大臣（当時）とライス米国務長官及びダウナー豪外相との間に閣僚級の会談が行われ、日米豪三カ国間の安全保障問題について話し合いが持たれた。また、今年二月下旬、日本と豪州を歴訪したチェイニー米副大統領が、シドニーでの講演で日豪の安保協力を強く支持するなど、日米豪間の戦略的パートナーシップに関する話合いの機がようやく熟したのである。

□　此度の日豪共同宣言の要旨は以下の通りである。

【協力の強化】日豪両国は、ミサイル及び、拉致問題など北朝鮮問題の平和的解決、テロの脅威への対応を含む地域、国際社会における共通の戦略的利益に係る問題について協力・協議を強化する。日本の常任理事国入りを含む国連改革に向けて協力する。

【協力の分野】日豪両国は、(i)国境を越える犯罪との戦いに関する法の執行(ii)国境の安全、(iii)テロ対策、(iv)軍縮並びに大量破壊兵器、及びその運搬手段の拡散対抗、(v)平和活動、(vi)戦略的評価及び関連する情報の交換、(vii)海上及び航空の安全確保、(viii)災害救援を含む人道支援活動、(ix)感染症大流行の発生時を含む緊急事態対応計画の分野における安全保障協力を推進するため、具体的な措置を行う行動計画を策定し、両国外務大臣および防衛大臣間の対話を強化し、年次ベースで会合を行う。

□ところで周知の通り、従来、我が国は、アメリカとの間に安保条約を結んでいるほか、それ以外の国との間に同種の条約を結んでいない。今回の日豪安保宣言の成立には中東での負担増に悩むアメリカがアジア太平洋の安全保障の一部を日豪に肩代わりを求め、日米豪のトライアングルを太平洋に形成し、ＡＳＥＡＮ諸国の動向と中国の進出を牽制するという、アメリカの思惑が絡んでいる。

□米豪両国の間には、アメリカが台湾を巡って中国と紛争を起こした場合に、オーストラリアはこれに参加することが約されている。このような状況において、日豪安保宣言は、この種の紛争に我が国が積極的にコミットするのではないかとの危惧を中国に与えるおそれがある。しかし、他方、東シナ海諸島問題や油田の開発を巡って将来深刻な紛争状態に至ったとき、日本がオーストラリアの協力を仰ぐのではないかと中国に思わせる心配（逆にメリット）もある。このように日豪安保宣言による中国への影響は大きい。

□オーストラリアは我が国を主要な貿易相手としているが、東南アジアとの輸出入も急成長しており、アジアのシーレーンの安全や寄港地の治安確保が死活的に重要になっている。オーストラリアが日本との協調関係の構築を急いだ背景にはこのような事情がある。

「中国は良好で建設的な商業的パートナーである。しかし、価値観からみると中国は日本ほど密接ではない。日本は我々のアジアにおける最大の友であることは明らかである。」オーストラリアの外務省筋は、上機嫌でこのように述べたと言う。

□このような状況に照らして、日豪安保宣言が軍事同盟へ発展する可能性はあるだろうか。オーストラリア軍と日本の自衛隊とは友好的関係にある。例えば、イラクの平和派遣部隊に対し、オーストラリア軍は防衛の任務を買ってでたし、また、カンボジアやティモールにおけるＰＫＯ活動についても、日豪両軍の共同は深いものがあった。宣言文は取り立てて軍事協力の面を強調してはいないけれども、これを将来的にみるとき、その側面を帯びてくることであろうことも想像に難くない。もちろん、日本国憲法上の制約、なかんずく集団的自衛権の問題を巡って、ことは易々と進むとは限らない。しかし、安倍政権が目指している憲法改正の動きと照らし合わせてみるとき、我が国が太平洋を巡る国際的な紛争環境の中に身を置くという姿勢を示す第一歩となったことは明らかである。

米海兵隊のオーストラリア駐留

（平成二十三年十二月一日「BAAB」56号）

□　本年十一月十六日、アメリカとオーストラリアは、豪州北部に最大規模二千五百人のアメリカ海兵隊を駐留させることに合意した。オバマ米大統領が就任後初めてオーストラリアを訪問し、首都キャンベラで行われたギラード豪首相との会談において同盟強化の一環として合意したもの。アメリカとオーストラリアの合意は、(i)二〇一二年半ば頃に米海兵隊二百五十人をオーストラリアに駐留させ、その後二千五百人規模まで増強する、(ii)駐留部隊は六ヶ月交代でオーストラリア軍との共同演習や訓練を実施する、(iii)アメリカ空軍はオーストラリア基地への米軍機乗り入れ頻度を増やす、(iv)これらの活動に必要な資材、機械の備蓄を進める、などを骨子としている。

□この背景には、中国が軍事能力を高めていることと密接なつながりがあるのは明らかだ。中国空軍は、誘導可能なミサイルの精度向上と射程の長距離化を推進し、日本と韓国にある米空軍基地六箇所のうち五箇所は中国の一般ミサイルの射程距離内に入れているといわれ、米軍の基地のダメージコントロールのため、拠点の広域化・分散化は急務となっている。

中国海軍も活発である。今に始まったことではないが、十一月二十三日午前一時頃中国のリュージョウ級ミサイル駆逐艦など四隻が宮古島沖合を航行しているのが海上自衛隊のＰ３Ｃによって発見された。その前日午前にも情報収集艦一隻、次いで同日夜半には補給艦が航行しているのが発見されている。大洋艦隊建設へ向けての訓練であろう。

□また中国海軍は航空母艦を保有した。十一月二十九日に大連の船舶重工業所を出発した様子が各国のカメラマンによって撮影された。上部構造物や飛行甲板の取付がアウトモードであるが、ワリャークという名の同艦は旧ソ連から中国が研究目的で買い受けた六万七千トンの大型艦。各種の試験を行い、八月の試験航海に次ぐ二度目の航海で、三隻の艦船を随伴しての航行となった。航空母艦が真の作戦艦となるには一つの大きなシステムを必要とするので、当面の軍事的影響はないものの、作戦能力を獲得すればとくに南シナ海沿岸諸国には睨みをきかせることになろう。

□ こうした動きを示す中国を視野に入れながらアメリカ軍の中には空・海軍を中心として〝エアシー（Air-Sea）バトル構想が浮上しているという。弾道ミサイルや潜水艦の攻撃（同時に防御）に邁進して米軍が中国に接近できない状態に備え、こちらも航空母艦とその艦載機の能力を備える海軍と、爆撃機やミサイルを備える空軍によるアウトレンジ作戦が企てられてゆくであろう。因みにエアランド（Air-Land）バトルについては二〇〇〇年のイラク／クェート戦争においてほぼ完成の域に達していると言われている。

□ 我が国はさきに平成十九年三月安倍内閣のときに日米豪安保共同宣言を発表し、両国とパートナーとなることを宣言した（「日米安保協力」本誌第50号三頁、拙稿参照）。今回の米海軍部隊のオーストラリア駐留は、米高官によれば沖縄県の普天間米飛行場移設を含む米軍再建計画には影響しないとされている由であるが、そんなことは常識的にあるはずがない。沖縄の米海兵隊がグアムに移転することはつとに決定済であり、国防費の削減にあえいでいるアメリカが更に南にもう一つ海兵隊の駐留先を得たうえは、我が国の防衛に対するアメリカの支援が相対的に減ることを示唆しているのである。

太平洋諸国の「争奪」

――「島サミット」にみる

（平成二十四年十二月一日「ＢＡＡＢ」57号）

いささか旧聞に属するが、今年五月二十五日と二十六日に第六回太平洋・島サミットが沖縄（名護市）で開催された。「島サミット」は太平洋諸島フォーラム（ＰＩＦ＝Pacific Islands Forum。一九七一年に結成され事務局をフィジーの首都スバに置く）の加盟国十五カ国（〔第1図〕の通り）のほか、アメリカ合衆国がはじめて参加した。

□　日本は一九九七年から主催国をつとめ、今回も議長国を努めた。ＰＩＦに島国への支援の先鞭をつけるなど、今のところイニシアティブをとっているかにみえるが、このフォーラムに参加国が増える中、近時日本の役割は徐々に低下しつつある。中国と台湾、そしてアメリカがそれぞれ外交関係を深めるため援助合戦を繰り広げているからである。中国は二〇〇六年にフィジーで首脳会議を開催し、アメリカや韓国、ロシアも次々に首

〔第１図〕「太平洋諸国」とその海域

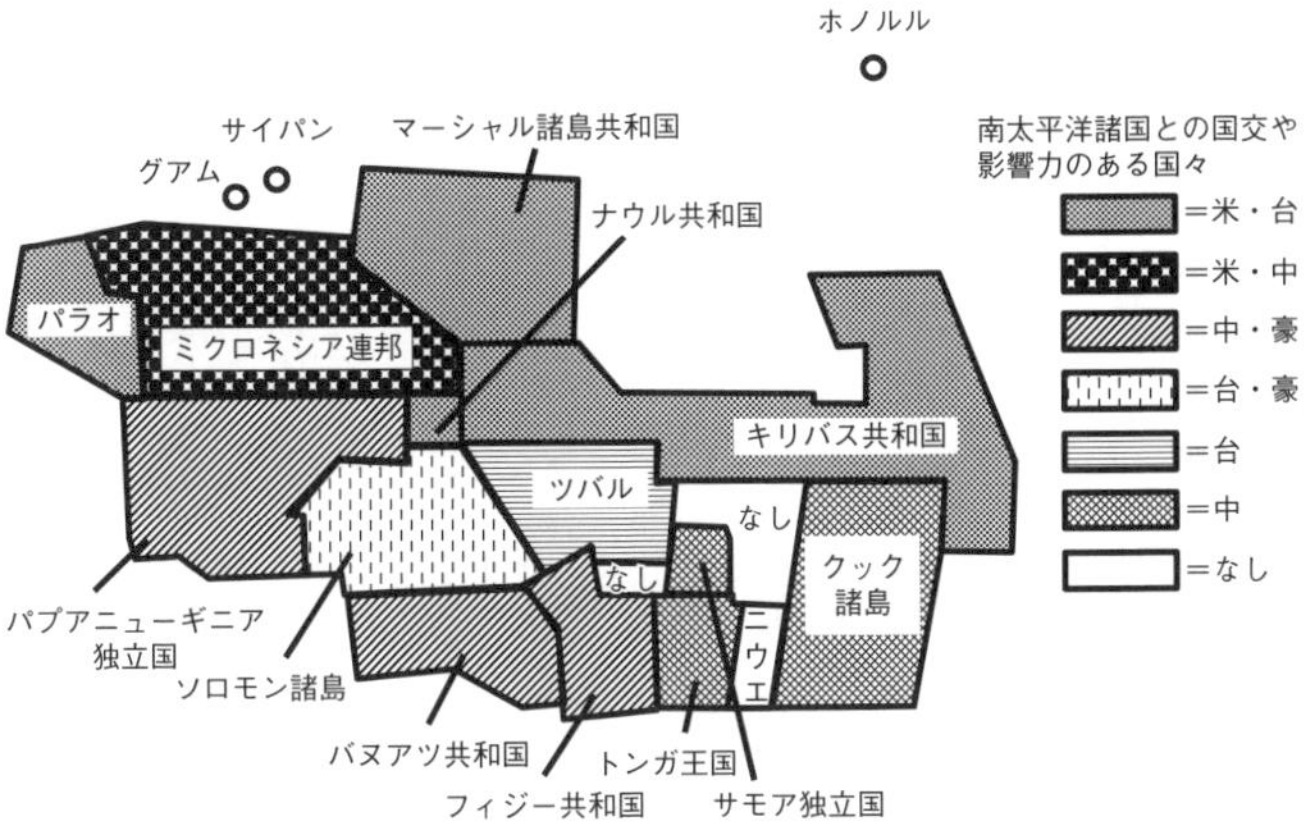

脳会議や閣僚会議を開催するなど、独自の動きを示している。

□　中国はさきに太平洋について、一九九七年以降、第一列島線・第二列島線の概念を強調し、西大西洋に戦力展開の目標ラインを設定しているが、ミクロネシア、パプアニューギニア、クック諸島等の諸国とも国交を結び、豊富な外貨準備金をもとにして経済援助を活発化させている。

□　このような動きを牽制するため、サミット終了後に採択されたサミット宣言（キズナ宣言）は「日本が太平洋を共有する対等かつ重要なパートナーであること」を再認識し、日本が今回のサミットに参加を求めたアメリカについては「アメリカの太平洋地域との歴史的な深い紐帯を認識し、アメリカがこの地域への関与を一層強化するための措置を講じてきた」ことに謝意を表した。

こうして今回のサミットは日米が連携して、この地域で中国に主導権を握らせないという思惑が色濃く滲んだものとなった（「朝日新聞」二十四年五月二十七日）。

□　南太平洋は経済的な力は小さいとはいえ、利害関係を持つ諸国にとって将来安全保障政策上強い影響力を持つことも当然予想されるところであり、目が離せない地域になるであろう。

「有事法制」を超えるもの

「有事法制」を超えるもの

（平成八年七月二十三日「旧ＬＩＴＳ」10号）

□　帝京大学の教授で志方俊之氏という方がおられる。テレビにも顔を出しておられるからご存知の方も多いと思うが、もと陸上自衛隊北部方面総監（陸将）を務め、退官後、「軍事アナリスト」に転身された方である。志方氏の口癖?に「政府の組織の中に万が一のときのことを常に考えている部局が一つくらいあってもよいでしょう」というのがある。氏の言われる「万が一のとき」とは、わが国の安全が脅かされたときのことである。

□　志方氏が書かれた最近のエッセイ「『朝鮮有事』で日本国内はどうなる?これが〝起こりうる悪夢のシナリオだ〟」（『ＳＡＰＩＯ』、平成八（一九九六）年六月二十六日号）によれば、北朝鮮が「朝鮮有事」の事態に突入した場合には次のような争乱がわが国に及びうるとされる。

①日本における米軍基地、とくに飛行場や港湾の一部の破壊、周辺海域に対する機雷の敷設
②特殊部隊の潜入
③米軍基地反対のデモ、鉄道、橋梁、発電所（原子力発電所を含む）などに対する破壊活動
④在韓邦人の救出問題
⑤脱出した邦人が乗船している韓国船に対する襲撃
⑥漂着難民（その数は二十〜三十万人）の上陸、及びその保護
⑦漂着難民の日本社会への浸透
⑧米国との間の「物品役務相互提供協定」（ACSA＝一九九六・四・一五調印）や基地使用をめぐる米国とのあつれき
⑨傷病米将兵に対する救護
⑩日米安保に対する米国の不満醸成
――「これらのことが十日ぐらいの間に一度に起こる」と志方氏は言う。

□

折から五月十三日、橋本首相は防衛庁など関係官庁に対し「有事」を想定した具体的

対応策の検討・研究を指示した。問題の重要性からいって、研究・検討の成果が出るのはまだまだ先のことであろうし、今まで不毛な防衛論議を続けてきた政府が、すぐに的確な「有事法制」を作りあげることができるとは思えない。当面「集団的自衛権の憲法的解釈」「在外邦人の保護」といった議論の空中戦か、マイナーな論点をめぐる紛糾が続くのであろう。

□ しかし、「有事法制」の本質的な問題は、志方氏が言われるように、動乱によってわが国に及ぶ直接的な影響をどのように制度が受け止めるかということである。そして同時に重要なことは、このような争乱を日本人が国民としてどのように受け止めるかということである。

およそ我が国では戦争に対する研究は五十年間、等閑にされてきた。戦争に関する研究は「平和研究」というコインの反対側にあるものとしてのみ研究され、ここにおいては戦争は国際政治学か人文科学の一部として取扱われ、戦争が持つ本質や技術の問題は、自衛戦争に関しても退けられてきた。「民間防衛」などという考えはスイスの民間防衛の本が翻訳されたぐらいで系統的に検討されたこともない。

□ そうはいっても、「有事法制」を口にしただけで罷免に追い込まれた統合幕僚会議議長がおられた時代に比べればいくらかマシになったが、国際社会が戦争を放棄していない以上、有事「法制」の問題を超えた市民意識に関する議論がこれから真剣に行われるべきである。

それはどういうことか。

例えば、志方氏が言われるように、わが国にある米軍基地をめぐる電力、水道、道路、橋梁などが破壊されるとすれば、これはひとり米軍基地だけの問題ではなく、わが国民の生活にも甚大な影響を及ぼすことは自明である。停電（私にとっては戦後の経験に照らして不思議でも何でもないが若い人にとってはそれだけでもパニック）、断水、水道の汚染（関東大震災の折に流布された噂による混乱を想起されたい）、都市ガスの停止、電信、電話、鉄道の遮断（多くのサラリーマンはどうする）、……これらの事態はそれだけで都市生活を破壊するに十分である。やがて生ずるであろう小火器の使用……耳に直接銃声を聞いたことのある市民はどれだけ少ないことか。砲火を見たことのある市民に至っては……？　目前における流血、人の死傷、建築物の倒壊、爆薬の破裂……不確実な情報が飛び交うことによる不安の増大、秩序の混乱、こうした状況から受ける身の縮むような恐怖……。

□こうした非常事態に対しては人々には我慢、忍耐、自己犠牲、自制心といった社会の基本的要素をなす心得が必要とされるのであるが、そうしたことに対する教育が十分になされてきたとはとうてい言い難い。

ある人は言うであろう、「だから米軍にいてもらっては困る」……しかしそうであれば、外国勢力の日本への浸透はいまより更に容易であることを忘れてはならない。また、ある人は言う、「米軍がすぐに来援してくれる」……そんなバカなことはあり得ない。

□先日志方氏にお目にかかった折、先生の曰く、「困ったもので、脅威を言いたてることは相手方を煽ることになる、という人がいましてね」と。これはまさに井沢元彦氏(作家)の言う「言霊《ことだま》」の世界である。言霊とは日本人の持つ原始的体質で、「雨よ降れ」と言うと本当に雨を呼ぶことができると思い込む精神世界のことで、「戦争」と叫ぶと、それが研究の呼びかけであれ何であれ、本当に「戦争」が起こる、という思考方法のことである(詳しくは同氏の著作「言霊の国解体新書」など参照)。

□すぐれた「有事法制」と共に優れた「有事精神」を速やかに確立する努力(このような努力は戦前・戦中にも本当に行われたかどうか疑わしい)が始められるべきである。

Never say never!(「過去になかった」と言うべからず＝ヘンリー・キッシンジャー)

補遺

（平成十四年九月）

さきの国会（第百五十四通常国会）において有事法制に関する三法案（いわゆる武力攻撃事態対処法案、自衛隊法改正案、安全保障会議設置法改正案）が審議されたが、平成十四年七月十六日、与党三党の幹事長会談において、有事法制関連法案を衆議院で継続審議とする方針を固めた。有事法制をめぐる議論は今秋開かれる予定の臨時国会に持ち越されることになった。

「『有事法制』を超えるもの」を執筆したのは平成八（一九九六）年のことであったが、その中で「……今まで不毛な防衛議論を続けてきた政府が、すぐに的確な「有事法制」を作り上げることができるとは思えない」と書いた。執筆以来六年を経て、政府の説明によれば「四半世紀の研究を踏まえて」漸く国会レベルでの討議が行われるに至った。しかし、法案の提出が唐突と受けとられたためか、法案成立に向けての与党の足並みはいま一歩まとまりに欠け、野党をはじめとする反対論にも的外れな点も多く、国会審議は「有事」の実質に迫っているとは言い難かった。

以下に昨今の有事法制論議についての私の感想を思いつくままに述べておこうと思う。

軍隊の運用と行政権について

まず軍隊の運用と行政権について。

行政権の発露としての軍事力の行使は、政府が独自にこれを保有するとするのが英米法における主流的な考え方であり、それ故、アメリカの国防に関する基本法である国家安全保障法（National Security Act oF 1947）は軍とこれに附属もしくは関連を有する諸機関の組織編制については定めていても、軍の行動については、軍の最高司令官としての大統領に行使の権限を一任し、法律にはこまごまとした制限を加えてはいない（もっともアメリカ憲法は議会に開戦の権限を与え、また、予算を通じて軍の編成をコントロールしている。さらに一九七五年にはいわゆる「戦争権限法」を定めて、大統領の権限を制限している）。

わが自衛隊法が自衛隊のとりうる行動についての規定を設けているのとは大いに趣を異にしている。即ち同法七六条（防衛出動）、七八条、八一条（治安出動）、八二条（海上警備行動）、八三条（災害派遣）、八四条（領空侵犯対抗措置）。以上が自衛隊のとりうる行動のすべてである。極言すればアメリカにおいては「これはしてはならない」式の定め方、わが国においては「これしかやれない」式の定め方をしていると言えようか。

このように、わが国の自衛隊法が自衛隊の行動を限定しているのは旧軍のコントロールに失敗した反省によることもさることながら、立法当時の政治状況に照らして、建軍に必要な軍の本質をよく検討し得ないまま「警察予備隊」と「海上警備隊」を蒼惶の間に発足させたことから、自衛隊を警察の延長線上に位置付けたためであろうと思われる。そのため、自衛隊は本来軍隊が行うべき行動を有事の際に十分にとれない仕組みになっている。このことは有事法制問題を考えるうえでも重要な点である。

有事法制論議の盲点

有事法制は危機に対処する法律制度であることは今更言うまでもないが、反対論の中には有事法制はアメリカの戦争に手を貸すものだという説がある。この議論は法制論と国家の戦略論とを混同するものであって議論の仕方が誤っているが、それはおくとして、問題は、アメリカの戦争に手を貸すかどうかではなく、わが国の領土内に直接侵略（さらには従来の戦争概念が想定していない低程度紛争（ＬＩＣ）による外敵の浸透）が生じた場合に、どのように法制度を機能させるかという点から有事法制を検討する必要があるにもかかわらず、この観点からの真剣な議論が一部を除いて聞かれない点にある。

有事（戦時）とは外敵の侵略によって国が胴震いをするときであり、平時とは異なり、治安が崩壊した社会が現出した時である。即ち、戦時においては国や地方自治体の機関はもとより、国の基幹産業を構成する多くの国民が殺傷され、平時においては正常に機能している国の機関も損壊・麻痺して十分に機能しなくなるのであるが、その中にあって、軍は生き残った国家機関とよく共同し作戦を通じて国の安全を回復し、国民を保護することを期待されている（それゆえ軍隊は「国家内国家」と呼ばれることもある）。従って、これを統率する最高司令官としての内閣総理大臣、これを補佐する閣僚たちには、その地位にふさわしい勇気と軍事知識を含む叡智が要求される。そして戒厳下にあって秩序を失った国の経営の一部を担うことになる軍隊（当然ながら軍人と文官を含む）には、たんなる軍隊運用のスキルを超えた国政全般についての知識を平素から備え置くことが要求されるのである。

「本土」における戦争

我が国の憲法下における自衛隊は外征を目的としないから、これが運用にあたって想定される戦争は我が国の領土内に限定され、当然上述した事態が予測される。それゆえ、有事法制とは本来このような事態に堪えうるようなものでなければならず、有事法制に関する議論もこうした事態を予測してなされるべきなのである。しかし昨今の議論はこうした緊迫感を欠いているように思われてならない。想像力の欠如というべきであろうか。あるいは、我が国が過去において一部の地域を除き、国外で戦争をしてきたため、自国領土内での戦争について議論することに不感症になっていて、まずアメリカの極東における戦争に目が行ってしまうせいなのかもしれぬ。

有事法制ができるとアメリカの戦争に手を貸すことになるかどうか、という観点からではなく、秩序が崩壊して惨胆たる有様になった我が国がどのようにして生き延びるかという問題意識が根底になければならない。「アメリカの戦争に」ではなく「我が国領土内での戦争に」どう対処するかの議論がはじめに来なければならないと思うのである。

上述のような、国や地方自治体の機関の壊滅・麻痺、混乱といった事態が想定されるとすれば、有事法制はそのような事態に即応できるように制定されなければならない。平時であればよく機能するかもしれないきらびやかな法制度を作って、混乱時において自縄自縛にならねばよいが……、と思う。

外交が破綻したあとに来るもの

反対論を聞いていて、私にはどうしても判らないのは、国の外交努力を強調したうえで、「戦争はすべきではない。戦争を回避するのが国の務めである」とばかり述べてそれ以後の議論をやめ、いきなり、「だから有事法制はいらない」という結論につなげる式の議論がいかにもまともな議論のようになされていることについてである。戦争を回避するのが国の務めだということは判り切っている。にもかかわらず、わが国が侵略されるおそれが絶無であるとは誰にも言えない筈である。「将来戦争は起きるかもしれないが、いまは起きるような国際情勢にない」という議論も時々聞くが、「国際情勢などは一寸先は闇」という風に考える方が常識に適っていると思うがどうであろうか。

例えばアメリカが日本から撤退し、グアム島を中心とするマリアナ諸島の線まで引いたとすれば（アメリカが緊急展開軍を整備していることに照らし、これはありうるシナリオである）、沖縄を含む琉球列島に軍事的真空が生じ、極東における軍事バランスは大きく崩れる。この場合、我が国がよほど上手に行動しないと極東に戦雲が漂う危機は増大する。

こうした、我が国に「平和憲法」があったとて、それだけで常に抑止力が働くものではない。

「戦争はすべきではない」という議論は憲法九条の解釈論としてなされることが多い。我が国の憲法九条が武力を放棄しているがゆえに、外敵の侵略に対しても「戦争はしない」とする議論は、九条の一つの解釈論としてはありうる。しかし、この種の議論が、我が国が滅多打ちされてもなお反撃もしないというところまで徹底して結論するとすれば、その議論には到底ついてゆけないものを覚える。やはり、憲法九条は自衛のための武力は放棄していないのだという風に解釈するのが穏当だと思う。

有事法制と政府

有事法制反対論には法制の具体的展開について論ずるものもみられる。

まず、有事法制によって首相に強大な権限が集中し、民主主義が機能しなくなるおそれがあるという点からの反対論がある。しかし、上述したところから明らかなように、有事において行政府に権限を集中しなければ危急を凌げないことは当たり前のことであって、有事に際して首相に権限を集中させることと民主主義の崩壊とは関係がない。有事に際して情報を集中せず、その分析もてんでバラバラに行い、侵略に対する反撃のための指揮も散漫にわたることこそ、軍隊統率の基本を誤り、国家を危殆に陥しいれることになる。アメリカの大統領やイギリスの首相が、戦時において強い権限を持っているからといって彼の国の民主主義が崩壊しているという声は聞かない。

閣僚は文民であって、有事の兵站補給等について知る由もないから、安全保障会議の中の少数から成る部局によって密室の中でこれが立案されることになり、国民の「知る権利」を害するというような議論もあった。たしかに閣僚は文民であるが、そのことを以て閣僚が兵站補給を含む軍事に関する知識を持っていなくとも当然のように前提するのは正しくない。また、閣僚は文民だから軍事に関する知識など持ってはならないとするのであれば何をかいわんやである。

有事に備えることになる閣僚たちは、シビリアンコントロールを実効あらしめるためにも一層の研鑽を通じて軍事を含む国家の安全保障についての知識を持つべきなのである。「軍事については自衛隊の仕事であり、我は関せず」として軍事問題から身を引いてしまうのでは無責任の誹りを免れない。現にアメリカの閣僚や上院議員の中には制服組を上まわる軍事知識を持っている者が大勢いる。

それはそれとして、有事の際、兵站補給の策案と実施を少数を者が担うのは当然のことである。けだし多人数に諮ったのでは船頭多くして何とやらの譬え通り、兵器や物資を要点に集中的に投入するプランを立案することができず、兵力の分散投入や逐次投入の弊をおかすおそれが十分だからであり、また多人数によって策案したのでは情報が漏洩し、これを利用した外敵によって補給途上において攻撃を受け、補給、輸送が壊滅するおそれがあるからである。

武力攻撃事態

次に「武力攻撃事態」という概念について。

反対論は、有事関連法案は「武力攻撃事態」の範囲や定義があいまいであるとする。

武力攻撃事態の定義をできるだけ明確にしておかなければならないことは言うまでもな

いけれども、安全保障の政策は夥しい不確定要素の上に成り立つ。有事における事態は平時とちがって「敵」を前提とするが、敵は自らの意思に従って刻々と動く。敵の動きは、ことの本質から言って完全に予見することは不可能であり、それにもかかわらず、「我」は予測不能な外敵の動きに即応しなければならない性格を持つ。安全保障の問題に対処するにはすぐれた想像力が必要とされるのである。それゆえ、国が対処すべき武力攻撃事態の範囲はいかに明確にしようと努力しても構成要件的に明らかにすることは抑々できない性質のもので、国民が政府を信頼してその裁量に委ねるほかない分野なのである。

有事と基本的人権

有事法制が制定されることによって、基本的人権が侵害されるという点が反対論の論拠にあげられている。しかし、有事において生ずる名状し難い混乱の中で外敵によって蹂躙される基本的人権の侵害（基本的人権の侵害は侵略勢力によって行われるだけではない。侵略勢力に呼応する内国勢力や、混乱に陥った一般国民によって他の国民の権利が侵害されることも大いに予想される）を防止し、「混乱の中の秩序」を維持するためにも有事に対処する法制は完備されなければならない。有事に際して国民のすべてが、てんでに基本的人権の保護を主張したのでは収拾し難い混乱に陥ることは誰にでも見えやすい理である。

基本的人権の一である「知る権利」を例にとってみよう。平時における情報公開が大切なことは判りきっているが、有事の際に作戦の立案、部隊指揮の内容に関する情報まで公開したためにこれが侵略勢力に傍受され、自国民の生命身体に損害が生じることについてはどう考えるのであろうか。そうした愚を避けるためにも、「知る権利」を一定の範囲で制限し、電波を最低限収用し、無線による外敵との通信を制限す必要を認めうるのである。

今一例のみを挙げたが、かように有事にあっては基本的人権が最小限制限を受けることはやむをえないことであって、国民の各々が忍耐によって秩序を維持し、侵略を排除する覚悟を必要とする。

「有事法制絶対反対論」について

有事法制反対論にもいろいろあって、絶対にこの種の法制に反対する論から、今次政府の提案した法案は不備であるとする論（その中には今次の提案は戦時と、天変地異を含む「有事」の総合的な把握に欠けているとする議論や、有事における国民の避難誘導の具体的方策が先送りされているとする論などさまざまである）まで幅広く行われている。

今次の政府提案に対する反対論は理解できるものを含むが、絶対的反対論については、私は理解できない。

けだし、絶対的反対論は憲法九条を絶対的戦争放棄として解釈し、いかなる意味でも戦争を否定することから出発するのであるが、上述した通り、我が国領土に対する直接侵略を排除する意思と能力を捨て去るよう求めることは首肯し難いからである。また、反対論の中に、有事法制を抜きにして上述した議論に堪えうる確固たる安全保障政策プログラムを展開したものを見ないからである。

有事法制を考えるうえでの真の問題は、有事の際に国民が信頼を寄せることができる政府（戦時内閣の類）を我が国が持ちうるかどうかにある。戦後六十年になろうとする間、政治家や官僚の中に、真に国家の戦略を研究し、国家大変の時に断固たる勇気を持って国民をリードし、軍隊をよく統率しうる者がいるだろうか。本音で言えば私も、そして多分多くの国民も有事の際の指揮を政府にまかせることについて不安を持っているということである。もっと言えば政治家や官僚の国家安全保障政策が、彼らの無知に由来してまっとうなものにならないかもしれないという点に不甲斐なさを感じ、もしくは同様の理由から、逆に政府が暴走して国民の基本的人権を必要以上に侵害するのではないかとい不安を等しく抱いていているということである。

それゆえ、反対論は有事法制の危険に名を藉りて、そこで思考を停止させ、安逸の中に韜晦することによって「平和を祈念する」ことになる。しかし平和を祈念しただけでは不十分であることは反対論者も判りきっている筈である。有事の際における兵力集中と有効な作戦の展開のためには、権限の集中が必要であることも、また情報が外敵に筒抜けになったのでは外敵の排除はできないことについても、常識的に考えれば理解できる事柄なのである。

有事法制論議は、有事法制に絶対的に反対することからではなく、この種の法制によりもたらされる「非常事態」の中身を具体的に検討すること、非常事態によりもたらされた非常時政府（戦時内閣の類）をどのように平時の政府に戻すか、外敵の侵略が排除された後に、有事法制にもとづいて制限した国民の権利をいつ、どのように回復するか、排除できなかったとき（例えば敗戦の時）はどうするか等に関する、地についた議論をすることへと議論の重点を移しかえることによって、はじめて不毛から脱しうるのである。

そして、将来的に見て、真の解決策は政治家・官僚が軍事学をはじめとする国家安全保障に対する技術について研鑽を積むこと、そして国民が六十年、目を潰ってきた国家の安全保障に関する知恵を身につける外にはないと思うのである。

〈附記〉

有事関連法の成立

□　本稿執筆後、平成十五（二〇〇三）年六月六日、「武力攻撃事態対処関連三法」が可決、成立した。

・安全保障会議設置法の一部を改正する法律

・武力攻撃事態等における我が国の平和と独立並びに国及び国民の安全の確保に関する法律
・自衛隊法及び防衛庁の職員の給与等に関する法律の一部を改正する法律

□　その後、平成十六（二〇〇四）年六月十四日に左記有事関連七法が可決、成立した。

・武力攻撃事態等における国民の保護のための措置に関する法律（国民保護法）
・武力攻撃事態等におけるアメリカ合衆国の軍隊の行動に伴い我が国が実施する措置に関する法律（米軍行動関連措置法）
・武力攻撃事態等における特定公共施設等の利用に関する法律（特定公共施設利用法）
・国際人道法の重大な違反行為の処罰に関する法律（国際人道法違反処罰法）
・武力攻撃事態における外国軍用品等の海上輸送の規制に関する法律（海上輸送規制法）
・武力攻撃事態における捕虜等の取扱いに関する法律（捕虜取扱い法）
・自衛隊法の一部を改正する法律（自衛隊法一部改正法）

「軍事裁判所」と法曹の関与

（平成十八年十月一日「防衛法研究」（防衛学会編）30号）

はじめに

平成十七年十一月二十二日、自由民主党は新憲法草案を発表した。新憲法草案は現行の「第二章　戦争の放棄」を「第二章　安全保障」と改め、第九条の二を新設し、「我が国の平和と独立及び国民の安全を確保するため、内閣総理大臣を最高指揮権者とする自衛軍を保持する。」と定めた（第一項）。これを受けて「自衛軍は、前項の規定による任務を遂行するための活動を行うにつき、法律の定めるところにより、国会の承認その他の統制に服する。」（同条第二項）、「前二項に定めるもののほか、自衛軍の組織及び統制に関する事項は、法律で定める。」とした（同条第四項）。

ところで、現行憲法第七十六条第二項は、「特別裁判所は、これを設置することができない。行政機関は終審として裁判を行ふことができない。」と規定しているところ、新憲法草案はこの規定を引き継ぎつつも、第七十六条第三項に次のとおり軍事裁判所を設けることを規定した。同項の規定は次のとおりである。

三　軍事に関する裁判を行うため、法律の定めるところにより、下級裁判所として、軍事裁判所を設置する。

もしこのような規定が憲法の改正によって設けられれば、実体法として自衛軍人に適用される軍刑法(注1)その他の法令（自衛軍機密保護法の如き）が定められ、軍事裁判所に適用される訴訟法が法律によって定められることになろう。

軍事に関する裁判所に関する議論は、現在までのところほとんど耳にしない。自民党が新憲法草案を公にしたことを契機に、過去における軍事裁判所制度を瞥見しつつ、将来の制度はいかにあるべきか、なかんずく法曹をどのように関与させるか等の問題について考えてみる。

旧軍法会議

軍事に関する裁判所は、大日本帝国憲法（以下「旧憲法」という）下においては「軍法会議」と称した。新憲法草案が予定している軍事裁判所を理解するためには、軍法会議に関する理解が不可欠であると考えられるので、まず、旧憲法下における軍法会議の制度を概説する。

一 身分にもとづく裁判権

(1) 軍法会議とは通常裁判所の外に設けられた特別の裁判所であり、(注2) 大正十年法律第九十号陸軍軍法会議法、同第九十一号海軍軍法会議法がそこにおける訴訟手続を定めている。前者は五百六十二箇条、後者は五百六十一箇条から成る大法典であり、両法ともその構成は、両軍の特性に由来するものを除き、ほぼ同じである。軍法会議は平時においては主として現役または召集中の軍人が犯した罪を裁判する。上記以外の者に対しては軍人に準ずる軍属、その他陸海軍の部隊に属し又は従う者であって、陸海軍刑法が定める罪を犯したもの、および俘虜に対して管轄権を有する。陸海軍軍人及び陸海軍軍人に準ずる者は原則として、陸海軍刑法が定める罪のみならず、一般刑法が定める罪についても軍法会議の裁判権のもとにあり、俘虜もまた同様である。

(2) 戒厳が宣せられ合囲地境とされた区域においては陸海軍の支配する範囲が広くかつ権力の発動する程度が強いことを要する関係上、軍法会議の裁判権もまた拡大され、戒厳令の定める特別裁判権を行う。（注3）この場合、合囲地司令官の部下に属する者および監督を受ける者、並びに陸海軍軍人および陸海軍軍人に準ずる者と共に罪を犯した一般人にも及び、かつ陸軍刑法、海軍刑法、軍機保護法その他軍事上の必要により特に設けた法令の罪につき、一般人（常人）に対し裁判権を有する。また戦時事変に際しては軍の安寧を保持する必要があるときは、如何なる人の犯罪についても裁判権を行うことができるものとされる。

二　事物にもとづく裁判権

軍法会議は刑事の裁判所であって、犯罪者に対し刑罰権の有無を判定するための国家機関である。軍法会議が民事に関する裁判を行う場合、平時においては犯罪によって生じた損害につき、被害者より被告人に対しその回復を請求した場合において、被告事件の取調によりその請求を至当と認めたとき、しかも被告人の異議なきときに限り、その請求に応ずべき旨の言渡をなすことあるのみである（陸軍軍法会議法第四百十三条、海軍軍法会議法第四百十五条）。但し戒厳が布告された場合は、軍法会議は軍事に係る民事の裁判を行い、また合囲地境内に裁判所がなく、また管轄裁判所と通路が断絶したときは、民事刑事の別なくすべての裁判を行うものとされる（戒厳令第十一条第十二条）。

三　軍法会議の種類

(1)　陸軍の軍法会議は八種があり(注4)、常設のものは高等軍法会議、軍軍法会議および師団軍法会議である、合囲地軍法会議は戒厳の宣告があったとき合囲地に特設され、また臨時軍法会議は戦時事変に際し編成した陸軍の部隊に必要により特設されるものである。

(2)　海軍の軍法会議は七種があり、常設のものは高等軍法会議、東京軍法会議、鎮守府軍法会議および警備府軍法会議であり、特設のものとして艦隊軍法会議は必要に応じ艦隊または外国に派遣された軍艦に特設され、合囲地軍法会議は戒厳の宣告があったとき、合囲地境に特設され、臨時軍法会議は戦時事変に際し必要に応じ海軍の部隊に特設されるものである。

四 軍法会議の構成

(1) 陸軍においては軍法会議に判士、法務官、陸軍録事及び陸軍警査を置き、判士は陸軍の将校を以てこれに充てるものとする。また海軍においては軍法会議に判士、法務官[注5]、海軍録事及び海軍警査を置き、判士は海軍将校を以てこれに充てるものとされる。判士は将校の中から特に命ぜられるものであるが、将官を以て判士とするときは陸軍大臣の奏請により勅任されることを原則とする。また、佐官以下の将校を以て判士となすときは軍法会議の種別に応じ、陸軍にあっては陸軍大臣、師団長、もしくは軍法会議が設置された部隊又は地域の司令官において、また海軍にあっては海軍大臣、鎮守府司令官、要港部司令官、もしくは軍法会議が設置された部隊又は地域の指揮官においてその部下よりこれを命ずるものとする。

(2) 法務官は司法官試補の資格[注6]を有し、勅令の定めるところに依って実務を修習した陸軍の法務部将校または海軍の法務科士官を以て充てるものとする。法務官の資格は通常裁判所の判事に同じである。

(3)　軍法会議の審判機関は判士および法務官を以て裁判官とし、通常の審判は判士四人、法務官一人を以て構成した裁判官の会議により上席判士を裁判長としてこれを行う。軍法会議には予審の制度があり、(注7)予審機関として予審官を置く。また犯罪の捜査をなし公訴を行うのは検察機関の任務であって検察官がこれに当たるものとする。検察官は法務官の中から陸軍大臣もしくは軍法会議の長官によって命ぜられ、長官に隷属し捜査を行い、公訴を行う。裁判は所謂訴訟主義の手続により、公訴をなしたる検察官は原告として被告人に対立し、被告人は弁護人を付することを許される。(注8)判決は口頭弁論に基づきこれをなすべきものとし、弁論は安寧秩序もしくは風俗を害しまたは軍事上の利益を害する虞がある場合を除くほかこれを公開する。(注9)軍法会議の判決に対しては控訴は許されず、高等軍法会議に対し上告の途のみが開かれ、通常司法機関である大審院に上告することは許されない。上告は判決が法令に違反することを理由とする場合に限るものとする。

「軍事裁判所」を考える視点

新しい軍事裁判所を設置することの可否そのものについても激しい議論があろうが、ここにおいてはこれを設置する場合の問題点について述べておこう。けだし、設置の是非論をたたかわせる場合にあっても、以下の論点に対する検討は欠かせないと考えるがゆえである。

一　シビリアンコントロール

軍隊に対するシビリアンコントロールの問題は多岐にわたるが、ここでは軍事裁判所に関する問題につき検討する。

(1)　旧軍法会議はその裁判について通常の裁判所の関与を一切認めず、上告審である高等軍法会議を以て終審としたが、新しい軍事裁判所は自民党案によれば、軍事に関する裁判所は下級審であるものとされているので、通常裁判所である高等裁判所及び最高裁判所の関与は認めるようである。シビリアンコントロールを貫く観点からすれば、通常裁判所の関与は望ましいことであろう。

(2) 軍事に関する裁判所の裁判は通常裁判所の裁判に比べて刑が軽いという批判があり[注10]、事実、旧軍法会議についてもその例が見られた。

いわゆる五・一五事件(昭和七(一九三二)年)の裁判は陸軍、海軍の各軍法会議に分離して審理が進められ、各地の在郷軍人会は刑の軽減を請願し、昭和八年九月、海軍軍法会議は古賀清志ならびに他の共犯者に死刑を言い渡したが、のちに刑は禁錮十五年に減軽された。クーデターに加わった十一人の陸軍将校に対する陸軍軍法会議の判決は禁錮四年であった。これに対し、通常裁判所において審理を受けた民間共犯者は無期懲役となり、軍人被告人との間に刑の均衡を欠いた。五・一五事件の軍人被告人らの行為が憂国の情に出でたるものであるとして、軍法会議に寄せられた軍の内外からの減刑嘆願は実に七万五千人にも及び、判士たちの量刑に影響を与えた。こうしたことは既述したように審判機関が法律家のみによって構成されていないこととあいまって、軍法会議が案外外部からの圧力に弱く、いわゆる「身内に甘い」とする批判を受ける可能性が含まれている[注11]。かかる点からみても、通常裁判所に対する不服申立の途を開くことについては積極に解すべきであろう。

(3) ところで平成二十一年五月までには我が国の刑事裁判に裁判員制度を導入すること

が決まっている。(注12) いわゆる「市民参加」の思想にもとづくものである。裁判員制度は一定の被告事件につき事実認定と刑の量定手続に一般市民（法律家を除く）を関与せしめる制度であり、いわゆる参審制の一種である。これに似てはいるが異なる制度として陪審制があり、陪審制度のもとにあっては被告事件に関する事実認定は陪審員のみが行い、裁判官は手続面での指揮と刑の量定に関与する。

軍事裁判所をこのような「市民参加型」の制度とするか否かについては議論が分かれるであろう。

アメリカの制度についてこれを見るに、アメリカ合衆国憲法は陪審による裁判を受ける権利を保障しているがゆえに（Amendment VI）、軍法会議（Court of Marshal）の訴訟手続においても被告人が請求したときは制限もあるが、陪審による裁判が行われる（但し、軽微な罪種において認められない場合もある）。陪審員は当該軍法会議の招集権者が年齢、教育、訓練、経験、軍務への服属期間、司法への熱意を斟酌し、軍隊構成員の中から選任するものとされているが、人数については定数はない。しかし実務上は陪審によらず、裁判官による審理の方が多用されている。軍法会議においては死刑を言い渡す事件を除き、陪審の満場一致の評決は必要ではない。一般的には有罪を認定する評決に必要な数は陪審員の三分の二であり、無期懲役に処すべき場合はその四分の三である。このようにアメリカの制度にあっても軍法会議への「市民参加」は認められていない。

我が国の裁判制度への「市民参加」はまだ始まっておらず、その将来像も不明であるが、軍事裁判所は戦時・事変に際しては構成員の戦死・死亡により損耗し（例えば旧軍法会議法における「独立軍法会議」や臨時軍法会議のように）、変化を予定するうえ、このような場合に参加市民が得られるかどうかも疑問であり、裁判体を構成できないおそれもないとは言えない。このような点に照らし、市民参加については消極に解すべきものと思う。しかし、軍人による陪審ないし参審の途は検討に値するであろう。

二　法曹の確保

軍事に関する裁判所を構想するうえで最も重要な点は、法曹をいかに軍事裁判所に確保するかの問題である。

(1)　旧軍法会議は裁判所の体裁を調えるために法曹資格を有する法務官制度を導入した。新しい軍事裁判所を設ける場合にも、そうした法曹資格を有する者の関与をどのようにしたら確保できるかについて予じめ考えておかなければならない。旧軍制下における徴兵制度のもとにおいては、法曹資格を有する者を召集し、一定の軍事教育を施し、将校に任用して法務官となし、これを裁判官もしくは検察官に任用することができるのであるが、現在我が国の如く志願制を採用している（先進各国の多くも志願制である）場合には、そのような方法で法曹を確保することは難しい。アメリカの如く弁護士人口が多い場合（約百万人といわれる。我国では二万人）には採用もさほど困難ではなかろうが（アメリカでは〝Armed Forces Lawyer〟といわれる弁護士は数万人を算えるという）、我が国ではどうしたらよいか。

現在自衛隊において特設法務官の名の下に、法曹資格（司法試験合格後、司法修習の過程を終えた者）を有しない者に法実務を行わせる制度も構想されているやに仄聞するが、これを新しい軍事裁判所の判事や検察官に任用することについて首肯し難い。けだし、旧軍刑法は、叛乱の罪、辱職の罪など、死刑を言い渡すべき罪を夥しく規定していた。おそらく、改憲後に制定される軍刑法にも同じように極刑をもって臨む多くの犯罪が規定されるであろうが、そのような罪を裁くのに法曹資格を持たない者が裁判官や検察官として関与することは私刑の誹りを免れないであろう。かくては外国の軍隊（主として米軍）と共同した、作戦間もしくは作戦外の犯罪において、外国軍人と我が国の軍人とが共犯関係に立つような場合には、当該外国軍人は私刑に等しい裁判を理由に、我国の軍事裁判所が当該事件について管轄を有するものとされることを決して肯じないであろうし、ひいては我が国の軍隊それ自体が軽侮の対象となる。

(2) 法曹を確保するにはいかにすべきかの難題を打開する途はおおまかに言って四つある。その一は、既に法曹資格を有する者を軍事裁判所に登用することである。まず、通常裁判所の判事検事をして軍事裁判所に転籍ないし兼務させる方法が考えられるが、現在でも人員不足が言われている状況に照らすと、余程判事検事の増員をしない限り無理である。現在裁判所書記官から簡易裁判所判事に、検察事務官から副検事に夫々登用する制度があるが、その制度を類推してこれらの者（非法律家）を軍事裁判所の審理に関与させることは既述の理由と同じ理由から許されない（現在でも検察事務官を捜査に関与させることについて外国の法律家の中には異論があることを銘記すべきである）。

次に、弁護士の中から軍事裁判所の判事検事を登用する方法である。必ずしも軍事裁判所についてではないが、民間にある弁護士を自衛隊に登用することについては現在の防衛庁にもやかましい議論があるようである。曰く機密の漏洩に対する懸念であり、弁護士が腰掛的に就職するのではないかとの不信である。前者は弁護士の倫理意識を無視する議論であってとうてい容認できないであろうが、後者は肯綮に当たるものを含む。その弊を避けるためには弁護士から登用された者について階級その他の名誉、給与等について一定の配慮が必要とされる。そうしないと長期間の勤務を期待できないというのも事実であろう。

しかし、逆にそうした処遇をすれば、弁護士の人口が増加の趨勢にある昨今、任官者は出てくるであろうと思われる。要は将来の軍当局の考え方次第である。

(3) 打開策の二は自衛官（将来は自衛軍人）の中から選抜した将校をして司法試験を受験させ、法曹資格を得させる方法である。法科大学院（ロースクール）の過程を終了することが必要とされるが（ロースクールの過程を経ないで直接司法試験にチャレンジできる現在の司法試験制度は平成二十二（二〇一〇）年をもって終わる）、入学試験に合格した者に対し授業料等の費用を学生に貸与し（卒業後に返済させる）、ロースクールに在学させ司法試験を受験させるなどの方法はさほど困難ではないと思われる。

(4) その三は自衛隊（将来は自衛軍）の中に法科大学院を設けるかもしくは既に設置さ

れている学校の中に法科大学院のコースを併設する方法である。現在防衛医科大学校が設置され、多くの医官が生まれているが、将来、「防衛法科大学」（もしくはそのコース）を設け、その過程を了した者をして司法試験を受験させ、合格者に実務修習を受けさせる方途は巨額の予算を必要とする点に鑑みると、上記(3)に述べるよりも困難ではあろう。しかし、「医」が、自衛軍人の生命を預かる重要な問題であるのと同様、「法」も自衛軍の組織インフラを保持するために重要な問題である。二考も三考もして欲しいと思う。

(5) その四は予備自衛官制度の活用である。一般人が予備自衛官になれる現行の制度（医師、看護士や通訳要員等が予備自衛官になっている）を活用し、志のある法曹資格者に予備自衛官への志願を求める方法や、将来は登録のみの登録予備自衛官制度を確立し、法曹資格者に登録を求める方法である。

防衛庁ないし自衛隊と法曹

現在までのところ、防衛庁ないし自衛隊に法曹資格を持って常勤している公務員はいないようである。しかして自衛隊の幹部（将校）に対し法教育を施し、法律事務所で法律実務を習得させることが行われており、これは法曹資格を持った者がいない現状に鑑みて採られている対策であって、それ自体を批判するつもりはなく、こうした幹部諸公には是非司法試験に挑戦してもらいたいと思ってもいる。

防衛庁ないし自衛隊の組織に法曹を組み込むことは有益であることに大方異論はなかろうと思う。現在、法曹は防衛庁ないし自衛隊の顧問弁護士として関与するにとどまるようであるけれども、世上いくつかの企業においては法務部が置かれ、そこに常勤の弁護士がいる。またいくつかの官庁には任期付公務員として弁護士が勤務している。(注13)防衛庁ないし自衛隊において、そうした弁護士を確保することは、組織内不祥事の予防、土地の収用、隊員の殉職や傷害事故、訓練に伴う災害補償、交通事故補償、隊員が抱えているサラ金問題、家族問題等々、多岐にわたる法律問題に応ずるため法曹資格を持った者を採用することは有益なことであろうと思う。

上に、有能な幹部には司法試験に挑戦してほしいと述べた。試験に合格した後に行われる実務修習を通じて、将来、裁判官、検察官、弁護士になろうとする三者と共に研鑽を積むことは、弁護士に登録して自衛隊に帰るにしても（私としてはその途を歩んで欲しいと考えているが)、実務修習の過程を了えたのみで自衛隊に帰るにしても、組織に法の思想を注入することを通じて計り知れない利益をもたらすに違いない。

まとめ

自衛隊の設置と発展については不幸にして「建軍の思想」を欠いた。自民党の改憲案は戦後六十年を経てはじめてもたらされた「建軍」の機会である。その一環として構想された「軍事裁判所」は自衛軍のソフトな面でのインフラの一部を成す。「軍事裁判所」を組織図に描き、これに予算を配賦することは誰にでもできる。しかし問題とされなければならないのは、そこにどのような思想を盛り込み、どのような人を以て運用するかの、「質」に関する周到な配慮である。本稿において提案したのは軍事裁判所の「法による支配」であり、その担い手である「法曹」をどのようにして組織に組み入れるかの構想の一部である。

そして本稿は同時に現在の自衛隊における「法曹」のあり方に対する批判にも言及することになった。その意味で本稿は二重焦点を持つことになったけれども、決して異なる二つのことを論じようとしてはいない。法曹を養成するには少なくとも十年を要する。将来における軍事裁判所における法曹確保の問題は、現在における防衛庁ないし自衛隊が抱えている法曹養成の延長線上にあるのである。

改憲を待つまでもない。防衛庁にしても自衛隊にしても法曹の任用ないし養成についていて今から考えても早きに失することはない。繰り返し述べたように、軍事裁判所が設置されていない現在においても自衛隊の中に法曹を組み込むことは有益であるがゆえである。

(注1)　軍刑法とは、軍人にして罪を犯した者に対して適用される法律であり、大日本帝国憲法下においては陸軍刑法（明治四十一年四月十日、法律第四十六号、改正：昭和十七年二月二十日法律第三十五号。昭和二十二年五月十七日政令第五十二号により廃止）と海軍刑法（明治四十一年四月十日、法律第四十八号、改正：昭和十九年二月二十日法律第三十六号。昭和二十二年五月十七日、政令第五十二号により廃止）とがあった。同法は軍人である身分にもとづき構成される犯罪（身分犯）を定め、概ね次のような罪を定めていた。

(陸軍刑法) 104箇条

第1章　反乱ノ罪　　第2章　擅権ノ罪

第3章　辱職ノ罪　　第4章　抗命ノ罪

第5章　暴行脅迫及殺傷ノ罪　第6章　侮辱ノ罪
第7章　逃亡ノ罪　第8章　軍用物損壊ノ罪
第9章　掠奪及強姦ノ罪　第10章　俘虜ニ関スル罪
第11章　違令ノ罪
（海軍刑法）105箇条
陸軍刑法との間に、細部に亘って軍の特性にもとづく差違がある外、陸軍刑法と同じ構成である。

（注2）特別裁判所としての軍法会議
現憲法第七十六条第一項は「すべて司法権は、最高裁判所及び法律の定めるところにより設置する下級裁判所に属する。」とし、同二項は「特別裁判所は、これを設置することができない。行政機関は、終審として裁判を行ふことができない。」として特別裁判所の設置を禁止している。しかし、旧憲法第五十七條第一項は「司法権ハ天皇ノ名ニ於テ法律ニ依リ裁判所之ヲ行フ」、同第二項は「裁判所ノ構成ハ法律ヲ以テ之ヲ定ム」と規定しており、その第六十條は「特別裁判所ノ管轄ニ属スヘキモノハ別ニ法律ヲ以テ之ヲ定ム」として特別裁判所を予定していた。そして同五十七條第二項の規定に基いて制定された裁判所構成法の第二條は、「通常裁判所ニ於テハ民事刑事ヲ裁判スルモノトス但シ法律以テ特別裁判所ノ管轄ニ属セシメタルモノハ此ノ限ニ在ラス」と規定していた。こうして軍法会議は帝国議会の協賛を経て成立した法律に基づいて設置された特別裁判所なのである。なお、特別裁判機関として、特許局審判官制度、領事官制度があった。

ところで最近、「軍法会議は軍人の犯罪、法律違反を裁くための軍内部の機構で、民間人も共犯や軍に対する犯罪の場合は対象になることがある。軍独自の法令だけでなく、一般の刑法や他の法令に触れる事件も軍法会議で裁くから、軍人は一般の捜査、司法制度の外に立つ、治外法権に似た制度だ」田岡俊次「憲法論議　弊害多い「軍事裁判所」」「朝日新聞」平成一八年五月十九日（私の視点））などとする議論がある。

しかし既述の通りであって、軍人は通常裁判所の管轄の外にあるけれども、司法制度の外に立つわけではなく、また軍法会議が治外法権に似た制度でもない。所論のような制度を敢えて設けるとするならば格別、一般論として軍法会議について所論のように説明するのは誤解を招く。

（注3）　戒厳

「天皇ハ戒厳ヲ宣告ス」（旧憲法十四条第一項）。「戒厳ノ要件及効力ハ法律ヲ以テ之ヲ定ム」（同第二項）。戒厳令はつとに明治十五年に定められ（太政官布告三十六号）、「戒厳令ハ戦時若クハ事変ニ際シ兵備ヲ以テ全国若シクハ一地方ヲ警戒スルノ法トス」（同一条）。戒厳は⑴臨戦地境（戦時もしくは事変に際し警戒すべき地方を区画した区域）と⑵合囲地境（敵の合囲もしくは攻撃その他の事変に際し警戒すべき地方を区画した区域）の二種に分ける（同二条）。

（注4）　軍法会議の種類

①　陸軍軍法会議の種類は次の通りである。

1　高等軍法会議（覆審の如き裁判を行う上級の軍事裁判所）

2　師団軍法会議（各師団に附属する軍法会議）

3　軍軍法会議（軍を編成した場合にその軍に附属する軍法会議）
以上常設。
4　独立師団軍法会議（出征した単独の軍・師団の如きものに附属する軍法会議）
5　独立混成旅団軍法会議（数種の兵を以て組織した単独の旅団に附属する軍法会議）
6　兵站軍法会議（後方における軍の設備に任ずる諸機関、即ち兵站監部等に附属する軍法会議）
7　合囲地軍法会議（戒厳により合囲地境とされた区域に設けられる軍法会議）
8　臨時軍法会議（戦時事変に際し必要に応じ特設もしくは分駐した諸部隊に臨時特設される軍法会議）
そのほか各別の法律により、
9　朝鮮軍軍法会議
10　台湾軍軍法会議
11　関東軍軍法会議
が設置され、また勅令により、
12　東京陸軍軍法会議（注（11）参照）
が設置された。
②　海軍軍法会議の種類は次の通りである。
1　高等軍法会議（陸軍高等軍法会議と同じ）

2　東京軍法会議（東京に常設）
3　鎮守府軍法会議（鎮守府―横須賀、呉、佐世保、舞鶴―に置かれた）
4　要港部軍法会議（各鎮守府管下の要港におかれた出先機関―昭和十六年以降警備府として独立―に設けられた）
以上常設。
5　艦隊軍法会議（必要に応じ艦隊（軍艦二隻以上をもって編成）もしくは外国派遣の軍艦に特設された軍法会議）
6　合囲地軍法会議（陸軍軍法会議に同じ）
7　臨時軍法会議（同上）

（注5）　法務官と法務官試補

法務官は勅任又は奏任の文官でその任官を終身とする。法務官の任用については大正十一年勅令第九十八号陸軍法務官及び海軍法務官任用令に依る。即ち、陸海軍法務官試補よりこれを任用し、①過去に陸海軍法務官、理事、主理、判事もしくは検事の職にあった者、②裁判所構成法により判事、検事もしくは司法官試補たる資格を有している者は陸海軍法務官に任用することができる。陸海軍法務官試補は司法官試補たる資格を有する者の中から採用することを原則とし、陸海軍法務官登用試験に合格した者からも採用することができる。法務官試補は軍法会議において一年六ヵ月以上実務修習を行ない、実務修習試験に合格した者でなければ本官に任用することはできない。法務官試補は長官の命令により検察官の職務（但し、検事代理の如き地位）を行う。

昭和十五年、陸軍は法務官試補委託学生制度を作り、帝国大学で法学を学ぶ者に手当を支給し、毎年軍事教練を行った。太平洋戦争中、野戦軍に特設された軍法会議は、法務部将校不足のため大学法学部卒業の幹部候補生出身の将校を多数代用した、とされる（百瀬孝『事典・昭和戦争期の日本―制度と実態』（吉川弘文館）平成二年二八二頁）。昭和十七年三月以降、法務官試補の実務の修習は法務部将校またはその候補者に対し陸軍大臣が定めたところにより陸軍法務訓練所、陸軍軍法会議その他の部隊において軍事司法に関し必要な実務を修習させるものとすることとされた（昭和十七年三月勅令三百三十五号）。海軍については同三百三十六号。趣旨はほぼ同じである。

（注6）司法官試補

高等試験司法科試験に合格した者が、判事・検事の実務に就くための研修中の過程にある者。現在の司法試験に合格した者で実務修習中の者は司法修習生と称し、これに似ているが、高等試験司法科試験は判検事任用のための試験であるのに対し、司法試験はこれらの職と弁護士になる者とを対象としているなど、種々の相違がある。

（注7）豫（予）審

軍法会議の予審は、公訴が提起される以前に検察官の請求により予審官がその被疑事件につき公訴を提起することの能否（公訴ヲ提起スベキモノナリヤ否ヤ）を決する程度の審理を行う手続をいう。通常裁判の予審は公訴提起後、公判の準備をするための手続であったのと相違する。予審の制度は大陸法系の制度に起源を有するもので、英米法系の影響を受け、「起訴状一本主義」

を採用している現在の刑事訴訟手続の中には存在しない。

（注8） 軍法会議と弁護人
　弁護人は、
　1　陸軍の将校又は将校相当官
　2　陸軍高等文官又は同試補
　3　陸軍大臣の指定したる弁護士
の中から選任すべきものとされる。上記3については、諸説があるが「予じめ」陸軍大臣が指定した弁護士を指し、もしその指定に漏れた者はたとえ弁護士であるといえども、軍法会議法における弁護人たる被選任資格を有しないという説がある（田崎治久『陸軍軍法会議法注解』、軍事警察雑誌社、大正十年一三〇頁～一三一頁）。

（注9） 裁判の公開等
　軍法会議の弁論は公開されるが、安寧秩序もしくは風俗を害しまたは軍事上の利益を害する虞があるときは弁論の公開を停める決定をなすことができる。但し、特設軍法会議は非公開とすることができる。裁判書または裁判を記載した調書等は被告人その他訴訟関係人の請求によりこれを交付する。

（注10） 田岡俊次（前掲注（2）参照）は「軍法会議は仲間うちの裁判だから刑が軽くなりがちで被害者や遺族は控訴できないから泣き寝入りとなる」と述べる。軍法会議が「仲間うちの裁判」に堕するかどうかは制度の運用次第で決まるものではあるが、「刑が軽くなりがちである」との批判

は戒心して聞くべきものを含んでいる。

（注11） ついでに述べれば、相沢中佐事件（昭和七年八月、陸軍派閥の一であった皇道派の相沢三郎中佐が統制派と目される永田鉄山少将（陸軍軍務局長）を斬殺した事件）は、常設軍法会議である第一師団軍法会議において審理された。その裁判は公開され、法廷は弁護人によって政治的色彩に彩られた。二・二六事件（昭和十一年）は東京陸軍軍法会議なる臨時軍法会議において審理された。この軍法会議は「東京陸軍軍法会議ニ関スル件」と題する勅令（昭十一勅令二十一号）によって設けられたものである。ここにおける手続は陸軍軍法会議と同じようなものであるが、弁護人なし、非公開で行われた。本件の特殊性に配慮したことによるのではないか（非軍人である西田税、北一輝を通常裁判所の審理に委ねたくないなどの政治的な配慮）と言われている（百瀬：前掲書二八一頁）。

（注12）「裁判員の参加する刑事裁判に関する法律」（平成十二年五月二十八日、法律第六十三号）の附則第一条は「この法律は公布の日（平成十六年五月二十八日）から起算して五年を超えない範囲内において政令で定める日から施行する」と定め、平成二十一年五月二十一日に施行された。

（注13） 弁護士である任期付公務員は二〇〇五年において、六十名である（内閣府三、公正取引委員会五、金融庁二十五、法務省九、外務省九、財務省六、経済産業省二、特許庁一）。ライン職にあっては課長補佐クラス、スタッフ職にあっては専門官クラスが多い。（日弁連「弁護士白書―二〇〇五」）

自衛隊基地見学の記

（平成十一年一月一日「旧ＬＩＴＳ」13号）

平成七年から防衛庁の内局オピニオンリーダーという役目を仰せつかっている。ボランティアであり、仕事といってもたいしたことはない。年一度防衛白書が出るときに、審議官や制服のスタッフから説明を受けたり、自衛隊の行事にご招待を受けるという程度の役目である。オピニオンリーダーは全国に百名程いると聞く。そうした行事の中に部隊見学というものがあって、昨年は十月二十日から二十一日にかけて南九州地区において行われ、私もこれに参加させていただいた。

航空自衛隊の入間基地からＣ１輸送機に搭乗しての往復で、一泊二日の旅程であった。訪問順に言うと、新田原《にゅうたばる》基地・第五航空団（空）、都城駐屯地・第四十三普通科連隊（陸）、鹿屋航空基地・第一航空団（海）の三部隊である。

＊

新田原航空基地では地上航空機（F4戦闘機）の緊急発進（スクランブル[注1]）の模試（デモスクランブル）とF15戦闘機による歓迎飛行を見せていただいた。

スクランブル機の搭乗員は二十五～三十三歳までの将校四名（一機二名）であり、過酷な飛行に鍛えられてか、ぜい肉の全くといってよい程削げ落ちた若者たちである。これらの若者たちはわれわれが日常目にする、どの若者とも印象を異にする「若き狼」たちであった。格納庫からタキシングもそこそこにエンジン始動、滑走路に入るやいなやエンジンを全開させ三分弱で大空へ飛び立っていった。F4の計器の一部と化し、かつ計器を支配して飛翔する搭乗員の様子を想像してみたが、これは私の想像を超えた。

＊

第四十三連隊では災害派遣の話を聞いた。興味を惹いたのは災害派遣に出動した部隊は警察のパトカーに先導されたが、パトカーは赤信号で停止することを要しないが、自衛隊の車両は赤信号の突破を自粛し？　そのため、いっとき先行車両を緊密に追尾しそこねたという話である。この話はにわかに笑い話では済まされない問題で、我が国の危急時法制が整っていないという象徴的なできごとなのである。

神戸の大震災のあと道交法が改正されたことによって、自衛隊の行動が一部において融通が利くようになったが、全体的な危急時法制は未だ整備されていない。敵の勢力がわが国に浸透し、もしくは上着陸が行われた場合に国民の私有財産や言論・行動の自由を一部制限し、国家の全力をあげて敵勢力を駆逐することは国家の重要な使命であるが、果たして「有事」が現実のものになる前にこれに対処する法制が整うのだろうか。

＊

鹿屋航空基地では旧海軍零式艦上戦闘機の復元機体に対面した。海から引き上げた機体を基地隊員が三菱重工（この機を製造した）の協力のもとに復元したものだという。海軍の特攻基地でもあった鹿屋の資料館にある。風防をのぞき込んでみたが、人の気配は棲んではいなかった。

戦時中のことといえば終戦末期に南九州と関東地方は米軍の攻撃にさらされた。(注2)第四十三連隊の資料館にはこれを迎撃するための「本土決戦宮崎方面戦備概見図」が展示されていた。本土決戦。そうなのだ。自衛隊は、外国への兵力の派遣を独自には志向しない。専守防衛の戦略姿勢をとっている。専守防衛とはいったん有事の際は本土決戦を余儀なくされるということに外ならない。大東亜戦争においてはこれをやらずじまいにした。もともと戦争をはじめるときにその思想も戦略もなかったのだから、実施せずに終戦を迎えたこ

鹿屋基地に展示されている零戦の復元機体

とは正しい選択だったが、これが実施されていれば多くの国民が死傷し、日本は復興に今なお苦しんでいたかもしれないのである。

専守防衛の思想を軍事的に成り立たせようとすればその思想と戦略の中に本土決戦の可能性を織り込む必要があることは判りきったことなのだ。近時、戦争はテロ等を含む低程度紛争（ＬＩＣ）という新しい貌《かお》をみせている。これへの対処策はできているのだろうか。前述したような危急時法制の問題とも緊密に関連することとて、国のダメな詰めのきいていない安全保障政策をここでも考えさせられた。「敵の来らざるを恃《たの》む」のみか、と。

（注1）　レーダーサイト等による対防空警戒監視により、我が国の領空を侵犯するおそれのある航空機を発見した場合、地上に待機する航空機を発進させ領空侵犯しないように警告したり、侵犯を確認したときは、領空外に退去させることをいう。スクランブルのピークは一九五五年の九百四十四回（年間）、うち年一～二件が侵犯を確認。

侵犯に対し緊急に武器を行使できるかどうかについては法が未整備である。

（注2）　昭和二十（一九四五）年三月二十九日、連合軍統合参謀本部は日本へ侵攻するプランをまとめた。コードネームは全侵攻作戦につきダウンフォールと呼称し、まずオリンピック作戦（昭和二十年十二月一日発起予定）を以て宮崎海岸に上陸し、次いでコロネット作戦（昭和二十一年四月一日発起予定）を以て関東平野に進攻する作戦であった。米軍はこれに要する全兵力を百七万四千六百名と見積もっていた。

北朝鮮の弾道ミサイル

（平成十八年八月三十一日「ＬＩＴＳ」９号）

□　七月七日早朝から夕刻にかけて北朝鮮が日本海に断続的に弾道ミサイル七発を発射しました。それこそ、古い言いまわしをすれば、朝野ひっくり返るほどの騒ぎになるかと思いきや、その後北朝鮮が動きを示さないこともあって、それ程のことはありませんでした。北朝鮮の意図は判然とはしないものの、我が国の安全保障にとって脅威であることは間違いありません。ＴＶでの論争を聞いていて如何にも呑気だと思うのは、ミサイルが我が国に着弾した場合には、確実に国民に死傷者が生ずるということを直視しないで交わされた発言が目立ったということでした。抑止力が失せ、北朝鮮が暴挙に出た場合にどうするか、死傷者の数を最小限に抑えるにはどうしたらよいかという国防の原点に立ち返り、迎撃態勢（自衛態勢）の整備の問題を冷静に考える必要があると思うのですが、皆様は如何お考えでしょうか。

私にとってこの夏最大のショックだったので一言。

防衛論議の隙間

（平成十九年十月三十一日「ＢＡＡＢ」51号）

□　今年の八月二十五日に陸上自衛隊が催す「富士総合火力演習」を見学してきた。この火力演習は、在来型の戦争に必要とされる技倆の訓練を展示することを目的として行われる。そして火力演習は当方と仮想敵のほかには人がいないことを想定している。言うまでもなく、我が国の想定する防衛態勢は戦場は日本本土に限られる。平成十六（二〇〇四）年六月、「有事法制」が一応整備され、有事の際、着上陸してきた敵との戦闘は自衛隊が、また想定される戦域からの住民の避難・誘導は地方公共団体が夫々担当するということになった。しかし砲弾の音や爆音に怯え、名状しがたい混乱に至った一般市民が整然かつ素速く戦域から避難することは到底期待できない。そうすると戦闘はいきおい市民を巻き込んで行われることになろうが、これは沖縄・樺太戦を除き我が国が今まで経験しなかったところである。従って、軍隊の作戦間における市民の行動を視野に入れた演習をどこかで行う必要があろう。

□　平成十三（二〇〇一）年九月十一日にアメリカが経験したテロ行為においては、一般市民になりすましたテロリストが戦いを挑んだ。テロリストは目に見えないうえに、いまや国際的な拡がりを持っており、従前は低程度紛争（low intensive conflict）と呼ばれたが、直截的に言って「新しいタイプの戦争」であると解して妨げがない。この「戦争」においては「誰が敵やら味方やら」峻別できない。世界各地で発生した国際的テロによると思われるテロ行為は記憶に新しい。このようなケースにおいては上記したものとは異なる形で市民が巻き込まれた。というより、テロは市民をも標的にする。

□　このテロ行為を犯罪と見るか、戦争と見るかでは対処の方法が異なる。テロ行為が「犯罪」であれば、「被告人」の身柄の確保と証拠保全を目的として刑事訴訟法の規定を適用した「捜査」が行われ、被告人の権利の保護は最重要視される。これに対し、テロ行為を「戦争」として考えた場合には全く様相を異にする。戦争においてはテロの犯人を掃討することが目的とされる。

一般に戦争に参加した行為者（兵士）には、戦時国際法が適用されるが、ジュネーブ条約によれば、正規戦を戦う以外のメンバー（ゲリラやテロ行為参加者）には同条約による法的保護は及ばない。そこで警察法制（刑法）でもまた、戦時国際法でも裁けないこのような場合は、軍事法廷によるのが世界の通例であるけれども、我が国には軍事法廷は、現在、存在しない。かくしてテロという我が国にも生ずるかもしれない「新しい戦争」に対しては警察が対処するか自衛隊が対処するかは、組織の縄張りなどという生やさしい話ではすまない程、混沌としてくる。

□　自衛隊は警察予備隊から発達したものであるがゆえに、自衛隊法は警察法制の流れを汲むことはよく知られている。したがって、自衛隊法は自衛隊の行動は防衛出動、治安出動、警護出動、災害派遣、海外派遣に限って行動することができるとする法形式となっている（ポジティブリスト）。これに対し、他国の法制においては、「～してはならない」という行動を列挙し、それ以外の行動については軍隊の自由な意思に任せる方式（ネガティブリスト）と呼ばれるものがある。現行法制のようにポジティブリストを採用している場合には、自衛隊の自由な行動を制限するという点で、機動的な作戦を展開できない憾みが残る。

□　憲法改正の動きが徐々ではあるが高まっているのを感ずる。九条を中心とする議論は以上に述べたように現実的な問題を含むものでなければならない。六十年も交わされた神学論争に終始しないよう戒心が必要である。

（平成二十年七月一日「ＢＡＡＢ」52号）

防衛省改革論議

□　今年に入って防衛省ないし自衛隊の組織再編に関する議論が活発である。

まず、一月三十一日、石破防衛相は共同通信社とのインタビューで、内局と各幕僚監部の一体化を図る組織改革構想を明らかにした。昨今頻発している防衛省の不祥事について、その原因が構造的なものであるとすれば組織論に関しても今のままがベストなのかの議論が必要であるとしている。

石破構想によれば、内局と各幕僚監部に分かれている防衛省組織を一体化して一、防衛力整備、二、作戦、三、渉外の三つの局に再編成する、とするもので、内局および制服組の双方に波紋を呼んでいるなどと報道された（「朝日新聞」平成二十年一月十三日、

「朝雲新聞」平成二十年一月三十一日）。

因みにこのあと、二月十九日イージス艦「あたご」が野島沖において、漁船「清徳丸」と衝突する事件が発生した。

□ 次いで四月二十四日、防衛省は、内局と陸海空幕僚監部の幹部らが参加して、防衛政策や緊急事態対処を協議する「防衛会議（仮称）」を設置する方針を固めた。この会議は防衛大臣が主宰し、副大臣や内局幹部（次長、官房長、各局長）、自衛隊幹部（統合・陸海空の幕僚長、情報本部長）が参加するものとされ、同時に内局幹部が防衛相を補佐する防衛参事官（制服組は登用されないのが不文律）は廃止する（「読売新聞」平成二十年四月二十五日）とされている。

□ 同日、自民党安全保障調査会の小委員会（長：浜田靖一氏）は、内局と制服に分かれている現行組織を大枠で維持すると共に、陸海空各自衛隊の統合運用を担う統合幕僚監部の機能強化を柱とする提言をまとめた（「朝日新聞」平成二十年四月二十五日）。

□ 石破大臣の提言は急進的であるとして、首相官邸の「防衛省改革会議」や自民党内に概して不評である。自民党のプランは石破大臣の改革案を牽制する目論見があったとみられている（上掲「朝日新聞」二十年四月二十五日）。石破構想は上述のとおり、防衛省全体を三つの機能別組織に再編成しようとするものであって、その発想は我が国における歪んだシビリアンコントロールを是正しようとの考えを基礎に置いたもので、傾聴すべきものを含んでいるけれども、このようにしなければ内局をコントロールできないものかどうか。石破構想の急進的な面は部隊運用を陸海空の幕僚監部を一元化して実現しようとする点にも見られるが、この点については制服組から反対の声が上がっている。

□ 部隊の統一指揮については平成十八（二〇〇六）年に統合幕僚監部が発足しており、この組織の上手な活用によって作戦の一元化は達せられるであろう（『防衛白書』平十九年版）。ここで問題なのはむしろ各陸・海・空の三幕僚監部の位置づけである。目下のところ三幕僚監部は作戦以外の責任（人事教育、訓練（統合運用の訓練を除く）、防衛力装備）を負っているが、作戦以外の任務は幕僚監部の役割としてふさわしいのだろうか。統幕の今後のあり方次第であるが、このような任務の一部は他の機関に委ねることが考えられてもよい。

□ 統合運用については三自衛隊の地域的な担任区域のバラツキが懸念される。日本列島の地形の影響を受けてのことだろうと思うが、例えば陸自東北方面隊の担任区域は、海自大湊地方隊、同舞鶴地方隊、同横須賀地方隊によって、また空自北部航空方面隊、同中部航空方面隊によってそれぞれ管轄されている。陸自の担当方面を基準にしてそれぞれの地域に統合方面隊（仮称であるが、陸海空を統合した部隊をイメージしている）を置き、他の二自衛隊の担当方面をここに割り当てることによって整頓された形にすることはできないだろうか。

□相次ぐ不祥事と海難事故をきっかけに始まった防衛省機構改革はまだ緒についたばかりである。いまのところ改革論議は組織の集権化と分権化の問題（組織効率化の問題）と、シビリアンコントロールの問題とが一緒になっている。両者は本来別の問題であるがゆえに、組織経営学の力も借りながら、慎重に改革を進めることが望まれる。

（平成二十六年一月一日「ＬＩＴＳ」24号）

日本版ＮＳＣ

□日本版ＮＳＣ（国家安全保障会議）が十二月四日発足しました。首相、官房長官、外相、防衛相による「四相会議」と言ってよいでしょう。アメリカに範をとったもので、アメリカのNSCは一九四七年に発足し、大統領、副大統領、国務長官、国防長官、エネルギー省長官を法定のメンバーとし、統合参謀本部議長、国家情報局（CIA）長官がアドバイザーとなっています。アメリカのNSCはキャビネットではなく大統領府（ホワイトハウス）に置かれ、国家安全保障担当大統領補佐官が取り仕切る二百人ものスタッフを擁する大組織です。省庁とは距離を置いたものとして位置づけられ、そのためもあって省庁との間に対立・緊張を生んだこともあります。

□日本版NSCは官庁群の中に官庁を作るという、あたかも森の中に林を作る体のもので、九大臣が参加していた旧NSCをたんに縮小しただけ。事務局の権限もはっきりしておりません。戦前「五相会議」といって首相、陸相、海相、蔵相、外相の五閣僚から成る機関がありました。昭和十四（一九三九）年に組閣した平沼騏一郎は当時の難局を五相会議に依存して乗り切ろうとしましたが、会議ばかり開いて何事も決することができず、「平沼は一斗の米を買いかねて今日も五升買い、明日も五升買い（五相会）」と揶揄の対象とされました。どうか日本版NSCがその轍を踏まぬよう。

集団的自衛権の閣議決定

（平成二十六年八月一日「LITS」25号）

□集団的自衛権をめぐって憲法解釈を変更する閣議決定がありました。この決定をめぐっては議論が沸き〝NO WAR〟の声があがりました。〝NO WAR〟の語は使われた文脈により様々な「カッコ付」で解釈されなければなりませんが、我が国が他国からの武力侵略に曝されたとき、自存自衛のために行う戦をも〝NO〟というのではいかがなものでしょうか。かような場合にも〝NO WAR〟ということは、他国によって併呑されることを肯定するに等しいと思います。

□ところで閣議決定は「わが国の存立が脅かされ、国民の権利が根底から覆される明白な危険がある場合」に集団的自衛権が認められるものとしています。かかる場合とは、上記我が国の自存自衛に関わる場合と同義です。そうであれば「祖国の存亡の危機のときは死にもの狂いで戦うのです。その際国家の自衛のためには他国と共に戦うこともあります」といえば良いのではないでしょうか。

けだしこのような場合は我が国固有の自衛の範囲だからです。それを、発生しそうもないケースを引用して長々と議論するものだから海外で「他国の国益のために」まで戦をすることを許容するための議論だと勘繰られるのです（それとも勘繰りではなくこれが政府の本音でしょうか）。

〈附記〉 安保関連法の成立

平成二十七年九月十九日に安保法制関連法と呼ばれる十一条の法律が制定された。

□　新法の制定

・国際平和支援法＝海外で自衛隊が他国軍を後方支援する

□　次の十法を一括改正（平和安全法制整備法による）

・武力事態法改正＝集団的自衛権の行使要件を明記

・重要影響事態法（旧：周辺事態法）＝日本のために活動する米軍や他国軍を地球規模

で支援
・PKO協力法改正＝PKO以外にも自衛隊による海外での復興支援活動を可能に
・自衛隊法改正＝在外邦人の救出や米艦防護を可能に
・船舶検査法改正＝重要影響事態で日本周辺以外での船舶検査を可能に
・米軍等行動円滑化法（旧：米軍等行動円滑化法）＝存立危機事態での米軍や他国軍への役務提供を追加
・海上輸送規制法改正法＝存立危機事態での海外軍用品の海上輸送規制を追加
・捕虜取り扱い法改正＝存立危機事態での捕虜の取扱いを追加
・特定公共施設利用法改正＝武力攻撃事態で米国以外の他国軍も港湾や飛行場などを利用可能に
・国家安全保障会議（NSC）設置法改正＝NSCの審議事項に存立危機事態などへの対処を追加

いわゆる武力行使「新三要件」について

（平成二十六年十月一日「BAAB」59号）

□ 憲法が制定されて暫くの間、日本国は自衛のための戦争（武力の行使）、そのための戦力の保持も許されないという考えがあったが、平成六年に村山内閣（社会党：当時）が自衛隊を合憲としたこともあって、世の中の大勢は自衛のための行動を肯定すべきものとしている。

□ 日本の自衛行動とは専守防衛を内容とし、我国に対する侵略に対して講ぜられる防衛行動を意味する。つまり平和主義を基本原理とする我が憲法のもとにおいては、外交・経済その他非軍事的方法による解決を諦めてはならないが、それでも外敵勢力が進攻を諦めない場合にのみ戦争も辞せずとの覚悟を要する。そしてその場合の戦場は我が本土及び周辺島嶼部であり、その様相は在外居留民の保護、急迫の場合における敵基地への先制攻撃を除き、本土決戦の様相を呈する。

□しかし国の自衛を日本ただ一国のみで完遂すること（一国防衛）は至難の業で、我国は戦前戦後を通じてこのことを考えたことがない。昭和二十七年に独立を回復した後も、一国防衛など構想するだけで震えが来るほど恐ろしかったに違いない。そのため日本に進駐していたアメリカに、引続き駐留することを依頼し、アメリカも自国の国益とを天秤にかけ、今日まで日本にとどまっている。日米安全保障体制がこれである。そのような状況下に日本国憲法が生まれた。

したがって日本は、一国防衛体制（世界のどの国とも軍事同盟を結ばない体制）など採用したことはないのである。一国防衛体制下にあっては、いったん外敵の侵攻を受けた場合は独力で戦い、利、我にあらずんば焦土となるまで戦うことを覚悟しなければならない。スイスがそのような国柄であると聞くが、我が国にはとうていその覚悟はない。それどころかアメリカ軍の庇護にある体制が日本国憲法による建国以来の「祖法」であるかのように考えてきた。ひょっとするとこの体制が「一国防衛」体制であると考えてはいないだろうか。

□そのため、日本の安全は日本が確保するというごく当り前のことが等閑にされてきた。しかしイザとなればアメリカが手助けしてくれる、という考えは或る意味で虚構である。

アメリカは日米安保体制を、日本の「祖法」だなどとは毛頭考えていない。

今次の武力行使に関連する七月一日の閣議決定（要約）は、①我が国もしくは我が国と密接な関係にある他国に対する武力攻撃が発生し、我が国の存立が脅かされ、国民の生命、自由及び幸福の権利が根底から覆される明白な危険があること、その他②手段の不可代替性、③最小限の行使の三要件である。この閣議決定の頃、内閣のいう集団的自衛権は個別的自衛権の拡大解釈でまかなえるという主張があった。

□　しかし本当は安保法制の解釈技術論より、自衛のための戦についての国民の覚悟の方が先でなければならない。さきの大戦のとき、日本は「自存自衛の戦」を唱えながら、結局本土及び沖縄・樺太に戦禍を被ったが、戦争を始める前に本土防衛を作戦としてまともに考えた形跡がないのである。本土防衛は米軍や自衛隊だけでなしうるものではない。これからの戦争の様相は想像もつかないが、市民も捲き込んだ形になるであろうことは必至である。集団的な自衛が必要なことはもちろん、自衛行動の実態についてもっと真剣に考える必要がある。

管見愚見

官僚制度改革の私論

（平成六年十月十五日「旧ＬＩＴＳ」８号）

□　村山内閣の誕生、これに伴う「自衛隊は合意」、「ＰＫＯもＯＫ」とする社会党の政策変更等々、驚きには事欠かない昨今の政界であるが、そんな中で官僚組織に対する風当たりが強まりを見せ、その改革論議が活況を呈している。

□　近代官僚制度は人類が生み出した組織上の大発明の一つであり、その世界史に及ぼした影響は計り知れない。にもかかわらずこれが批判を受けているのは（必ずしもわが国の官僚制度だけではないようだが）、世界各国における社会の多様化が政策作りの新しいチャンネルを求めている兆しなのであろう。

□　それはさておき、わが国の場合……。公平にみれば、わが国の官僚制度はすぐれていると思われる。問題は政策と立法技術を殆ど独占に近い形で保有し、他方で縦割り組織に阻まれて統合した政策作りに能力を発揮できない点にある。そこで官僚組織に対する改革は、官僚制度の活力を失わせずにいかにして制度の欠陥を是正するかという観点を見失わずに進めることが必要である。

□　現在の官僚組織のトップは二名の政治家によって占められている（大臣と政務次官）。これを改めて、より多くの政治家を官僚組織の中に導入することも考えられているけれども、そもそも政治が官僚に牛耳られていることに批判の要点があるのであるから、この方向を採るとすれば、少数の政治家の人材を官僚組織の中に送り込むことをもっては足らず、余程多数を送り込むことが必要とされ、かくては組織に亀裂が生じてしまうおそれがあり、この方向を指向する組織改革は容易ではないと思われる。

□　ある組織をその活力を保ったまま有用な制度に改革するために最も有効な手段は、当該組織を他のものと競争させることである。政治が官僚に支配されているということは、政治（国会）が官僚（行政）に拮抗する程度にその機能を保っていないことに原因がある。議院内閣制を採るわが国憲法のもとにあっては立法と行政の融合が避けられない。そして、現今の如く、情報機能において国会の情報力が官僚制度に劣っている場合には、立法は行政をコントロールすることは殆どできない。この意味で官僚優位はわが国憲法上の構造的なものである。

□国会に情報機能を与えることこそがこの状態をただしうる。国会の両院には国政調査権がある（憲法六十二条）。この権限は現在、疑獄などの現象を捜査の上乗りのようなマイナーな方法で剔抉するために用いられているが、国政調査権は本来国会に情報能力を与えるために設けられたものであった。これを有効に活用するためには、委員会制度の抜本的改革を前提とする。例えばアメリカ議会に見られる如く、委員会スタッフ制度を設け、これに憲法の許す範囲で国政調査権を委譲することにより、いわば国会内ビューロクラットと従来の官僚制度を拮抗させるのである。現行の国会法四十三条には、委員会に専門委員を置くことができる旨の規定が定められており、この陣容を大幅に拡充することを以て一つの成果が得られよう。私の考えでは、院の会議や委員会に政府委員の出席を制限するプランは話が逆である。政治家の不勉強のままこれをやられたのでは院や委員会の情報量がますます低下する結果を招くのみである。

□上に述べた改革は、立法が行政から一歩身を引き、二つの権力が対峙する結果をもたらすがゆえに、議院内閣制の問題を避けては通れず、多分改憲論議を必要とするであろう。改憲の論点は何も第九条（戦争の放棄）の点にだけあるのではない。官僚制度の抜本的な改革を本当に欲するならば、こうした突っ込んだ議論が必要なのである。

□　現在行われている官僚改革の議論は、官僚制度を小手先でいじくる方向に傾き過ぎているとの感を免れない。私見のごとき方向をとることを示唆されるのは『Views』平成六年四月十三日号「憤怒の改憲論を聞け」九三頁に、通産省の前田泰宏氏が述べておられるのを知るのみである。こうした議論の高まりを得たいと思う。

行政改革の覚悟

（平成九年一月一日「旧ＬＩＴＳ」11号）

□「行政改革」が唱えられて久しいが、とくに、先回の総選挙中、各党はこぞってその政策のうちに「行革」を特筆していた。そして、その後である十一月二十九日に橋本首相が「身を尽くしてもやり抜く」と大ミエを切って、とみに喧しくなった。

しかし、「行革」「ギョーカク」と駆け声ばかりで具体策は何も示されておらず、たまたま耳に入ってくるのは「公務員の定数削減による財政赤字の解消、公務員の綱紀粛正」などといった、あいまいなものばかりである。果たしてギョーカクはできるのかという不信の声が国民の中に横溢している。

行革の問題は大きく分けて二つの面から観察しなければならないものであって、以下はその二つの基本的立場からみた、私流のギョーカク構想である。

□まずは官僚個人個人の責任追及の面から。

官僚の腐敗は今に始まったことではなく、また日本に特有の問題でもない。しかし今日厚生省の不祥事に見る限り、その腐敗は構造的なものと言うべきである。こうした中で、官庁内部の事実調査（それはそれで成果を挙げようが）に依存し、事実を解明することは不可能事に属する。もともと、ここ数年のうちに発覚した官僚諸氏の非違非行は彼らが公人としての志を忘れ、民間人と同じような意識の下に個人としての金儲けに走ったことに起因すると思われるような類のものが多い。（補註）そうであるとするならば、金儲けの所業に対して民間人が負うのと同じような法理を用いて律するのが筋合いというものであろう。

□対策の一は、国民が官僚の非違非行の責任を訴求しうる制度を作ることである。昨今、エイズ問題に絡んで大学の先生が業務上過失致死の嫌疑で起訴され、またもと厚生次官が収賄容疑で逮捕されるなど、刑事訴追が裁判機能を発揮してはいるが、ここに考えたいのは、非行官僚に対する民事責任の追及である。

商法二六六条の三（注：会社法四二九条）は会社の役員が第三者に対して損害を及ぼした場合に、会社の陰にいる役員そのものに対し、第三者が直接損害の賠償を追及する制度が定められている。これを利用して、非違非行官僚をして国民に対し、「被害」を弁償せしめる制度を作ることが考えられる。

この制度が難しければ、商法上の株主代表訴訟に似た制度を作り、官僚諸氏が非行により国に与えた損害を国に対して弁償するよう訴求する権利を、国民に認めることが考えられる。

オンブズマン制度を備えている地方自治体において、官々接待による飲み食い代を自治体に返せという意見が出はじめているが、そのようなみみっちいことではなく、広くは政策立案の誤りについても官僚個人の大過誤（重大な任務懈怠）があった場合に、個人責任を追及しうるようにする。――そんなことをすれば官僚になり手がなくなる？そんなことはありえないし、もしそういう風潮が出れば、巧まざるリストラが実現される。本当に志のある者が官僚になればよいのである。

□ 次に国家公務員法の適用を厳格にし、不正のあった官僚を懲戒免職、その他職務から外す請求を国民に認めることである。こうした制度を作るうえでは、行政自体が国民の権利行使をチェックする手続を設けないことが肝要である。
この立法は、既存の行政訴訟に関する法律を「改正」する方法によるのではなく「公務員倫理法」といった特別立法を制定することによって行うべきであり、またその立法は議員立法によらなければできないであろう。

□　次に組織上の行革について。

「ギョーカク」について官僚組織の抵抗は物凄いであろう。一説によれば改革案を官僚の手によって起案させるのだ、という。ノーテンキもいいところで、そんなことで抜本的改革ができるわけがない。本気でギョーカクを行うとすれば国会議員の手で重要部分を創るべきである。しかし、議員一人一人の能力は知れたもので、そんなことができるわけがない。行革・税制特別委員会に官僚以外の者からなるスタッフを大増員し叡智を糾合する外はない。

もともとわが国の院は、衆参を問わず情報力が弱い仕組み（と言うかそのような運用）になっている。国会は憲法上国の唯一の立法機関とされておりながら、法案の大部分を行政機関（即ち官僚）に負うていた。そうしておいたほうが安上がりで、法の執行にあたっても便利だと考えられてきたからである。政治家の「大臣病」も与って力があったであろう。各省大臣と国会の各種委員会委員長との「なり手」を比べてみれば、このことは明らかである。議員内閣制度のよりよき運用を忘れ、権力の行政一極集中を自ら認めてきた政治家の責任は大きい。行きつくところは行政と立法との截然たる分離が必要とされるのであり、これ以上は「議員内閣制」そのものをめぐる憲法論議に場を譲らなければならないが、行革の全けき実現にはそれ程の覚悟が求められているのである。
話が少し余談に及んだけれども、現行憲法の枠内で進めるには、立法府において独自の行革案を作成する外ないのである。そのためにはすぐに国会法を改正して「行革委員会」のスタッフを充実させることである。内外に人はいないでもなかろうものを。――そしてここでも注意すべきは、この改正は議員立法で行わなければならないということである。そのための立法案をも、官僚に書かせるようでは何をか言わんやである。

補註　官僚諸君が志を失った一つの原因としては、一般公務員、軍人、警察官という職種に対し「国に対する特別の奉仕者」という、一種の畏敬・敬意といった意識が、戦後民主制の導入とともに失われたことが挙げられると思う。

（平成十四年九月五日）

管見愚見

（平成十二年一月一日「旧ＬＩＴＳ」16号）

変化の行向

経済大不況の中で、様々な価値観が問い直され、経済に生じた変化は今や国のシステム全体に根本的な疑問を投じているというのが、衆目の一致するところである。

戦後わが国の社会システムはいくつもの大変化を喰らっているが、その主なものは時代順にいうと大学、医療、国鉄、企業組織、そして行政機構ということになるであろうか。こうした変化の潮流はその時点時点において「権威あるもの」（権威あると思われていたもの）に対する批判であり、あるものはその解体を目指したものであった。なかにはうまくいったものもあり、十分でないものもある（国鉄の解体などは比較的うまくいった方だと思う）。

二十一世紀に入っても「権威あるもの」（即ち良質なインテリジェンスを持つ個人もしくは

組織・集団）が権威を持っていないとして、批判や改革を唱える潮流はやまず、今のところ十分に批判されていない次のようなシステムが、標的となるであろう。

●司法の分野……司法制度については昨年七月に内閣に「司法制度改革審議会」が設置され、改革論議が始まり、弁護士制度についての改革も求められているところである。そして、早晩行政改革の中で聖域として残されている検察の組織について批判が起きるだろう。昨年検察官のモラルの低下の問題がとりざたされた事件があったが、今後この問題を超えて、法曹資格を持たない検察事務官による刑事司法への関与が問題とされるだろう。

●立法の分野……議員定数の不平等の問題が最大のものだが、国会内部の問題、即ち、国会の立法能力の不足、非能率が批判の対象となり、今年の七月に国会改革関連法が成立し、政府委員の廃止、党首同士の定例討論、副大臣・政務官制度が実現したが、今後は院の委員会組織および内閣法制局、法制審議会などの機能が、行政改革の進行（これが進行すれば）と共に問いなおされるだろう。

●行政の分野……行政改革はその実を挙げるだろうか。官僚組織の変化については次に述べることにしよう。

官僚組織について

行政改革は、中央省庁の統廃合プランの方向で進むようだが、(補註)官僚組織に対する批判が、官僚の政策立案に対する自信喪失をもたらし、国民が日本の政策立案能力について幻滅し、不安に陥ってしまったとすれば困ったことである。

官僚組織は明治初年以来、日本の政策決定の殆ど唯一の機構であった。これが制度疲労を起こし、かつ官僚が志を失った結果（その最たるものは昨今の神奈川県警察の腐敗である）、状況に対応できなくなった現在、これが批判を受けることは当然である。しかし、批判のあとこれに代わる組織があるかと言えば、受け皿となるエリート組織が日本には今のところ存在しないことが問題なのである。

よく引き合いに出されるアメリカだが、彼の国には「官界」は存在せず、大統領が変われば大統領は閣僚だけでなく次官補クラスまで入れ替えを行う。その数は全国で一万を超えるのではないだろうか。このことは入れ替え可能な知的資源がそれだけ民間にある（もしくはあると考えられている）ということを示している。大学の先生から、企業人から、法律家から、多くの人材が閣僚その他の行政組織にどんどん起用されて国の安全保障や社会保障の中心に座るわけである。

翻ってわが国について見てみると、こうした「やらせれば政治もやってのける層」が存在していない。こうした時期にあって、日本の官僚は自信を喪失し、国民は国の政策立案能力に幻滅している。この頃、存在感のある政治家がいないと言われ、その通りであるが、存在感のある政策決定組織もなくなりつつあるというのが私の認識である。

「やらせれば政治もやってのける」層が形成されなかったことについてはこう言えると思う。

一つには、エリート軽視の社会観であり、それは初等から大学までの学校教育における積年の戦略的誤算（その根本は何が何でも平等取扱的な教育）である。二つには、国家意識の欠如である。日本を会社に例えると（かつては「日本株式会社」という本があった）、会社を意識しないビジネスマンばかりでは、会社はまっとうな経営ができるだろうか。

徹底的に官僚バッシングをやるからには、日本全体の政策決定の首脳部要員に「お前がダメならオレがやる」という人材を確保してから（確保できるという自信をつけてから）行うべきである。今の状況は「官僚もダメ、その他もダメ」という閉塞状況にある。「その他の人材」の育成については少なくとも三十年はかかるのだから、官僚諸君の自信を徹底的に喪失させないような方向で行政改革を推進しなければならないと思う。——つまり国家や地方自治体に対する官僚諸君の忠誠心（royality）を高める工夫、換言すれば官僚が心を尽すに足る柱のようなものを国や地方自治体が持つことが必要である。魂の抜けた国や地方自治体に誰が尽くしたいと思うだろうか。問題は、官僚諸君のみの改革などありえないということである。

大衆化ということについて

大衆の声は「声なき声」であり、その叡知には正しいものが含まれていることも多いだろう。しかし、大衆はイエス・ノーは言えても、その声は社会システムの建設には不向きな面がある。一時期大きな潮流を起こすこともあるだろうが、潮の引く如く寥々たる河原が残されるのみ、ということもあるのだ。

換言すれば、大衆は今日のように多様化した価値観を調整し、その時々にふさわしい政策システムを建設する能力を持ちあわせてはいないのである。その理由は簡単だ。ある物事に対し、大衆のある者は賛成、ある者は反対するからだ。

上に述べたように批判、改革が行われ、権威あるシステムが破壊され、それに代わるシステムが上手にできないと、人々はよりどころを失い、つまらぬ言説に煽動され付和雷同的になりやすく、これを操って新たな権力が生まれる。旧秩序を破壊してできたこうした権力は、無人の荒野をゆくが如く今まで秩序が保障していた自由を容易に奪い、大衆に幻滅をもたらすことになるおそれが多分にあるのだ。しかし、今から数十年は大衆化の途上にあり、巨岩巨石が賽の河原の小石になるまで続き、権威はますます小粒化したり、本来の意味の権威あるものが解体するであろう。

経済の国際的な均一化に伴い、国家の力は減少し、価値観は（人生観を含め）身近なもの、即ち個人もしくは家族といったものを中心とするようになるかもしれない。コンピュータによる通信技術の発達は情報の共有化をもたらし、人々をしてますます平準化するであろう。無理矢理にしろ自然の成り行きにしろ、平準化された社会の上に打ちたてられた権力が全体主義化することは歴史の教えるところである。健全な社会とは、社会の各層にいろいろな権威が詰めもののように詰まって発酵している社会のことをいうのだと思う。

こうした混乱の中で求められるのは、「知」の回復と、本当に「権威あるもの」の温存ではないかと思う。ひらたく言えば、知的頑固さが求められていると言うことだろう。

補註　平成十三年一月六日より、中央省庁は左の一府十省に再編する改革がなされた。内閣府、総務省、法務省、外務省、財務省、文部科学省、厚生労働省、農林水産省、経済産業省、国土交通省、環境省

（平成十四年九月五日）

リーダーとプロパガンダ

（平成十七年十二月二日「ＢＡＡＢ」48号）

□今年の九月十日に行われた衆議院議員選挙は様々な話題を呼び、まことに賑やかであった。いわく「刺客」、いわく「小泉チルドレン」、「造反議員」、「トンデモ議員」等は週刊誌ネタとしても面白く、結構世間を湧かせた。

今回の選挙は小泉総理の「自民党をブッ壊す解散」によってもたらされ、主役は何といっても小泉総理。「小泉劇場」と呼ばれた選挙の幕が開いたわけである。小選挙区制度のもとにおける選挙は政党選挙になるから、小泉自民党に対する民主党が敵役で、二人のリーダーの逐鹿が目立った。

□リーダーシップといってもいろいろな型がある。五十年体制当時の日本の政治は、どちらかといえば調整型政治であったから、有力者間を調整し、人事をジグソーパズルのように配することそのものが「政治」であり、それを巧みに切り廻す者がリーダーであった。それゆえ、党首や派閥の領袖に求められる資質は人と人の間を上手に調整することであった。郵政造反議員の誰かが言っていた「今まで仲良くやってきた政治体制」である。しかし、一九九〇年頃を境に、政治に求められるのはすぐれた政策とそれに沿ってなされる状況の適切な判断ということになってきた。そのような情勢下において政治リーダーに求められるのは、「政策」（ないしはアイデア）の巧みなアピールということになる。

そして、小選挙区制度とポピュリズムの蔓延はリーダーが直接有権者にアクセスすることを望む結果を招いた。そうすると、これまでの選挙戦の仕方にも当然変化が生ずる。これまでの選挙戦はドブ板選挙と言われながらも、県連や労働組合の票田に依存して戦う複合的な構造をもった組織戦であったが、今は違う。それぞれのリーダーが有権者に直接訴えかけなければならなくなった。小泉総理が髪振り乱し、岡田代表が睨みつけるような眼で選挙カーから絶叫する姿が、TVを通じて有権者に届けられた。

□

こうして宣伝戦の上手下手が問われた。派閥もなければ、目立った金脈もなさそうな小泉総理にとっては——いや、派閥や既得権益を「ブッ壊す」のであるから、有権者一人一人の心に手を突っ込んで掻きまわすしかない。自民党は世耕参院議員を長とし、アメリカのプラップ・ジャパン社を据えた宣伝部隊を作り、民主党は博報堂とフライシュマン・ヒラード・ジャパン社に依頼してプロパガンダ戦を展開した。

自民党は「改革」一本槍で、郵政民営化しか言わなかった。民主党は「日本をあきらめない」というフレーズ。この対決は民主党に歩が悪かった。「日本をあきらめない」といわれると、ひょっとするとあきらめなければならない程、日本は既にイケナイ国になってしまっているのか、という悲観を有権者に与えてしまった。

「……しない」という言い方は選挙には向かないのでは？

□言葉遣いについて言えば、今は〝sound bite〟といって短くて歯切れのよいフレーズを用いないとTV視聴者には覚えてもらえないという。

そして、短いフレーズを繰り返すことによって訴求力を獲得するのである。フレーズの許容時間は一昔前は四十三秒。今は八秒だとも言う。

□政治が急激にポピュラーなものになりつつあることを感ずる。楽観的（optimistic）な言い方を積み重ね、「無党派層は宝の山」とばかり、深味のないイメージ選挙ないし「言葉政治」（one phrase politics）に向ってゆくことに対する漠然たる不安を感じた選挙であった。

骨太の経済政策を

（平成二十二年一月十日「ＢＡＡＢ」54号）

□　民主党を基幹とする新政権が発足して三ヶ月、本稿を書いている時点では「事業仕分け」が終了した。仕分けを受けたノーベル賞学者が猛反発、益川教授などは仕分人のやり方はまるで往年の中国における「紅衛兵」のようなやり口だと公言している（十一月二十五日）。「事業仕分け」なる手法は民主党政権の一つの〝売り〟であるようで、国民の人気も高く、一目現場で見たいと、傍聴人が長蛇の列をなしたという。「蓮舫は乱暴だ」などという笑えないジョークも囁かれているが、事業仕分けの手法が予算編成のツールとして有用であることや関係者の労苦を認めるに吝かではない。しかし問題もある。

教育、研究開発、そして安全保障といった分野は国家百年の大計に沿ってじっくりと経略されるべきものであって、近視眼的な「効率」や「費用対効果」の観点からは測定できないものを含む。これに大鉈を振るうからには、よほどの大局観がなければならない。

□民主党は総選挙にあたってマニフェストを作成し、「政権交代」を合言葉に（この言葉は今年の流行語大賞を受けた）、①ムダ使いの解消、②子育て・教育、③年金・医療、④地域主権の順で政策を掲げ、最後に⑤として雇用・経済対策をあげた。その雇用・経済対策であるが、中小企業の法人税率の引下げ、職業訓練制度の創設と地球温暖化対策をテコにした産業の育成を唱えている。

□新政権になって株価は下がりっ放し、景気はデフレスパイラルに陥り、かつ円高も進行している。株価低迷の一因は、政府が民主党に気を遣い過ぎてマニフェストの棚上げを伴う大幅な景気の刺激策をとりにくいという点にあるとされている（十二月一日、日経）。マニフェストのどこが景気浮揚策をとることの障擬になるのか判らないが、実におかしな話である。

民主党の事業仕分けが天下り問題の解消を旗印にムダづかいの是正をはかるのはそれなりに結構なことであるけれども、家計に例えればへそくりを吐き出させそれで旨いものを食おうと言っているようなもので、事業仕分は国全体の実入り（歳入）を増やそうとする政策にはなりえないし、そのための実効性のある経済政策はいまだに発表されていない。

□「費用対効果と効率重視」をツールとして用いることについていえば、国全体を事業体としてみなすことに外ならない。国家のありようを大きな歴史の中に見れば、国民の自由を最大限に尊重する夜警国家観（取締国家観）から、福祉国家観へと移行してきたが、政府の考えによると、これを事業国家観へと移行させせようとするつもりなのであろうか。

国家の本質を深く論ずるつもりはないが、仮にこれが本気ならば国家を一つの会社のようにみることになり、会社と同様に歳入をはかること（会社でいえば売上を伸ばすこと）、即ち企業の「大小を問わず（ここが肝腎なのだが）」、その経済活動を活発化させるための政策を第一にもって来なければならぬ筋合である。

□民主党政権は、地球温暖化政策などのグローバルな目標を派手にブチ上げた割には「日本をどうする」といった国家戦略においてチマチマしていて情けない。世界中に日本国を矮小な国家として見せつけた政策の不在が株価の下落と不景気を招いている元凶であることに思いを馳せ、事業仕分けが終わった今、もっと真剣に経済の活性化政策を確立するべきであろう。

頼りない政治家たち

（平成二十二年十一月一日「ＢＡＡＢ」55号）

□　鳩山内閣が退陣したあとに発売された「サンデー毎日」平成二十二年六月六日号に、「安全保障に関する問題を飲み屋での話題にしたことが鳩山内閣の偉大なる功績」という記事が載った。普天間基地の移設を巡る内閣の迷走振りを揶揄したものである。

□　迷走した普天間基地の問題は、名護市長だけでなく、市議会の多数も辺野古への移転に反対する勢力によって占められることになったから、解決の議論は一層混迷の度を深めることになろうが、本筋を見極めた議論が期待される。つまり日米安保条約により、アメリカへの依存度が高いことはやむを得ないとしても、彼の国には彼の国の国益がある。アメリカはそれを守ろうとして必死であり、我が国の利益のみを守っているわけではないのである。そのあたりを考えずに、この問題を「沖縄基地問題」という地域問題に限定して考えるのでは本筋を違えることになる。

□沖縄海兵隊の一部はグアムへ移転することは既に決まっているが、「ついでにその他の沖縄基地も移転したらどうか。そうすればそれだけ周辺諸国への脅威が減り、紛争の可能性が減る」という類の空論は困りものである。海兵隊のグアム移設によって軍事的空隙が生ずるが、政府はその空隙をアメリカ軍の前方機動力の強化と、自衛隊部隊の「動的抑止力」の構築（八月二十七日防衛安保懇は従前の基盤的防衛力構想にもとづく静的抑止から、今後は多様な事態への対処能力を身につけることを提言）により埋めようとしているのであるが、それだけで十分だろうか。

□それにしても民主党の防衛音痴にも困ったものである。鳩山前首相も小沢一郎氏も勉強不足が目立ったが、極めつけは菅首相の場合である。八月十九日、自衛隊の四幕僚長（統合、陸、海、空）との「意見交換会」において、「改めて法律を調べてみたら自分は自衛隊の最高司令官だということが判った」、などと発言（「朝日新聞」八月二十日朝刊）。折木統幕長は「本当に冗談の話だと思う」と語っているが、首相は本当に自衛隊の最高指揮者としての自覚など持ちあわせていなかったのではなかろうか。首相はユーモアのつもりで発言したかもしれないが、ユーモアと受け狙いの「おふざけ」とは異なるのである。

□　九月七日に尖閣諸島沖合で中国漁船が海上保安庁の巡視船に船体をぶつけた事件について、勾留中の漁船船長が釈放され、結果として中国をつけ上がらせる結果となった。尖閣諸島は中国領土だというのである。

かねがね思っているのだが、いまの我が国は国防の気概に乏しい。最近人々の間に自信喪失感が蔓延し、無気力に陥っているのは、「自分の国は自分で守る」という気持を抱いていないことが原因である。

菅首相は日中の戦略的互恵関係重視などと称し、日中の経済に強い関心があるようであるが、それは経済問題は「票になる」からである。しかし領土の問題にはそれ以上の重みがある。間違っても経済問題と領土問題をトレード・オフしてはならない。領土は父祖の代から営々と受け継いできた歴史のうえにあるもので、今を生きている我々の代で軽々しく処分してはならないものだからである。

東日本大震災

（平成二十四年一月一日「ＬＩＴＳ」20号）

□　昨年三月十一日に起きた東日本大震災は「人知を越えたところに生じた災害」と、「人知が予見し損なって生じた災害」の二つによる被害をもたらし、共に重いものとしてわれわれの胸を痛めました。前者は地震と津波の発生であり、後者は東電の福島第一原発に及んだ災害です。後者は日本だけでなく世界中に放射能をばら撒く結果になりました。それも数年とかいう短期間ではなく、何十年、何百年スパンで回復が論じられなければならない人災であります。

考えてみると核兵器も核燃料も、ともに下手をすると地球全体を壊滅させてしまう。地球上には何十万という種の生物がいるけれども、かようなことをしでかすことができるのはわが人類だけです。「人知が予見しなければならないもの」であって、それを予見し損なった場合には全生物を殺してしまうような所業を、「神をおそれず」と言わずしてなんと言おう……。当面は無理にせよ、慎重の上にも慎重に考慮を重ね、将来を見通したうえで核をはじめとする、人類の行きすぎた「叡智」にブレーキを掛けるときではないでしょうか。

「道《どう》」のはなし

年寄りの冷や汗(1)
――私の居合道迷走修行

(平成十二年十二月八日・二一会八十周年記念誌)

[一]

さして年をとったとも思えないのに、何となく足がひょろついたり、身体の平衡感覚が安定しなくなったりして、ことによるとこれは高血圧の症状ではないかなどと心配になったのが五十五歳の時である。後で判ったのだが、ただ脚の、とくに大腿部の筋肉が弱っていただけのことであったのだが、当初はかなり気にして、何か運動を始めなければと遅まきながら考えるようになった。

ゴルフであれば、それこそ助六の文句ではないが、煙管の雨が降るように方々からお誘いがあり、これに応ずればできるのであったが、ゴルフとなると殆ど丸一日がつぶれることになるので、当時私にはとてもそんな気分的余裕はなく（今でもそうだが）、何か適当なものはないかと捜しはじめた。

話は遡るが、それ以前に、或る酒席で、その頃に居合を始めたという顧問先の社長さんからいろいろ話を伺い、「結構ですね」、「一緒にやりませんか」という按配で、その四、五日後に総務担当の役員さんが事務所に居合刀（刃渡り二尺三寸の模造刀）一振を持参ご恵贈下さった。恐縮はしたものの、社長さんが通っておられた「道場」は高島平のスポーツセンターで、稽古は何と毎日曜日の朝九時からとのことでおそれをなし、平成五年十二月、親和会の忘年会に、当時幹事長をされておられた菅沼隆志先生が企画した余興大会で「蝦蟇の油売り」というインチキ芸能（落語の「蝦蟇の油売り」を、刀とサンタクロースの人形、それに蛤の貝殻とBGMを使い、浪人の身なりをして口演した恥かき

二段の頃

芸で、覚えておられる方には一日も早く忘れてほしい代物）に使用したあと、時折家の中で振りまわしたりしたまま、その居合刀は死蔵され、恵贈下さった㈱釜屋化学の田岡社長さんも癌のため惜しまれつつ亡くなられたこともあって、刀は貰い放しにしたまま、居合のことは不本意ながら忘れてしまっていた。

その後、平成八年のことだったと思うが、株主総会のお手伝いをした日本火災海上保険㈱の打上げ会でご馳走になった折、総務部長の横井さんと副部長の二宮さんがともに居合を修業しておられることを承り、私には楽しい話だったが、周りの方を辟易させる程詳しく話を聞かせていただいた。

丁度、はじめに書いた体調不良の頃にあたっていたので、今度は本気で通学？可能な場所に道場を紹介していただきたいと申し上げたところ、早速に川崎市の住まいに近いところにある道場を、つてをたどってご紹介下さった。

［二］

道場は神武館石堂道場（館長：石堂定太郎先生。齢八十を越える）といい、剣道、居合道、杖道の三科目を備える夢想神伝流の道場である。入門にあたって試験といった程のものはなかったが、館長ご子息の石堂倭文若先生（といっても私より三ツ年下）から入門の動機を尋ねられた。五十五にもなって、それも剣道の経験もない高齢者が入門を希望するのであるから、ご下問も当然だろう。心身の鍛練と、武道の真髄に触れたいとか何とか格好をつけてお答えしてもよかったのであるが、根が正直?だものだから、健康のためという本当の理由を述べたところ、過去におけるスポーツの経験を尋ねられ、高校時代に柔道初段をとってそのままスポーツはやっていない等、一、二の問答の末、簡単にお許しをいただき、稽古の日程（月、火の夜）をはじめ、細まごましたことを拝承してその日は見学のみで辞去し、早速言い付かった稽古着、襦袢、袴、帯と膝当てのサポーターを購入して翌週から勇んで?道場に通うことになったのである。

刀は道場を通じて道場出入りの刀剣商から若先生指定の寸法のものを改めて購入した。刀は身長に応じて選ぶ例である由、私のものは二尺五寸の模造刀でやや長めである。模造刀は拵らえも刀身の姿も重さも、真刀と全く同じであるが、刀身に刃がついていないスチール製の、刀のようで刀でなく、銃刀法に謂う「刀剣」にも該らないものである。

入門したのは十月であり、稽古に際しては上述の稽古着の外パンツ一枚の裸足であるから、暖房はあるものの、凡そ百畳敷の板の間とあっては少し寒い。

まず教えられるのは礼法（刀礼）と抜刀と納刀である。刀礼は神座への礼にはじまり剣心一体となる一連の作法であり、居合道修業の最も重要なものとされている。本来居合は私のような初心者を除いては真刀を用いて行うもので、因みに居合道修行者は日本刀の大きなマーケットとなっているのだが、刀は刀、人を殺傷するために作られたものであるがゆえに、その取扱いは慎重のうえにも慎重を要するところから、やかましく刀礼を躾けられるのである。

刀も二尺を超えると、帯を締め左腰にたばさんだ鞘の鯉口を切って右手を前に差し出しただけでは刀の一部が鞘に残って、決して抜けない。それゆえ鞘引きと言って左手小指を帯に押しつけ、左拳を十分後方に引くと同時に刀身を鞘離れさせなければならない。納刀は抜刀の動作の順序を逆にする……こんな風に教えられると簡単なようだが、聞くは易く、耳には入っても身体がついてゆかない。

㈶全日本剣道連盟が昭和四十四年に定め、五十五年と六十三年に改訂した居合の形があり、これを制定居合と呼称し、現在十本の形が定められている（補註）（これに対し、各流派固有の技を「古流」という）。初心者がまず習うのは、「前」といわれる第一本目であるが、これがすべての技の基本とされており、「対座している敵の殺気を感じ機先を制して『こめかみ』に抜きつけ、さらに真向から切り下ろして勝つ」（一本目要義）とする技である。但し、敵は頭の中で想定された「敵」であって実際にはいない。要するに居合は形《かた》（所作）を修業するものであり、居合において斬突する対手はイメージである。そのあと残心と血振り（相手を切った後、刀についた血を振り落とすこと）とくるから凄いものだが、「抜きつけ」は右手一本で抜刀し、「こめかみ」に切りつける動作が核心である。

私が使っている刀の重量はおよそ一・二キロで（鍔と柄《つか》を差引くと刀身の重さは約一キロか。重さの感覚をお手持ちのゴルフクラブと比べて下さるとよい）、これを片手で自分の肩口にほぼ水平に激しく抜きつける。テニスのバックスウィングのような動作に似ているが、私が修業を始めた頃、前腕の筋肉は落ち、ヒラメのように扁平になっていたから本来十分に気をつけるべきところ、柔道をやっていた昔日の感覚ばかりが神経に残っていて、「エイ、ヤ」とばかり力まかせに振り廻すものだから、たちまちテニス肘を患い、刀を下げ持つことも痛くなる有様。バンテリンにお世話になること一週間以上に及ぶ仕儀とは相成ったのである。そのうえ、後述のように休み休み稽古していたものだから結局四肢の筋肉のインフラを強固にするのにほぼ一年かかってしまった。

要は、何事によらず修業というものはそうなのであるが、過去のあれこれに対する思い入れを捨て、初心に還って行うことが肝要であることに今更ながら得心がいった次第である。

[三]

同攻の士は中学生の少年から七十過ぎの士まで、あたかも人生の缶詰め状態だが、いやしくも居合道は武道であるから道場における序列は歳とは全く関係がない。中には若冠三十過ぎで六段という青年もいるが、脂の乗っているのは四十代で五、六段の方々である。いずれにせよ、全員が兄弟子と姉弟子（中には女性の門弟もいる）であって、先輩への礼を尽くさなければならない。したがって無段の私は（年齢のゆえだけをもって表札の位置は一級のところに付け出されたのだが）、いきおい隅の方で小さくなっていた（今でも余り変りはない）。

門弟の方々の職業は千差万別でサラリーマン（道場の近くに東芝があるせいか、同社や関連会社のコンピュータ関係の方が多い）、自営業（酒屋さん、建築事務所の経営者、整体師、美容師さんなど）、中には大学の先生で工学博士もおられる。ほかには警察官、高校の先生、看護婦さんといったところで、珍しいところでは俳優座の座員で殺陣をやっていたという方もいる。外国人もいて、イギリス人であるマンスフィールド先生は四十代で、七段である。

弁護士である私は、高齢の初心者であるということとその職業柄、珍種と見做され、それなりに面白がってか若先生をはじめ皆さん親切に教えて下さり少し年下の田子さんという当時二段の方が私の指導役に就いて下さった。……下さったのは有難いことなのだが、私の方はといえば、日常業務と、日弁連の用事（当時日弁連業対委の委員長をしており、丁度法律事務所の法人化問題や弁護士広告問題その他の答申作業に忙殺されていた）などで、やれ打合せだ、やれ酒席だといっては一週間二度の稽古が一度になり、やがて一月に一度と、次第に足が遠のいて、挙句の果ては三ヶ月続けて休むに至り、これのみが原因ではなかろうが、私より後に入門した若い門人たちはさっさと昇段された。これでは月謝も持参できないので、現金書留で送金する（そんな門人はいない）こと再三にわたる有様となり、指導役の兄弟子を呆れさせただけでなく、暮れの納会の席上、若先生の奥様から、酒席には必ず出席するのに、といって冷やかされ、そのうえ「センセイは（道場では先生でも何でもないのだが）、ウチの道場の株主ですか」と笑われ、そんなに多忙ならば土曜日の特別稽古に参加したらどうかと親切に勧められた。

　こうして、平成十一年初めから毎土曜日午前十時から十二時半までの修業が始まった（そのため土曜日の出勤は二時半頃になってしまう）。もともと十名程の高段者のためのコースで、無段者は私一人。道場の床を袴でカラ拭きしているような格好であったのが、やがて前腕は太くなり、大胸筋や大腿筋も発達して刀を振っても身体がふらつかなくなるにつれ、ホンの僅かだが業漸く進み？四月に一級の受審（於：神奈川県立武道館）を許され（道場の許しなく受審することは憚られる）、十本の制定技のうち随意の三本の技を演じて合格、十一月三日には初段の審査（指定技五本）に応募することを許された。

　前日の十一月二日には、午後十一時過ぎまで田口六段による付ききりの特訓のお陰で力をつけたと思ったものの、当日はやたらとアガってしまい、頭の中は真っ白。お前でもアガるのかと言われそうだが、私でも時と場合によってはアガるのである。床上に白のガムテープを以て演技の開始線が表示されており、演技はここから開始し、一本毎の演技が終わったらそこに戻り、そこから再びスタートしなければならないきまりがあるのだが、アガっているものだから、徐々に前へ前へと進んでしまい、終りの頃には審判席が滅法近く見えるという開始線無視のミスを犯し、あわや不合格の憂き目にあうところ、初段ではこの位のミスはお目こぼしとされたのか、高校生から順に五人一組となって演技するため、私は最後の十二組で審判員がくたびれていたのか、それとも審判員五人のうちお二人の先生（平野七段と奥野七段）が同門であるがゆえのお情けか、いずれにせよ冷汗をかきつつ、入門以来他に例をみないロースピードで、やっと合格させていただいた。

このごろではすっかりハマってしまい、居合道修業目的を忘れず――そういえば居合の審査には筆記試験が課せられている。各段位毎に別の問題が出されてレポート式に審査の前に提出する。初段の場合は「居合道修業の目的について述べよ」とあった。四百字程度の短いものを書かせるのだが、知ったかぶりの解答をしたので恥ずかしくて答案は披露できかねる――、居合道は高齢になっても修業可能な武芸であるから、高段者への途を夢みて?修業に励もうと思っている。

【追記】　この原稿を投稿させていただいたのが平成十二年の一月で、あれから十ヶ月を経た。私の居合道修行は引つづき続いており平成十二年十月二十九日に二段の審査に応募することを許され、またまたお情けか、合格することができた。参考までに、術技は初段のときと同じで、課題技五本、筆記試験は、①居合道における目付け（「目付き」ではない）について、②残心について説明せよ、の二題であった。二段の応募者は初段のときからほぼ半減し三十六名であった。校正刷を拝見し、余白があるようなので付記させていただいた次第。

（平成十二年十一月四日）

補註

制定居合の術技は昭和六十三年以降左記の十本であった。

（正座の部）一本目「前」二本目「後ろ」三本目「受け流し」（居合膝の部）四本目「柄当て」（立居合の部）五本目「袈裟切り」六本目「諸手突き」七本目「三方切り」八本目「顔面当て」九本目「添え手突き」十本目「四方切り」

その後平成十二年に左の二本が追加され、現在では都合十二本となった。

（立ち居合の部）十一本目「総切り」十二本目「抜き打ち」

年寄りの冷や汗(2)

（平成二十三年四月二十六日・二一会九十周年記念誌）

十年前に刊行された「二一会八十周年記念誌」に、「年寄りの冷や汗――私の居合道迷走修行」を書いた（同書一三三頁以下）。私の居合道修行は迷走しながら未だ続いている。以下は前稿の続篇である。

［一］

五十五歳を四箇月ほど過ぎた平成八年の十月に居合道の修行を始め、一級、初段を経て平成十二年十月に二段になったところまでを前稿に書いた。

その後、平成十六年に従前住んでいた川崎市幸区から東京都目黒区へ転居した。それに伴い稽古日が週日と土曜日に限られていることに不便を感じてついつい休みがちになっていた川崎の神武館石堂道場（夢想神伝流）から別れ、都内に、できれば日曜日に稽古ができる道場はないものかと思って方々をあたってみた。神武館の石堂先生の個人的なご縁で二、三ご紹介いただいた道場は稽古日が希望した条件に副わないこともあり、そのうちそのうちと道場探しをないがしろにしているうち修行の熱意も一緒に失い、一年ほどをうかうかと過ごしてしまった。

平成十七年になって、大同会の笠原克美先生からの年賀状で、先生は古馬術（流鏑馬）の修行の傍ら東京都庁の道場で居合道の修行も始められた由を承り、東京には公設の道場もあるのかと詳しい事情を聞き合わせたところ、すぐに都内にある同種の施設の一覧を書いた案内をいただいた。こうして、目黒区にも剣道連盟があることを知り、三月十三日に連盟の事務局に手紙を差し出して入門し、翌週から稽古を再開した。

東京には㈶全日本剣道連盟の支部である㈶東京都剣道連盟（都剣連）があり、各地に地区の名を冠した傘下の支部がある。支部を支えるため目黒区においては目黒区剣道連盟（権利能力なき社団）が組織され（昭和二十七年に基本規定を制定。目剣連と略称）、区からは補助金が支給されており、区立中央体育館をはじめ区内の公共施設で稽古が行われている。目黒区剣道連盟は文字通り剣道を主体とする団体であるが、同時に都剣連剣道部会の目黒支部を兼ねており、同居合道部会目黒支部と同杖道部会目黒支部が附属している。居合道の修行者は都剣連居合道部会目黒支部に所属し、同時に目剣連の会員でもあるものとされ、このあたりは複雑である。

こうしたややこしいことは、後にこの連盟の監事になって徐々に知ることになったのであるが、ともかく私の居合道修行第二期は平成十七年に始まった。稽古は日曜日にも行われており、私は毎日曜の午後二時半から四時半頃を選んで出掛けることにした。

［二］

数年の間、全くというわけではないにしても、修行をないがしろにするということは、気力や体力を減退させること著しいものがあり、周囲の方々に段位を聞かれ「二段です」と答えるものの訝しい顔をされるほど腕が鈍っており、鏡に映る己の所作（剣道場にたいてい身の丈、身幅を超える大鏡が設置されており、居合道修行者はこれを用いて所作を匡正する）は、だらしのないものであった。

夏になり長沢良治事務局長（六段）から、九月に行われる昇段審査を受審するかどうか打診された（神奈川県と異なり、東京は三月と九月に行われる）。どうしようかと思ったが「夏の二箇月、懸命にやるかどうかだ。修行、修行！」とか何とか、暗に努力次第で合格をほのめかされて（おだてられて？）その気になり、平成十七年九月に行われる審査の三段の部を受審することを決めた。

居合道の昇段審査については全剣連が定める基準があり、初段になるには都剣連の会員であって受審前に最低半年、二段になるには初段になってから一年間、三段になるには同様二年間の修行を積むべきものと定められている。私の場合は二段になったのが平成十二年であり、すでに四年以上を経過していたから、形式上は十分な受審資格があった。

七月、八月と毎日曜日にほとんど欠かさず二時間ほどの稽古をするとあって、暑いさなかでもあり、かなり疲れを覚えた。昇段審査会は九月十八日（日）に（東京武道館第二武道場（足立区綾瀬）において行われた（午前は一級から三段まで、午後は四・五段の審査）。残暑が厳しく暑い日であった。審査は入場、礼法及び実技について行われ、簡単なレポートの提出を求められる。実技は制定技のうち剣連が当日指定する四本の技のほか、三段以上は古流一本（自由選択）を演武することが求められる。

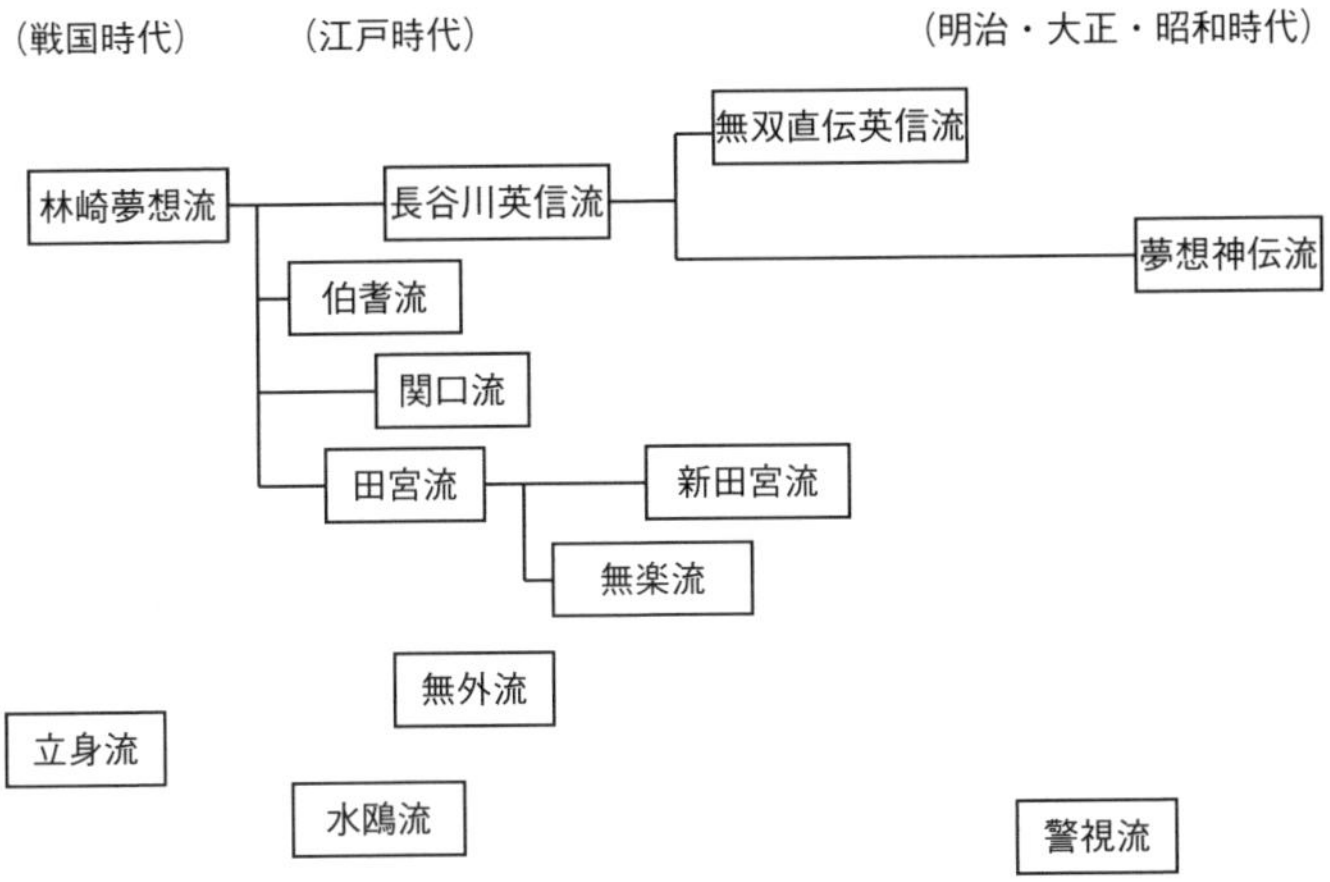

〔第１図〕　居合の流派の系譜

〔三〕

ところで居合というと、大道芸と化した「居合抜き」や、合気道と間違われたり、また「居合っていうのは巻藁を斬るアレですね」とか、いろいろ誤解されている（巻藁を斬るのは抜刀術といい、別のものである）。

　居合の歴史は古く戦国時代に遡る。発祥の後様々な流派が生まれ、その主なものは第一図「居合の流派の系譜」のようである。これらの流派を統合して、昭和六十三年に全日本剣道連盟が制定技を制定した。古来伝承の柔術の流派を統合して講道館柔道に統合されたのと似ている。これらの流派に伝来している夥しい術技を総称して「古流（技）」という。

これに対し、昭和六十三年に全剣連が制定した左記の十本の術技を「制定技」という。

＊

（正座の部）一本目「前」、二本目「後」、三本目「受け流し」（居合膝の部）、四本目「柄当て」（立居合の部）、五本目「袈裟切り」、六本目「諸手突き」、七本目「三方切り」、八本目「顔面当て」、九本目「添え手突き」、十本目「四方切り」

その後、平成十二年に左の二本が追加され、現在では都合十二本となった。

（立ち居合の部）十一本目「総切り」、十二本目「抜き打ち」

＊

受審時に出題された術技とレポートの内容は、メモを紛失したため失念してしまったが、何とか合格することができた。

当日は顧問先である㈱日本港湾コンサルタントの市村四段が、たまたま同輩の審査の応援に来ておられ、演武の終わったのち批評して下さった。また、目剣連の山本三段にも、演武前にワンポイントアドバイスをいただき、従前修行していた神武館の平野七段がみえておられ、ビデオを撮って下さり、後に郵送していただいた（平野七段はその後平成十八年に五十代の若さで病気のため亡くなられた）。

〔四〕

ところで目剣連は私が入門する数年前から法人化に向けて動いており、中間法人にする構想もあったやに仄聞する。従前ややもすれば粗放に流れがちであった運営を改め、法人化することによって業務執行の透明性を高めるのが目的であったそうな。

こうした中で会計を明確にし、業務執行を強化するためと称して私に監事のお鉢がまわってきた。任意団体である目剣連の会計と業務を監査しながら法人化について汗をかくべしという理事者からの仰せであった。柔道や剣道その他武道の集まりは、万事段位がモノをいうものと考えていた私にとっては、監事への就任要請は驚きであったが、仰せも黙し難く、平成十八年度からお引き受けすることにした。

その後平成十八年に民法が改正されて、「一般社団法人及び一般財団法人に関する法律」が制定され、同年十二月から施行されることになった。これに伴い、俄かに一般法人化への動きが強まり、私は会社の設立の経験を生かし、農水省のキャリアである島尚士氏（剣道三段）が細かい事務をとって下さるなど二人が中心となって法人化を推進し、平成十九年四月に目剣連は都内類似の組織の中ではじめての一般法人である「一般財団法人目黒区剣道連盟」になった。ついでながら、二一会の佐藤安信先生が剣道を修行しておられることから評議員として法人業務の運営に参加いただくことになった。

［五］

そうこうして、仕事の都合を差し繰り、疲れと戦い（歳のせいもあって日曜日は休みたい時もある）、「やり繰り三（算）段」とか言いながら稽古を続け、平成二十年の九月には三段になってから満三年を経た。

私の稽古は、若い人たちのように「熱中時代」というわけにはゆかない。三年経てば四段の昇段審査を受ける資格があるとはいえ、当然のことながら合格の保証があるというわけではない。しかし無謀にも九月二十一日（日）に行われた四段の審査に挑戦したのだが、稽古不足で力及ばずあえなく落第の憂き目に遭った。三段までは低段位と呼ばれ、型がひととおりできていれば合格するのであり、合格率は概ね六～七割（初段や二段はもっと高い）である。しかし四段以上は半数以上が落第である。

審査に落ちた理由は、審査員から見ればいろいろあったろうが、自覚的理由としては居合道の最も重視する「目付（めつけ）」がうまくゆかなかったからである。

目付とは対象に視線をあてることである。正座したときは目を前方四～五メートル先の床上につけ、これを「遠山の目付」といい、術技を始めるときはもっと近いところに目をあてるなどと説明されているが、それは姿勢の点からそう言うだけで、本当は文字通り対象に目を遣ることである。しかし、居合道の場合は、「対象」が存在しない。刀で斬突する対象は己の心象のみにある像（仮想敵）であるから、この像を眼前に描き、その（敵の）頭頂、顔面（「顎まで斬る」などというのもある）、肩口、脇腹を斬るとか、水月を突く、などと言われても実際に斬突するのは空気なのであるから、初めのうちは何のことやら判らない。しかし、四段以上の審査でそれが判らないでは済まされない。私が失敗したのはそのような心象を描けず、目は審査員のあたりをうろつき、目許に描くべき敵の像が結べなかったことにある。古流は大森流（夢想神伝流の初伝にあたる）の初発刀を選択し、制定技は四本目、六本目、十本目、十一本目が出題されたのであるが、目付の失敗は四本目の技のときに起きた。後は滅茶苦茶、傍目からは恰好はついていても、ただ刀を振り回しているだけという有様に見えたに相違ない。要は「斬れていない」状態であったろう。

［六］

そして平成二十一年の正月――。

剣尖の伸び未だしか初稽古

こんな駄句を作って自分にハッパをかけながら、再挑戦と相成った。三月にも審査があるのだが、当日の十四日（土）は理事を仰せつかっている司法アクセス学会の総会兼シンポジウムがクレオ（「弁護士会館」の講堂）で開催され一日潰れるため受審は見送り、九月に向けて焦点をあわせた。

またまた暑い夏との闘い（大袈裟？）であったが、七月に高田五段から「居合腰が不十分」との指摘を受けた。居合腰とは時代小説などに「腰がずっしり沈んだ歩み」という風に表現される姿勢であり。膝を力を抜いて軽く曲げ、上体をまっすぐにした様を言い、居合道の基本であるがゆえに、姿勢を匡正するため、地下鉄日比谷駅で下車し、二重橋駅まで一駅分居合腰で歩きもした。

抜きつけ：古流である大森流の初発刀の初動作。制定技の１本目に似ている。刀は二尺四寸一分の真剣をつかっている。

九月十二日（日）、試験当日。古流は前回と同様初発刀を選び、剣連からの出題は、三本目、六本目、九本目、十本目の四本であった。前回の失敗もある。帯刀のとき刀がスムーズに帯びられるように帯に気を配り、納刀のときに刀が親指と人差し指の股を滑りやすくなるように鎬に刀剣油を塗るなどの細心の注意をしたうえで出場を待つ。四段の受審者は五十四名、出場は若い者が先で五人ずつ演武を行い五人の審査員による審査を受ける。歳の順では私は最後から二番目、一人欠席していて四人の演武となった。演武を終わり着替えていると、同じ出番の受審者の一人(埼玉から来られ、七十歳だという)が「何だかなァ」と独り言を言いながら私を窺った。良く判る。手応えがあったという気持ちが半分、不安が半分の気持ちが「……何だかなァ」であり、まことに同感であった。

審査結果は引き続いて行われる五段の審査が終わってじきに出る。即日発表なのである。待っている間はそれほど自信があるわけではないからそわそわして落ち着かなかったが、合格者の番号の中に四十七番を発見してたちまち嬉しくなったから、現金なものである。

［七］

高齢者ゆえに採点に手心を加えていただいたのだとは思うが、受審にあたって気遣って下さった高平、田村両五段や吉橋四段など多くの方々のお世話がなければ結果は得られなかった。有り難く御礼申し上げたい。居合道の修行によって得られたものは精神的なもののほか、身体面に限って言えば、居合技は四肢のあらゆる筋肉を等しく使うため、ほどよく筋肉が付き、姿勢が良くなったこと(居合道は姿勢についてまことにやかましい)、お蔭で腰痛がなくなったこと等が最低限の効用である。そう言えば、提出を求められたレポートの一題は、「居合道の姿勢について書いて下さい」であった。他の二問は「居合道の目付について書いて下さい」「初心者の指導について注意すべき点を書いて下さい」であった。四段は必ずしも高段者とはいえないが、出題にあるように指導者の裾に加えていただけるのかと思いつつ、更なる修行に励みたいと思っている。五段への挑戦は四年後である。そういえば今年の年賀メールの中に「五段、六段を目指して下さい。居合道界はお年寄りが元気一杯の世界ですから」というのがあった。

＊

前稿から十年も経って「続編」もないものだが、二一会の会員の中にも居合道の修行に励んでいる方もおられると聞く。迷走しながらも引き続いている私の修行記を他山の石とでも思って読んでいただければ幸甚これに過ぎるものはない。

「道《どう》」のはなし

（平成十八年八月三十一日「ＬＩＴＳ」９号）

話の発端

先日、当事務所が顧問を務めさせていただいている或る会社からお招きを受けてご馳走になった。宴たけなわになった頃、常務のＩさんが話を切り出した。Ｉさんはその会社の海外担当で数日前に南米から帰国された由。ドイツやアメリカにある海外拠点にも度々駐在するという。話というのはこうだ。

海外で（ドイツだったか？）話が柔道のことに及び（Ｉ常務は学生時代に柔道を修行された由）、「そのエクササイズのことは一応判ったが、「道《どう》」というのが判らないから説明してほしい」と言われたというのである。

「それで何と説明されたのですか」

「適当な言葉がないので『マイステル』と……」

マイステル（Meister）とは、ドイツにその制度があり、彼地の生徒は中学だか高校時代に、将来大学に進学するか、マイステルになるかを選ぶ。マイステルは職人の資格のことで、大工、左官、塗装、家具職等、各種の職人になろうとする者に厳しい技能訓練・修行を課し、卒業者に公的な資格を与えるのである。単なる徒弟のことではない。その資格を持つ職人は、大学卒業者と並んで社会の一翼を担い、人々からの尊敬を集める。

確かにマイステルたちには職人「魂」と呼ばれる意識があり、優れた技術を持ち、自尊心も高いから「道」を修めた者と言いうる。名付ければ職人「道《どう》」ともいうべきかもしれない。

こうした話が弾んだが、やがてほかの話柄へと移るのが宴席の常。しかしＩ常務の話は私の興味を惹くこと大なるものがあり、少しばかり「道」について考えてみた。以下は「道」とはどういうものかに関する独断的な雑記である。Ｉ常務さんの参考にでもなれば幸甚というわけで、ともあれ書き始めてみよう。但し本稿に言う「道《どう》」は道教の「道」ではない。念のため。

技の精妙さと型

まず、ある技術・技法（Art）を修めること、ないしその修行の対象が「道」であるためには、その技術・技芸が精妙を極めたものでなくてはならない。

上に述べたマイステルの修行はその意味で、「道」たる資格の一を備えていよう。日本の蒔絵や陶芸などの工芸品、書画などには実に味わい深いものがある。西洋にも絵画・彫刻などは申すまでもなく、バカラやマイセンなどガラス工芸や陶芸にも優れたものがあり、他の例は枚挙に遑がない。

食文化にもそうした例はいくつも見られる。和食でいえば包丁一本でこしらえた会席（懐石）、西洋料理では凝りに凝ったフランス料理などなど。中には、簡素な料理であるラーメンなども、いま一息とはいいながら、かなり精妙な味を出す職人がいるという。こうした技術・技芸を修行することは「道」の備える資格の一部を成すけれども、それだけでは「道」というには不足する。

「道」の資格の二はその技術・技芸が、ある一定のルール（きまりごと＝型）に則って演じられなければならないということである。そしてその技術・技芸は美しくなければならない。

例えば伝統的な「道」とされている剣道についていえば、その技は精妙を極める。それだけではなく、今の全日本剣道連盟の竹刀を以て打合うものはさておくとして、剣道の各流派は一点一画を揺るがせにしない型を作り出し、修行者がこれに従うことを強制した。剣道が「道」たる所以である。弓道にしてもそうであり、華道においても然りである。茶道においては袱紗《ふくさ》捌きや茶杓の持ち方まで細部にこだわる。私が修行している居合道においても所作の一点一画に至るまで型を強制する。いずれにあってもその技のうちには美しさを見出すことができる。

剣術や居合はもともとは人を斬突する技である。弓術は矢を射て的にあてる技である。華を活けるのは美を創造することである。茶は喫するのみである。しかし、人を斬突する、矢を的にあてる、花を美しく飾る、湯茶を飲むといった中に、たんに本来の目的を達成するためだけであればもはや不要ではないかと思う程に型を持ち込み、それを守って所作を演ずるにあらざれば、当の技術・技芸の演技を、「技術、技芸として認めない」といった類のルールが存在することが、当該技術・技芸を「道」とするに必要な資格である。

料理の分野にも「包丁式」というものがあり、歴とした流儀もある。魚に手を触れず、包丁と長箸のみで捌く「型」である。式を行う料理人の服装も狩衣のようなもので（詳しくは知らないが）、烏帽子を被る。これは、もはや「道」の資格がある。

献立としてのラーメンを作る技術が「ラーメン道」に発展するためには、スープを作る所作、ラーメンの水を切るとき、麺をザルに打ちつける所作までが細部にわたってルール化され、その遵守が強制される必要がある。

イギリス人が愛飲する紅茶の喫用も、ただフレーバーの香りや茶の味わいを楽しんだり、談話を弾ませる役割を負っているうちは「道」になりえない。茶道において行われているような作法（型）を備えてはじめて「紅茶道」になりうる資格を持つのである。

「道」と精神性

さて、ここからが厄介である。

ある技術・技芸を「道」たらしめる最大の資格は、当該技術・技芸を修行することが、人格の形成と結びついていなければならない。つまり「道」の精神性が問題されるということである。

近時、国家にも品格がなければならないとして、数学者の藤原正彦氏が『国家と品格』（新潮新書）を著わし、大ベストセラーになったが、著者はその中で「武士道」の貴重性を説く。自尊心、相手方への思いやり（惻隠）、廉恥、廉潔、誠実など武士道の説く徳目は、人生の徳目としても重要であり、武士は剣術、弓術、馬術など十八般の武芸の修得と読書を通じてこのような徳目を体得する。武士道の内容は技芸、技術そして教養のアンサンブルなのである。

武士道は「道」とされる典型的な対象であるが、他に「道」とされている技芸・技術の中にも精神性を問題にしているものがある。曰く、「剣禅一如」（剣道）、「精力善用自他共栄」（柔道）、「侘《わ》・寂《さ》び」（茶道）等々。このような精神性（場合によっては宗教的なものまで）を技芸・技術に持ち込むことは、我が国民の独特の感性に基づくものであり、外国人には理解できないことかもしれない。

日本人の民族性

「日本人は他民族から見ればどんなにつまらないものでも一つの『道』として磨き上げることのできる民族性を持っている。」この文章は、それゆえ日本人は西洋文明の中核である科学技術をたえず極限にまで磨き上げてきた、と続くのであるが（黄文雄『大日本帝国の真実』（扶桑社））、それでは日本人は何故そのような民族性を持っているのであろうか。

一つには、我が国が四面を海に囲まれた定量的空間に存在し続け、肇国以来、その空間を「食い潰して」他に移動することをしなかったことに遠因がある。そのうえ、二百六十年にわたり鎖国政策をとった。そのため民族は単一性を保つことができたが、他面において有限な資源を合理的に活用せざるを得ないという結果を招来した。そこに暮らす先輩日本人は、例えば手工業者であれば、市場で生きるためには新しいものを考案せざるを得ず、また品質改良を通じて競争に打ち勝とうとし、着想が斬新で高品質かつ信頼性の高い製品のみが生き残ることができた（松原久子（田中敏訳）「驕れる白人と闘うための日本近代史」（文藝春秋））。

このことは、技芸の場合も同様であり、剣術、馬術、活け花、舞踊、歌芸（長唄、小唄、端うた、哥沢、新内など様々）その他のあそび（香道などもある）に至るまで、他との間に頭一つの差といった差を設け、「○○流」という流派を作って夫々精緻巧妙を競った。「道」が生まれる素地の一つが育まれたのである。このように身のまわりの事象に対処するにあたって様々な工夫を凝らすという行動様式は今に至るまで日本人の心の中に生き続けている。

ところで我が国の精神文化が「唯一絶対神」を持たないことについては、つとに知られている。精神文化の中心をなす宗教が何故に「絶対」のものではないのかは不思議ではある。しかし日本にもイスラム「原理主義者」のような他宗を絶対的に排除する思想を持った人々がいなかったかといえばそうではなく、戦国時代以前にはいたという。それを根絶やにしたのは、塩野七生氏の論によれば（『男の肖像』（文藝春秋））、織田信長による「狂信の徒の皆殺しである。……このことをもって日本人はとかく守備範囲外にまで口を出したがるたぐいの宗教には、免疫になった」という。唯一絶対の信仰の対象を持たないとすれば、我が国の精神文化を形作っている思想は何か。例えば戦国時代から江戸時代を生きた禅僧である鈴木正三《せいさん》（一五七九〜一六五六）は、

「我身を信ずるを本意とす。誠に成佛を願（ふ）人ならば唯自身を信ずべし。自身を信ずるといふは、自身則ち佛なれば、佛の心を信ずべし……」

と言う（山本七平『日本資本主義の精神』（光文社）によった）。信ずべき者は内なる佛であり、自己がその責任を負うべき対象も自己なのである。

仕事も修行

正三は農業について「身に隙を得時《えしとき》は煩悩の叢《くさむら》増長す。辛苦の業をなして身心を責時《せむるとき》

は、此心に煩なし。如此《かくのごとく》四時ともに佛行をなす、農人何とて別の佛業を好むべきや」と言い、職人については「何の事業も皆佛行なり。人々の所作の上にをひて、成佛したまふべし。佛行の外成《ほかなる》作業当るべからず。一切の所作、皆以て世界のためとなる事を以てしるべし」と言う。また商人については「此身を世界に抛《なげう》って、一筋に国土のため万民のためとおもひ入りて、自国の物を他国に移《うつし》、他国の物を我国に持来《もちきたり》て、遠国遠里に入渡し、諸人の心に叶《かなう》べしと誓願をなして、国々をめぐる事は、業障を盡すべき修行なり」という。このように仕事も修行であり、「一切の所作（労働）皆以《もって》世界のためとなる」とする考えは現在のビジネスマンの心の深奥にも生きている。それゆえ、定年退職をハッピーリタイアメントとして必ずしも喜ばず、世のためにできることをして生を了えたいと願う人々も私の身のまわりに大勢いる。こうした、仕事をもって自らの修行とする労働姿勢は「道」たる資格を備えうる。

修行のもたらすもの

　このような精神性は、江戸時代末まで続いた定量空間のこの国に均霑《きんてん》し、技術・技芸のすべてがそうではないにしても、その中に活かされ、深まっていった。換言すれば、既述のような自己本願の精神性を自らの技術・技芸に結束させようとし、その方向を選びとった技術・技芸が「道」であると言ってよい。「道」の修行において強調されるのは、武士道の説明の中でも述べたような徳目であるが、「道」の修行は演者が筋目通りに行なうことを重視するから、それが一定の成就をみたときに感ずる「達成感」ないしは「自尊心」、修行途中における「我慢」、「自制心」、「自律心」、技芸の深遠さに触れて感ずる畏れによってもたらされる「謙仰感」、「畏怖感」、相手のある技芸においては相手に対する「惻隠」などの様々な感性を養うことができるのである。

それゆえ、相撲において敗者に対し勝ち誇って「ヤッタ!」とばかり手を高々とあげるのも、新聞記者を殴打するのも、野球において相手の監督を侮辱するのも、仮にスポーツにあってはやむをえないものがあるとしても、「道」というには程遠い。

「棋道」があるかどうか。プロの棋士は勝利したとき、小首をかしげる程度の喜びしか表わさない。決して「ガハハ……」と哄笑したりはしないのである。

せいぜい、

勝った棋士余裕で首を傾げてる

と言った程度である。

本稿を書くきっかけとなった柔道について言えば、オリンピック競技種目に加えられ、スポーツとなり、世界の他の国々の人々にも愛好されるようになったことは喜ばしいが、反面において他の文明の影響を受け、点数を基礎としたことが一因となって「道」として持つべき精神性が薄れた。もはや「柔道」と「Judo」とは、あたかも野球と「Baseball」とが別物である如く、異なる物になった感じがする。

おわりに

「道」について説明することは、それが日本人の精神性に深くかかわるものであるだけに仲々厄介ではある。しかし、「道」につながってゆく、仕事や日常の身のまわりのふるまいまでを修行の対象とする日本人の行動様式は、将来にわたって大切に継承すべきものであり、外国人には判りにくいとしても、海外に普及するに足る思想であると考えられるが、いかがであろうか。

もったいない、みっともない、荒立てない

（平成二十一年三月三十一日「ＢＡＡＢ」53号）

もったいない

□「もったいない」という言葉が徐々に国際語としての地位を得始めているという。ものの価値が生かされず無駄になることを惜しむというこの言葉の用法が、エコロジーの風潮や地球温暖化防止にぴったりだと考えられたためであろう。

□たしかに、日本人は物を大切にしてきた。江戸時代の燃料は「木」であった。これを薪炭にして暖をとり、焼燼してできた灰は肥料にされた。プラスチック製品の廃棄に困っている今の時代とは大ちがい。江戸時代にまで遡らずとも昭和前期には衣服（和服）は洗い張りして再生し、綻びができればこれを繕った。戦後「消費文明」とかいってアメリカの風潮を受け容れ、使い捨ての生活が当たり前のようになった。

□「もったいない」という言葉には、過分のことで忝《かたじけ》ないとか畏れ多い、などの意味のほ

か神仏や貴人に対し不都合なことをすることに対しても用いられる。このように畏れかしこまるという意味は感謝を含意する。この意味ももっと普及して日本中に感謝の心が行き渡らないものであろうか。

みっともない

□ 日本人の心の中から「みっともない」という感覚が廃れた。言い換えればこの言葉は「廉恥」である。

誰に対してみっともなさを感じるのであろうか。

一番は、自分に恥じるのである。この意識はキリスト教者の倫理意識の中にもある。とくにプロテスタントにとっては、自分が神に選ばれたものであるかどうかが、信仰上重要問題であるゆえ、自らを律し神から選ばれた確信を得ようと努めるのであるから大変なことである。

□ 二番目に、廉恥の心は他人から自分に対して注がれる眼を意識することによって、自省する契機を包含する。「他人の注視」は、つい五十年位前までは「地域社会の眼」でもあった。大人が地域社会にあって、そこに所属する未成年者や若者、そして老人をケアすることそれ自体を嫌忌することはない。

もともと民族の単一性が強い日本においては独自の〝コミュニティー〟が機能していたのに、昨今は悪しき核家族化、即ち、本来の個人主義というのではなく我儘主義によって衰退したのは憂うべき傾向である。

荒立てない

□　この言葉はともすると「マアマア主義」と混同されるが、そうではない。判り切ったことをあえて言挙げして不毛の主張を重ねることのない態度のことである。
また荒立てないということは「長いものには巻かれろ」という意味ではないし、一種皇道主義的な感性を籠めた「和」の精神でもない。ましてや戦前に存在した日本法理研究会のいうような「公益ハ私益ニ先ンズ」という全体主義的な法を体現する言葉として用いてもいない。

最近、ことを「荒立てる」ことが流行っている。「ご近所トラブル」「モンスターペアレンツ」「駅員いじめ」等々、数え上げれば他にもまだあるであろう。
□　荒立てないということは情報と認識が相互に共有されていなければ実現しない。「このように主張すれば相手はこう主張し、これに対し自分はこう出るであろう、これに対し相手方はこう抗弁するであろう、ということを『自分』が認識して行動すること」であり、結果の予測のうえに立ち、節度を弁えて行動するという省力的な、真の大人の態度である。

日本精神の発信

日本人は、その文化を体系化して発信し、「文明」にまで高めることが不得手である。「もったいない」「みっともない」「荒立てない」の心は、哲学的に体系化できる余地があり、これを日本が誇る精神文化としてもっと世界に発信することが望まれる。

ガリ版のこと

（平成十一年三月十五日「旧ＬＩＴＳ」14号）

旧臘、年の瀬ということで戸棚の整理をしたら、四十年も前の謄写版刷りの冊子が出て来た。高校から大学時代（昭和三十四年〜三十六年頃）に自分で鉄筆を使って切ったもので（当時「ガリ版をきる」と言った）、実に懐しい想いがした。

「ガリ版」ともいわれるこの印刷形式は、取扱いの軽便さが重宝がられていた。昔はどこの官庁でもこれが用いられ、戦争中は軍隊に随って東南アジアや中国へと海を渡った。戦後の一時期「ガリ版文化」と呼ばれる市民文化活動の運搬手段となった。人によっては学生運動のアジビラ等に用いられたガリ版の文字に郷愁を覚える方もおられよう。いまはワープロやパソコンに逐われて日本ではすっかり姿を消してしまったが、東南アジアではいまでも識字運動に役立っているという。

私は高校の頃から大学生の終わり頃まで、このガリ版にお世話になった。当時——昭和三十年代前半——軽便印刷は和文タイプとガリ版がシェアを分けあい、それぞれの特色を活かしてミニコミ文化を担っていた。町内会報や同人誌、中小企業の定款などの印刷で小遣いを貯めたものである。ことに受験塾の答案用紙の印刷は割のよい商売をさせていただいた。

一口に「ガリ版」といってもやりはじめてみると奥が深いもので、文字も楷書体（これに似たガリ版書体というものもあった）、ゴシック体、パイロット体など様々で、もちろん明朝体、ゴシック体、宋朝体（たて長の細身の活字）などを活字そっくりに切るのも腕前の一つに算えられた。ヤスリは斜に目を切った普通のもののほか、直角に目を切ったものもあり、ゴシック体は後者を用いるのである。ヤスリ目は粗いものと細かいものがあり、汎用のB版のほかにA（粗）、C（密）版があった。絵画ヤスリというものもあって、これを使うと（一寸工夫がいるのだが）、新聞の写真のような感じを出すことができた。これを大げさに「立体製版」といった。また原紙（版）を何枚も違えて多色刷り（私の腕前ではせいぜい三色）も可能で、二色刷程度の年賀状を作るアルバイトはドル箱であった。ガリ版の器材は堀井謄写堂のものが有名で、会社はたしか水道橋あたりにあったと記憶しているが、いまは廃業してしまったのだろうか。

こんなことを考えながら今年もらった年賀状を調べてみたが、ガリ版のものはわずか一枚だけであった。

鉄筆も多種多様で、とがった鉛筆のようなものがおなじみであるが、先がコブラの頭のような型をした絵画用の鉄筆もあった。私は絵画の製版(挿し絵参照)にはふつうの鉄筆の片面を砥いで減らして使ったものだ。

鉄筆といえば、私が弁

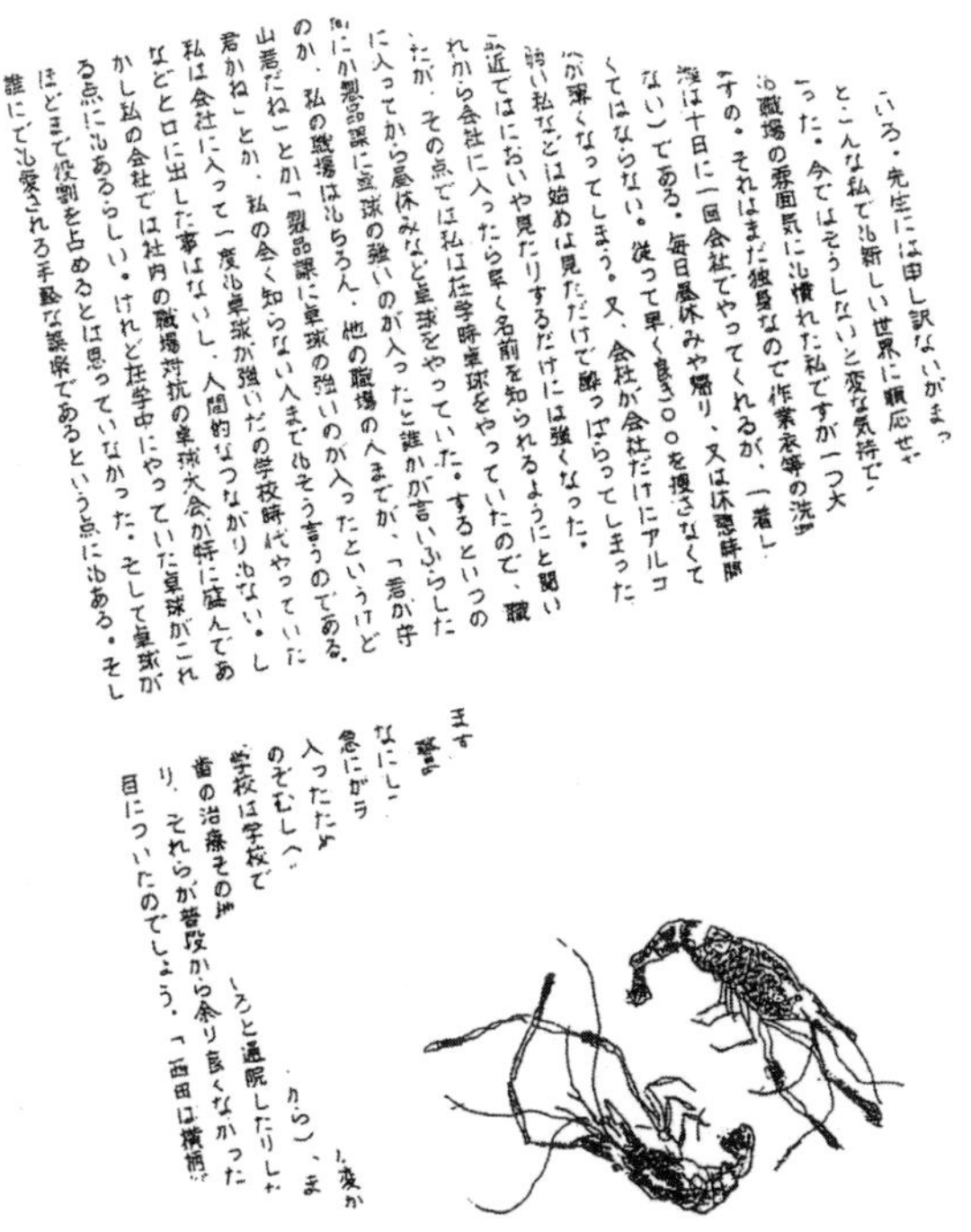
いろ・先生には申し訳ないがまっ
とこんな私でも新しい世界に順応せ
った。今ではそうしないと変な気持で、
も職場の雰囲気にも慣れた私ですが一つ大
すの。それはまだ独身なので作業衣等の洗
濯は十日に一回会社でやってくれるが、一着し
ない)である。毎日昼休みや帰り、又は休憩時間
くてはならない。従って早く臭さ○○を換さなくて
が深くなってしまう。又、会社が会社だけにアルコ
弱い私などは始めは見ただけで酔っぱらってしまった
最近ではにおいや見たりするだけには強くなった。
れから会社に入ったら早く名前を知られるようにと願い
たが、その点では私は在学時卓球をやっていたので、職
に入ってから昼休みなど卓球をやっていた。するといつの
間にか製品課に卓球の強いのが入ったと誰かが言いふらした
のか、私の職場はもちろん、他の職場の人までが、「君が守
山君だね」とか「製品課に卓球の強いのが入ったというけど
君かね」とか、私の全く知らない人までもそう言うのである。
私は会社に入って一度も卓球が強いだの学校時代やっていた
などと口に出した事はないし、人間的なつながりもない。し
かし私の会社では社内の職場対抗の卓球大会が特に盛んであ
る点にもあるらしい。けれど在学中にやっていた卓球がこれ
ほどまで役割を占めるとは思っていなかった。そして卓球が
誰にでも愛される手軽な娯楽であるという点にもある。そし

ます
なにし
急にが
入ったた
のぞむし
学校は学校で
歯の治療その
り、それらが普段から余り良くなかった
目についたのでしょう。「西田は横柄
しろと通院したりし
から)、ま

大学1年生頃の謄写版作例(縮小してある)

護士になってからもお世話になった。準備書面や内容証明郵便は、和紙を複写に必要な分だけ下敷の上に重ね、その間にカーボン用紙を挟んで鉄筆（骨筆というものもあった）で指圧をこめて書くのである。司法試験の受験中には東弁（旧会館）の二階にあった〝謄写屋さん〟のところで訴訟記録を謄写するアルバイトをしたこともある。

私がガリ版技術を独習した教科書のことを思い出した。金園社から出ていた実用書で、とっくに絶版となってしまったろう。書名は忘れたが実用書のシリーズだから、「謄写印刷のしかた」とか「……入門書」というようなものだったろう。著者は菅野清人氏といった。古本屋にでもあれば会いたい気がしている。

補遺　この稿を書いて暫らくして、思いもよらぬことがあった。本稿で触れた「教科書」である『実用百科・標準謄寫印刷の仕方』菅野清人著（金園社）という本が、読者子から届いた。読者子は天下井恵（あまがいさとし）兄と言い、その頃は船橋市立御滝中学校の教頭さんをしておられた。添えられていた手紙により、私が卒業した横浜市立南中学校の同窓会（当時は中学校にも同窓会があった）で一緒に仕事をしていた頃、天下井氏に恵贈したものであることが判明。この思いがけない贈物は、いま当事務所の書架にあり、かれこれ四十年の昔を偲ばせる手掛りとなってくれている。

弁護士にとっての文書「革命」

（平成十四年一月一日「旧ＬＩＴＳ」22号）

弁護士と文書事務

弁護士は喋ることが仕事であるという先入観を持っておられる方が多い。それは、一面においては正しいのだけれども、弁護士の仕事のうちで一番比重が大きいのは文書を作ることである。

民事事件であれば訴状や準備書面、陳述書。刑事事件であれば弁論要旨等々、夥しい文書を作成する必要に迫られる。

私は、昭和四十二年に弁護士に登録し、今年で三十五年目になる。三十年も経てば、昔話の一ツもしてもよかろうと思い、弁護士が文書を作成するための補助をしてくれた昔の（昭和四十～五十年代の）ツールの話を通じて、弁護士にとっての文書作法といったことを考えてみた。

和文タイプ

ある法律事務所の事務所報（東京清和法律事務所「ろおふぁーむ」二〇〇一年十一月号）に、昔使っていた和文タイプが物置の中から見つかった話が掲載されていたのでこれにヒントを得て、まず「和文タイプ」の話から。

和文タイプは法律事務所の女王であった。

カーボン紙を問に挟んだ紙に活字を打刻するというコンセプトで作られたのであるが、英文タイプのように軽便ではない。机の一つを占領し、デンとして重量感に溢れたものであった。

ところで、欧文はアルファベットで書くから文字の数が限られているが、和文は漢字を交ぜなければならない。そうすると、ふつうの文書を作成するためには数千に及ぶ活字を揃えなければならないことになる。そこで、幅六十センチ位、奥行三十センチ位のケースにギッシリと活字を並べ、これを一ツ一ツ器具でつまみとり、把手を操作し、紙（円筒型のものに紙とカーボン紙を巻きつけてある）に活字を打ちつけて印字するのである（写真参照）。

器具が活字をつまむときにはガチャンガチャンという音、打刻の際には把手を下に強く

菅沼タイプライター会社製和文タイプ　SM-1（昭和45年）
（同社ホームページから）

下げて打つので、バチンという音がする。一字一字ロールが少しづつ動くのでその音もする。英文タイプのように軽快に〝パタパタ……〟というわけにはとてもいかない。文字ケースは上下二段になっていて、上段には当用漢字をはじめとする汎用漢字や数字、アルファベット、仮名、下段には予備と称して非日常的な漢字が納められており、難しい文字は下段から拾って上段のケースに移して、つまみとる必要があった。

そういうわけで、和文タイプの〝ガチャガチャ、バチン〟という音が法律事務所の活気を象徴していた。上段のケースには把手がついていてレールで前後左右に動くようになっており、左手でこれを操作し、右手で操作するツマミの下に所要の文字を置かなければならないから、印字能力は今のワープロとは比較にならない位遅く（一分で三十～四十字位か）何よりも、一度打ったら訂正（もちろん保存も）がきかない（数文字なら練りゴムで修正もきくが）。清書してから恩師に手直しされたら大変で、タイピストに頼み込んで全文打ち直しか「二十字挿入」というように欄外に手書きする羽目になった。そのため、内容に若干不満がある契約書であっても、打ち直しの手間を理由にされると余儀なくサインしなければならないという思わぬ副次効果？もあったと聞く。

しかし、それはそれで印字すると活字の痕（僅かなへこみ）が紙に生じ、一種の風合があった。

いまではパソコンやワープロに逐われてどのオフィスでも使われていない。

複写

いまは乾式複写機（ゼロックス、キャノン、コニカ製等々）が全盛であるが、昭和四十年代以前は湿式コピーで、原紙――それも薄紙でなければならなかった――を、ツーンとする酸性の溶液に潜らせ薄緑色のコピー紙に転写するものであった。転写された文字は青色で、紙は濡れているから乾燥させておかなければならない。乾ききらないうちに床に落とそうものならホコリが付着してやり直しの憂き目にあう。また乾かないうちに綴じると液に粘着力があるのか、くっついてしまう。褪色も著しく、一年もすると文字が不鮮明になって、裁判所は昔ながらの和紙で提出されることを望んだ。

「謄写屋」さん

裁判所に提出する準備書面は和紙（B４判二つ折）に縦に書いて提出した。手書きで提出する先生方も中にはおられ、それはそれで味もあったけれども、行・草、連綿体で流し書きされたものには閉口させられた。

和文タイプで打つ場合でも手書きする場合でも同じだが、原被告、裁判所用にと複数作成するため、カーボン用紙を入れてコピーを作る。手書きで作る場合これが意外に大変で、その労を省くため、原稿を持って行けば、カーボン式複写をして準備書面の型式にととのえてくれるビジネスがあった。「謄写屋さん」である。各弁護士会にはたいてい店を開いており、準備書面の外、証人調書や書証のカーボンコピーも作成してくれた。登記簿謄本、約束手形等も和紙で同様にしてコピーを作成した。この場合には「右原本正写候也」という判を押して正確性を保証した。

いまこのＬＩＴＳを印刷していただいているリーガル印刷センターさんも、前身は「秋山謄写館」という「謄写屋さん」で旧東弁会館の地下にお店があった。

骨筆・鉄筆

手書きで準備書面を作るやり方について。

原告用は赤、被告用は青色で印刷した縦書罫線（Ｂ５面に十三行位）を用い、四枚の複写を作る場合、紙の間に三枚のカーボン用紙を挟み、一番下にセルロイドの下敷き、一番上の用箋の上にセロファンを置き、紙が動かないように紙バサミで止め、骨筆もしくは鉄筆で書く。

セロファンの上から書くのは、そうしないで、例えばボールペンで直接書くと（複写枚数が少なければそれでもよいのだが）、筆圧によって用箋が破れるからである。四枚複写となると極めて強い筆圧を加えなければならない。年中やっていると右中指にタコができる。

骨筆というのはペン軸（これも近頃あまり見ない）にプラスチック（その昔は動物の骨。だから骨筆という）で作ったペン先を差し込んだもの、鉄筆はペン先が鉄製のものである。後者はガリ版の原紙を製版するのに用いられた。

内容証明もこのようにして作った。そういえば、用箋である橙色の方眼罫用紙もすっかり姿を消した。

ワープロ

ワープロが発達したのは昭和五十年代後半であろうか。当事務所がワープロを導入したのは〝業界？一番駆け〟というわけではないが、昭和五十九年には使いはじめた。シャープ社製のものであったと記憶しているが、価格は百十万円位で、可成り高額なものであった。いまのようにリースがなかったため、税務上固定資産となり、毎年償却し五年位使ったあと滅却処分して新しいものと交換した。

文字はドットが粗く、曲線はギザギザが目立ち、プリントはリボンを用いた熱転写式でプリントアウトの時間が遅く、急ぐ時はイライラが募ったものである。

しかし、職員の方がブラインドタッチに慣熟するに従って仕事の能率は和文タイプと比べると飛躍的に増大した。とくにこの器械が持つ文書保存機能は、準備書面その他の原稿を書く際に大変役に立った。少しづつ書き溜めたものを打ち込んで保存し、加除訂正していくことによって完成させる方法をとることができるようになった。因みにこの原稿もそうやって作った。ワープロがたんなる印刷機ではないスグレモノであることを認識した次第である。

ファックス

ファックスの導入には一種の怯えを感じていた。以前の仕事の進め方は面談を主としていたが、ファックスが導入された場合には仕事がファックス経由で行われるようになって、尻を叩かれるようになるのではないか？ということであった。以前は「契約書出来てますか？」との問合わせに「いま郵送しました」と、蕎麦屋の出前みたいなことを言って、郵送のタイムラグを利用して大急ぎで出来かけのものに手を入れるなどの、一種の手抜きができたが、ファックスはそうはいかない。需めに応じすぐ送らねばならなくなった。

しかし、誤解を防ぐため法律相談内容を文書にしてファックスで送ったり、事件処理の経過報告を克明にしたりする習慣が出来た。

文書「革命」

陳腐な表現であるが、技術の発達は日進月歩で、その変化は革命的である。

いまでは文書作成のためのツールはパソコン（ワープロ専用機器は健在であるにしても）に移った。複写は乾式複写機に移り、ボタン一ツで用紙の選定から複数枚のコピーをとることも朝飯前となった。ファックスの普及はリアルタイムで文書の送受信を可能にした。既述した昔のツールは今の若い方は見たこともなく、信じられないような話であろう。

こうした技術の変化は、法律事務所に先駆けて企業において先行し、これが忽ちのうちに法律事務所を席捲するようになったのである。つまり、こうしたコミュニケーションツールの革命は、事務処理の迅速化を急激に促進し、法律事務所にも追随を強いたのである。その結果、法律事務の仕事は大変慌ただしくなり、何よりもスピードが要求されることになったが、そのほかの面でも大いなる変化を招いた。

文書作法の変化

その一は、文書作法に関する。

文書は手で書くという意識が支配していた昔は、「書は人なり」と言われ、文字を介して人格が窺えるという考えが支配的であった。本当に文字が人格を表すものであるかどうかについては異論もあるが、まずはそんな雰囲気であった。技術革命は文字に対するこうした考えを変えた。文字は思想を伝達する記号であり、文字そのものは没個性となり、美しいけれどもメタリックな活字体に均質化され、標準化された。

文字は人格をあらわすものとしては理解されなくなった。要は誰が「書いて」も文字そのものは美しいものになったのである。ワープロの発達は漢字を忘れさせたという変化のほかに、このような面にも変化をもたらしつつある。

文書量の変化

その二は、文書の量に関する。

文字が機械化によって「書かれる」ようになり、あわせてそのスピードが飛躍的に速くなるにつれて、書面（なかんずく準備書面）の量が多くなった。和文タイプライターの活字収受能力については限りがあるので字格（字の大きさ）が異なる文字を何種類も揃えることができない。これに反しパソコンは幾種類もの字を内蔵している。字の大きさはもとより、明朝、清朝、ゴシック、斜体文字等々がボタン一つで手軽に選択出来る。そして、パソコンの最大の利点である訂正の容易さと文書保存能力という機能が加わると、どうしても文書の量は多くなる。

和文タイプや手書きによる印字の苦労はパソコンにおいては激減した。そのうえ、電子メールの発達で、判例検索がパソコンによって簡単にできるようになり、これを準備書面に自在に引用することができるようになった。

こうして、内容はともかく、大作の準備書面を続々と目にするようになった。

文章の質の変化

その三は、文書の質に関する。

印字労作が過重であれば、その手間を考えて原稿の段階で文を推敲することが行われる。しかし、印字の手間が、もし勘定に入れる必要もない程少なければ、文章を練ったり切りつめたりする必要は必ずしもない。文章は長めでもかまわないという意識が容易に生まれる。短い文章に含意される無言の発言——「行間」を読ませるといった文章を書く必要はなくなる。叙述が平坦になったり、冗長になったりする文章が多くなった。

いわゆる文章の饒舌化現象であり、書面自体がクールな媒体になりつつある。これは今後の日本語というものに大きな変化をもたらすものではなかろうか。つまり中国圏にあった文章表現の形から、タイプライターを昔から用いていた英米文化圏文章への移行である。

この現象は、近頃文学作品がパソコンで書かれる結果、若い作家による大作が生まれていることとも関係する。

速読術

アメリカのエリートビジネスマンにとって速読術は必須の教養であり、そのための手引書も売られている。速読のためには、印字の均勢（文字が美しく、揃っている）と、文章の定型化が不可欠である。あるいは不可欠ではないにしてもこの二つの要素が備わっていれば速読はそうでない文章に比して比較的容易であることは見え易い理屈である。タイプライター（いまではパソコン）の文化が大量の文書を速く読むことを可能にし、難しい構文をやめ、単語をやさしい単語に置き換える工夫が、法律の文章の分野でもアメリカでは積極的に行われている。

わが国においても、印書技術の革命的変化に伴いアメリカと同様の変化を経験しつつある。文書が横書き全盛の時代を迎えたことも、同一の条件を備えるのに貢献している。大量の文書を一字一字目で追うことを超えて、叙述を「面」としてとらえて把握し理解することが、優秀なビジネスマンや弁護士に求められる。

大量の文書を速く読むために読み手がそういう態度で臨んでくると、文書を作る方（書き手）もこれに応ずる工夫をせざるを得なくなる。これからの準備書面も、見出し、段落のつけ方、文字の大小によるアクセント、囲み罫を引用するなどして一かたまりの面として把握しやすい文書を作るべく、多彩な工夫を強いられることになるのであろう。

例えていえば、一かたまりの文章をカセットのようにして嵌め込んで文書を作り上げ、読む場合でもカセットを通じて理解するといったらよいであろうか。

紙の大量消費

コピーマシーンの発達とファックスの流行によって、紙が大量に消費されるようになった。これらのツールは便利ではあるが、困ったことでもある。

たしかにコピーの発達は情報を大勢の者が共有することに役立った。既述の湿式コピーの時代においては配布された資料も少なく、各人が口頭によるブリーフィングを受け、手筆でノートをとったものだ。しかし、いまではノートは配布資料の隙間に書き込む程度でこと足り、これをファイルしておけば事件記録が整備できるようになった。

反面、紙の大量消費は困りものである。紙の原料である木材の濫伐により環境への悪影響が及ぶという地球規模の問題はさておくとして、コピーへの過度の依存は記憶力を奪うという別の困った現象を招きはしないかというのが私の関心事である。

また、ファックスの過度の利用は、よそ様の紙を喰っているという問題もある。例えばセールスやDMを送ってくる業者がいる。ファックスを用いた送信は「ファックスで送ってもらってもよい」という、暗黙でもよいのだが、相手方の了解のもとになされるべきで、見ず知らずのファックスはひとの紙を使って、自分の意思を伝えようとする無礼に類することだと思うのだが。従ってそういうセールスには応じないことにしている。

＊

書き始めはほんの昔話でもしようかと思っていたのであるが、書いているうちに、例によってだんだん理屈張ってきたので擱筆することにしよう（＝筆をおくという以上、ペンで書いている。こんな場合パソコンで「書く」のをやめるときはスイッチ・オフとでもいうのだろうか）。

最後は老骨らしく？怒ってしまったが、そういえば六十代はまだ老骨ではなく「若年高齢者」というのであるそうな。㈱日本産業退職者協会の常務理事の遠藤さんに教えていただいた。蛇足ながら。

クールビズ異聞

（平成十七年八月九日「ＬＩＴＳ」７号）

□　夏の夜に川柳を一句……。

クールビズあれはパジャマかインナーか

この後句として「涼しげなこと涼しげなこと」と付けるか、「あさましきことあさましきこと」と付けるかはクールビズに嵌っている人の「着こなし」によるであろう。

□　クールビズの「震源地」は環境省地球環境局温暖化対策課国民生活対策室という、一度や二度聞いただけでは到底覚えられない役所であるということになっている（しかし本当のところは判らない）。そこのホームページによれば、

温暖効果ガス削減のために夏のエアコンの温度設定を二十八℃に。

オフィスではすべての事業所等において、夏の冷房の設定温度を二十六・二℃から二十八℃に一・八℃上げるとすると、ひと夏で約百六十〜二百九十万トンの二酸化炭素を削減することができます。

というのである。そしてお節介にもイラストまで入れて、

そんなオフィスで快適に過ごすために、環境省では夏のノーネクタイ・ノー上着ファッションを提唱しました。その名称を公募、決定したのが「COOL BIZ（クールビズ）」です。「ビズ」はビジネスの意味で、夏を涼しく過ごすための、新しいビジネススタイルという意味が込められています。

というわけで政府御用のクールビズ・ファッションまで提案したのである。政府の言いたいことはCO_2削減対策として（ほかに手もあろうに）オフィスの温度を二十八℃にしようということに尽きるのだが、これに夏ファッションまで遊び心でかどうか、企画してくれた。ネクタイ業界にとってはたまったものではない。

□ 政府のココロが遊び心ではあっても、これを「国策」ととった方々も多いとみえ（ひょっとすると政府は本気かも？）、政府職員はもとより衆参両院においても、また社長サン方の示達により？会社のオフィスでも、クールビズは今のところ大はやりの様子。

しかし新聞（朝日、平成十七年六月二十八日朝刊）によれば、

・クールビズを

「好ましく思う」　六十七％

「そう思わない」　二十％

・「定着すると思うか」との問いに

「定着する」　三十四％

「そうは思わない」　四十九％

・クールビズに好感を持っている人でも、

「定着する」　四十五％

「そうは思わない」　四十一％

であるとする結果が出たと言い、このあたりがよく判らない。当分の間、「好ましいけれど様子を見てやり過ごす」ということであろうか。

□　六月のいつの号だったかはっきりしないが、週刊文春に国会議員のクールビズ・ファッションがグラビアで載っていた。羽田孜氏は筋金入りのクールビズ派で、昔大平内閣が制定した？半袖の夏用背広をいまも一着に及んでいる由。小泉首相のゾロッとし

た何とも言えぬしまらない衣裳は、パジャマとしか言いようがなく、編集子のコメントも冷淡であった。全体に政治家諸公のクールビズはハチャメチャで、その着こなしはイマイチであるように感じた。政府が自らが言い出したがゆえに、本当は好きでもないファッションを仕方なしに着ているという憾が否めない。ご苦労なことである。

□しかし、そう責めては気の毒な面もある。ハチャメチャファッションはクールビズ・ファッションがファッションとして確立していないことに起因することも認めなければならないであろう。上着を脱いでノーネクタイになれば即クールビズ・ファッションというわけにはいかないのである。ビジネスマン（政治家も含めて）は、従前は夏でも暑さを我慢して制服のようにして背広を着こなしてきた。ワイシャツは背広とネクタイとをセットにして着るようにデザインされていて、独自性が確立されていない。背広を脱げば、その下は下着である。従って背広を脱いでそのうえネクタイまで外せばだらしがなくなることはきまりきったことなのである。

□だらしのなさの元凶は「背広の下着姿」になったときの襟もとにある。多くのファッションデザイナーが言うように、背広姿が世間に定着して支持を得ている最大のポイントは襟のラインにある。このラインにワイシャツの襟のラインが組み合わさってスタイルが確立し、それにネクタイが襟もとを飾ることに貢献してきた。クールビズ・ファッションを確立するためには何といっても襟もとを上手に始末することが必要である。

以下クールビズ応急対策。

対策一　襟もとがはだけないようにする。そのためには、ふつうの襟型のワイシャツであれば、ボタンダウンのものにする。襟の折り返しは固いほどよい。さもなくば襟腰を高くして突っ立った襟を持ったワイシャツを着る。

対策二　開襟シャツにする。いっそのこと胸元をはだけてしまう工夫である。このシャツは戦後の一時期大流行した。お父さんたちが夏用背広を誂えることができなかった時代の反映でもあった。しかし、胸もとがはだけて胸毛が見えるというのもむさくるしい。首の詰まったTシャツでも下に着るのが礼儀というものか。Tシャツは色付きのものにしたら？

対策三　ズボンと靴に注意する。クールビズは上衣を着ればすぐフォーマル姿に変身できるように、との「社命」でもあったのかどうか、ワイシャツ・ノーネクタイ姿のズボンは背広用のズボンのものが多い。だから野暮ったいを通り越して何やらいじましい。ズボンも、ついでに靴もクールビズ・ファッションでキメなけりゃ……。

対策四　身体を鍛える。今までは背広が不恰好な出腹を隠してきた。スマートな身体であれば薄着でも何でも良く似合うものだ。……でもこれは応急対策とは言えないか？

□ワイシャツのコンセプトを変える。以下はシャツメーカー各位への提案。

対策五　ワイシャツに着衣としての独立性を与える。いまワイシャツは綿、麻、ポリエステル等の薄手のシャツであるが、「背広の下着」の性格から脱却するため、もっと厚手（しかし通気性は不可欠）の素材を用いる。薄手のものを着用していると雨に濡れた場合や大汗をかいた場合は無惨である。年輩者の場合は着ているランニングシャツ（チヂミのシャツというのも稀にある）が透けて見えてしまって不気味である。そう考えてか、若者の中にはワイシャツをじかに着ているのも見かける。しかし、汗をかいてワイシャツが肌にベッタリ付着した姿は無惨を通り越して気持ちが悪い。いっそのことアンダーウェアーのデザインも工夫するか？

女性のブラウスは身体のカーテンであるという百年来の伝統に従って、そのファッションはソフィスティケートされているが、男物ワイシャツはまだそうはなっていないように思えるのである。

対策六　デザインを変える。ワイシャツは「背広の下着」なるがゆえにそのデザインはそれなりのものであって、愛想がない。これに手を加えポケットを増やす、肩章や脅章（上腕部につける）を工夫する、襟やカフス、その他どこでもよいのだが、ワンポイント（花・星・虫など何でもよい）をつけるなどの工夫を施す。それには各種制服や暑い地域で活動している国の軍服が参考になるかもしれない。半袖も有効だが、その長さにも一工夫あって然るべきであるし、半袖の袖口を折り返す（幅の狭いカフスのようなものをつける）のもよかろうと思う。

□　夏用上着の開発

対策七　背広であってそうでないような上衣を開発する。我国には古くから絽や紗という夏用の繊維がある。蜩の羽根の抜け殻のような素材で上衣を開発して涼しげな装いは如何？

□　かくすることによって、クールビズビジネス（舌を噛みそう）のチャンスが生まれそうだが、いかがであろうか。キワモノであることが予感されるので、早い者勝ち……。

＊

環境省の提案がCO_2の削減にあるのであれば、言うところに従って室温二十八℃にすることを認めよう。そしてそのオフィスが非公式（内輪）な用を足している場合は、どんな恰好をしていてもよい（但し、ＯＬ諸嬢の目線には注意しなければならない）。しかしそのオフィスが公式な場所であるならば（重要な取引にそのオフィスが用いられる場合や法廷、国政審議が行われる官衙など）、公式なファッションで臨むという、臨機応変の「対策」が究極の対策であろう。人の振舞いは服装と一体になって他人に受け取られる。公式な振舞いを要するときは公式なファッションで臨むのが正しい。

私としてはクールビズ・ファッションがどこへ持っていっても公式なファッションとして恰好のつく（同時に恰好のよい）デザインになるまでは、クールビズ・ファッションへの便乗は遠慮したい気分である。

暑い……？その程度の我慢が何だ！

いかがであろう各々方。

いやはや最後は怒っちゃいましたね。

＊

七月八日、ロンドンでテロが発生。それを報する官房長官が、背広下着の白ワイシャツノーネクタイで記者会見。記者諸公も白いワイシャツ一色で、「統制」の臭いがして何とも異様な雰囲気であった。

多くの死者が出た事件だから、記者はともかく官房長官だけでも、フォーマルな姿で出るべきではなかったか。ファッションはＴＰＯが肝心。何でもノーネクタイというのは能がない。死者を悼む気持ちを感じさせないと呆れ返った次第につき付記。

＊

クールビズで最後にもう一句。

カードキーネクタイにしてるクールビズ

カードキーのストラップに社名などが入っていて、お揃いのループタイ?といったところである。

伝統への挑戦

（平成十七年四月二十五日「ＢＡＡＢ」47号）

□　昔から囲碁、将棋、相撲はプロとアマとの間の差が、埋めきれないほど歴然としていると言われてきた。

相撲についてはどうやらとっくにその差が埋められつつある。輪島関が大関に昇進したとき、相撲ファンならずともプロとアマとの差が埋められてきたことを感じたものだ。それ以後、大学相撲部出身の多くの若者が力士となって大成していった。

ついでにいえば、相撲はかなり国際化が進んでいる競技であるといえる。昔から我国の国技であると称されてきたものであるが現在ではご承知のように外国人力士が横綱に次々と昇進して、日本人力士の凋落ぶりが著しい。こうして伝統といわれていた風習は女性が土俵に上ることを嫌忌する風潮を除いては、多くの重要部分について破壊されてきた。

囲碁についてはまだまだプロとアマとの差が歴然としている。相撲について言った国際化について言えば、囲碁の世界は中国、韓国ら出身の棋士が大勢誕生して棋界のトップに上り詰めた者も多い。

□ところで、将棋の世界には新しい動きが出ている。日本将棋連盟の定めるプロの規定によればプロ棋士を目指そうとする者は奨励会に入り（同時にプロ棋士の門下生となる）、そのうえで二十九歳までに四段に昇進しないとプロ棋士への途は閉ざされる。ところが瀬川晶司さんという人がいて、この方は先に述べたプロ棋士へのチャレンジに失敗し、現在三十四歳である。この方はアマ名人・王将でありプロ棋士には劣らない実力者と見え、プロ棋士との対戦において数々の勝ち（二〇〇三年三月〜二〇〇五年一月まで十七勝六敗）を収めているという。そこで、この方はプロ棋士の途を歩みたいと日本将棋連盟へ申し入れた。

日本将棋連盟の米長邦雄専務理事（永世棋聖）は、先に述べたプロ規定は制定後もう数十年を経て、伝統があるのでこれに抵触する者は入会できないけれども、五月に棋士総会に諮るべき事案だ、といったような趣旨の発言をしている。もっとも若手有力者である羽生善治氏（四冠）はこれに対してかなり前向きの姿勢を示している。瀬川さんという方の突き当たった伝統の壁が果たして突き破れるものかどうか、六月以降の動きが注目される。

□ところで、昨年以来日本プロ野球の再編問題がクローズアップされたことは記憶に新しいが、ここでもライブドアと楽天が球界に参加しようとした際、伝統の問題が取り沙汰され、あくまでセパ両リーグ六球団制がプロ野球界の伝統であるとする動きとの間に軋轢が生じたわけである。こうした新しい動きを伝統勢力があくまで阻むことについてはやはり今後規制緩和の風潮の中で問題が残るであろう。このように、今後各方面にわたって同じような伝統挑戦型の人々が現れると思われる。

□そういえばライブドアの堀江貴文民も伝統挑戦型の人物といってよかろうと思う。

私としては、いろいろ留保条件をつけないわけにはいかないにしても、堀江氏が伝統（我国の経営風土といったもの）に対して挑戦しようとする意気込みそれ自体は評価すべきものと考えている。ニッポン放送が決めた新株予約権の発行に関する法的問題は一応の決着をみたけれども、堀江氏の挑戦はまだ始まったばかりである。

「安全」というものの考え方

（平成二十三年一月一日「ＬＩＴＳ」18号）

□日本の新幹線をアメリカに売り込もうという計画がある由。カリフォルニアやフロリダから引き合いがあると聞く。話の中で興味を惹いたのは、その堅牢性についてである。ＪＲの技術陣は車体が軽くてスピードが速い点を強調し、堅牢性に欠ける点はシステムの充実をもって補うこととする。これに対しアメリカ側は、万一でも何でも事故の可能性はあるのだから、堅牢な方が良いという。機械の安全性についての考え方の相違が表れていて面白い。

□そういえば、先の大戦に用いられた日本の零式艦上戦闘機は旋回性能を重視して機体の軽量化をはかり、全備重量二千四百十キログラム。これに対し、戦いの後半におけるアメリカのエース機グラマンＦ６Ｆ〝ヘルキャット〟のそれは五千六百四十三キログラム。Ｆ６Ｆはエンジンを大きくして高速化を狙ったのも確かであるが、搭乗員の安全を守るため、被弾時の対策に機材を投入したのも重量化の原因。同じような機種で、翼幅は1メートルしか違わないのに全備重量の差は二・三倍と相成った。こんなところにも機械の設計思想についての相違が窺われる。自動車についてもきっとそうなのであろう。

新幹線の売り込みもこのあたりの買手心理をよく考えねば……と思った次第。

解　題

〈横浜大空襲と飢餓〉

□　私が幼児だった頃に体験した空襲と、それに引き続く米軍占領下に於ける隣近所の思い出をまず収めた。「横浜大空襲と飢餓」を書いたのは平成十二年であり、そのあと十五年を経て「進駐軍が街にやって来た」を書いた。「進駐軍……」を書いた時、私は七十四歳になっていたが、書き進めるに従って、整地ため地中に埋められた礫石《いしころ》が次々に掘り出されるようにして記憶が蘇ってくるのには驚かされた。吉村昭氏も同様だったとみえ、『東京の戦争』の筆をとるや、「不思議なことに次から次へと記憶がよみがえり、私はそのゆるやかな記憶の波に筆をまかせながらゆったりと筆を進ませた」と書いておられる（同書「あとがき」）。

本文中にも触れたが、「進駐軍……」の記事が、私の居合道の修行を通じて知遇を得た苅住氏の目にとまり（居合道のことついては本文の「『道《どう》』のはなし」参照）、特攻に関する貴重な体験記をご寄稿いただいた。終戦を別の視点でみることを得たことについて氏に感謝申し上げたい。

平成二十四年に、「ＢＡＡＢ」誌の企画に基づいて「昭和のあそび」について一、二篇を書いた。そうした頃、阿久悠氏の『瀬戸内少年野球団』の文庫篇「あとがき」に、氏が終戦直後の子供のあそび（いくつものそれが私の体験と重なる）のことに触れておられ、「これをもう少し書き込めば一冊の本が出来る」と書いておられることを知った。阿久氏であれば当然小説にしたに違いない。しかし私は私なりに友だちと一緒に遊んだ様子を思い浮かべつつ、それらの遊びを平成の子供たちにも楽しんでもらえるように、ルールブックのようにして、「大真面目に」書いてみた。

□　あとの二篇は高校時代にまつわる思い出を書いたものである。

まず、「古色豊かな……」は私の母校である横浜市立南高校在学時の想い出を、若干の資料を使って創立の経緯を交えつつ書いたものである。いま同校は横浜市で唯一の中高一貫校となり、受験校としての発展が期待されているというが、私が入学した昭和三十二年頃は、活気に溢れてはいたけれども、創立間もない時期のこととて、設備も教学体勢も整っているとは言い難かった。しかしたとえ貧しくともそれは「ぼくら、私たち」の学校であった。「愉快な仲間たち」はそんな高校生活の最後の年を彩った「落研」の、後日譚である。受験勉強以外に色々なことに熱中した、やや型破りな高校生活の経験は、大空襲と占領のそれとともに、どこがどうというわけではないが、私の人生に大きな影響を及ぼしている。ただ柔道部も落研も廃部となって、いまの南高校にはない。淋しい限りである。

〈逆さまの世界地図と地球儀〉

□　徳川時代末期以降の我が国は、出たくもない芝居に無理矢理引っ張り出された生《うぶ》な役者のようなものである。舞台に出るとすぐに小さな海軍と陸軍を創設し（海軍のことについては「長崎海軍伝習所のこと」に少し触れた）、日清・日露の戦役（「日露戦争のパワーゲーム」）を経て帝国主義国間の競争に参加を余儀なくされた。その後時代の荒波を必死になって泳ぎ抜き、殆ど世界中の国を相手に戦った結果、昭和二十年に完敗を喫したけれども、紆余曲折を経て復興を遂げ、今日の平成の時代を迎えた。

「逆さまの世界地図と地球儀」と「日米ガイドラインを考える」はこうした歴史の上に立って、我が国がいまどんな位置に置かれているかを考えてみたものである。

□「日豪関係を考える」は日本とオーストラリアの関係及び太平洋の状況を軸にした「私的地政学」の構図である。

□「ネオコン派の台頭とその論理」はアメリカにブッシュ（Jr.）政権が成立したとき、政権に対するネオコン（Neo Conservative）と呼ばれる学派の影響力が取り沙汰された。当時余り知られていない話題だったので紹介のつもりで書いたものである。

〈「有事法制」を超えるもの〉

□この章は広い意味で日本の安全保障に関する、その時々の所感を集めたもので前章と興味において重なり合う部分もある。

□「有事法制を超えるもの」は文中にあるように志方俊之氏が書かれたエッセイを紹介したものであるが、その後六年を経て有事法制に関する三法案が国会で審議されたことをきっかけに補遺を施した。我が国が直接武力侵略を受けるおそれは当分ないという考えもあるが、手遅れにならないうちに、かかる事態とはどう言う事態かを理解するために必要な様々な局面を想定してみた。補遺の方が余程長文にわたるので、体裁としては一寸変である。

□「軍事裁判所と法曹の関与」は平成十七年に自民党が発表した「新憲法草案」に「特別裁判所の設置」が規定されていることから、タブー視されている感のある旧憲法下の軍法会議を紹介し、軍事裁判所のシビリアンコントロールのためには、資格のある法律家の確保が必須であることを、若干警世の意味を込めて書いたものである。

□その余の稿についてはそれぞれ執筆当時のトピックスを書いたものであり、その中にはいまも議論がホットであるものも含まれている。「有事法制を超えるもの」（前掲）、「集団的自衛権の閣議決定」、「安保関連法」、「いわゆる武力行使『新三要件』について」、などの安保法制に関するものがそれであり、振り返ってみて、我が国の安全保障に関する議論はさほど深まっていないことに驚きを禁じ得ない。

〈管見愚見〉

□「管見愚見」は、時事放談めいているものであるが、何せ古いものもあり、書かれた時期と現在では事情が変化しているものもあるので、その点に配慮してお読みいただきたいところである。ここには十年以上を経ても旧態依然といった論点もあるし、少しは変化したものもあると思う。

〈「道《どう》」のはなし〉

□　「『道《どう》』のはなし」の章は私の居合道修行の話をきっかけにしてはいるが、「道」というものは日本人の心の底にあるものを反映していることを書いたつもりである。今読み返してみて、そのような観点から更に考えを深めてみたい気分がしている。「もったいない、みっともない、荒立てない」はかつては日本人を日本人たらしめている行動基準であり、「道《どう》」というものと一脈通ずるものがありはしないかと思っている。

□　その余の随筆は時々の雑感を集めたものである。「ガリ版のこと」は私の学生時代のことを思い出して書かれているが、今は捨てられた一つの印刷媒体を回顧したものであり、そのせいか少し感傷的になっている。「弁護士にとっての文書『革命』」も、過ぎ去った時代を振り返りながら、「文書作り」について考えてみたものである。

著者略歴

堤　淳一（つつみ じゅんいち）

昭和16（1941）年横浜生まれ。昭和39（1964）年中央大学法学部卒、昭和42（1967）年弁護士登録（東京弁護士会）、日弁連常務理事、東京都弁護士協同組合理事長、全国弁護士協同組合理事長などを務める。

主な論文

「弁護士業務の新展開」（日弁連編『21世紀弁護士論』、有斐閣）／「日弁連の司法改革プラン」（中央大学大学院『司法改革・教育改革－日本法制2010年講義集－』、中央大学編）／「訴訟費用保険」（比較法雑誌29巻1号、日本比較法研究所）／「紛争解決行動のダイナミクス」（法交渉学実務研究会『法交渉学入門』、小島武司編、商事法務研究会）／「権利保護保険（弁護士保険）」（『保険関係訴訟法－新・裁判実務大系19』、青林書院）／「リーガルサーヴィス伝達の構図」（『民事司法の法理と政策・下巻』（小島武司先生古希祝賀）、商事法務）

雑藻録

進駐軍が街にやって来た

2016年11月7日　初版発行

著者　堤　淳一

発行・発売
創英社／三省堂書店

〒101-0051　東京都千代田区神田神保町1-1
Tel：03-3291-2295　Fax：03-3292-7687

印刷／製本　(株)新後閑

ISBN：978-4-88142-601-2　C0095

落丁，乱丁本はお取替えいたします。